다른 아빠의 탄생

발행일 초판1쇄 2019년 9월 25일 | **지은이** 우자룡·정승연·진성일
펴낸곳 북드라망 | **펴낸이** 김현경 | **주소** 서울시 종로구 사직로8길 24 1221호(내수동, 경희궁의아침 2단지) |
전화 02-739-9918 | **팩스** 070-4850-8883 | **이메일** bookdramang@gmail.com

ISBN 979-11-90351-01-0 03810 | 이 도서의 국립중앙도서관 출판예정도서목록(CIP)은 서지정보유통지원
시스템 홈페이지(http://seoji.nl.go.kr)와 국가자료종합목록 구축시스템(http://kolis-net.nl.go.kr)에서 이용하
실 수 있습니다.(CIP제어번호: CIP2019035472) | **Copyright © 우자룡·정승연·진성일** 이 책은 지은이들과
북드라망의 독점계약에 의해 출간되었으므로 무단전재와 무단복제를 금합니다. 잘못 만들어진 책은
서점에서 바꿔 드립니다.

책으로 여는 지혜의 인드라망, 북드라망 www.bookdramang.com

다른 아빠의 탄생

삼인삼색, 아빠들의 육아(育兒) 육아(育我) 분투기

우자룡, 정승연, 진성일 지음

티
BookDramang
북드라망

차례

정승연 아빠는 딸을 기르고, 딸은 아빠를 기르고

진성일 **아이, 주위를 맴도는 사이**

우자룡 **아이, 아내, 나 모두의 자유로운 삶을 위해**

다른
아빠들의
업그레이드 된
탄생을
기다리며

이희경
(문탁네트워크)

여기, 세 명의 아빠가 있다. 물론 이들이 아빠가 된 과정은 제각각이다. 누군가는 3월생 아이를 위해 치밀히 날짜를 계산하고 세심하게 부부관계를 조율한 끝에 아주 계획적으로 아빠가 되었다. 반면 다른 누군가는 느닷없이 아빠가 되었다. 심지어 아빠가 된 후 남편이 되었다고 말한다. 이와 다르게 또 다른 한 명은 표준적인 결혼 끝에 남편이 되긴 했지만, 아빠가 된 것은 피임에 실패한 어느 날 밤의 '열정'의 결과였다고 말한다.

사실 이들은 "결혼을 안 했어도 혼자 재밌게 살았을" 남자들이었다. 만화 그리는 걸 좋아하고, 음반을 모으고, 동네에 버려진 가전제품을 데려와 해체하고, 혼자 가는 여행을 즐기고, 새벽 두 시에 일이 끝나면 집 대신 영화관을 가고, 좋은 만년필을 수집하고, 살사를 춘다. 그런 이들의 인생에, 계획했든 계획하지 않았든, 새로운 변수, 그것도 결정적 변수가 생겨 버렸다. '아이'라는 낯선 존재. 나를 닮긴 했지만 내가 아닌 존재, 내 안의 타자! 그 낯선 존재와 씨름하면서 평생을 공생 공존해야 하는 '무한도전'이 시작된 것이다. 과연 이들은 이 미션 임파서블을 성공적으로 수행할 수 있을까?

한 남자는 첫번째 무기로 『삐뽀삐뽀 119 소아과』를 장착한다. 잘 키우겠다는 욕망이 그로 하여금 육아서를 몇 번씩 통독하게 하고 아이 그림책을 사는 데 몇 백만 원의 돈을 쓰게 만든다. '좋은 아빠'가 되고 싶은 의지가 불끈 솟을 때마다 '좋은 가치'——예를 들면 물질을 탐

하지 마라, 다른 사람을 존중해라——를 아이에게 주입시킨다. 다른 한 남자의 롤 모델은 어쩌면 이벤트 기획자였는지도 모르겠다. 아이와 잘 놀아 주는 아빠가 되기 위해 그는 온갖 아이디어를 짜내고 온 힘을 다해 아이와 놀아 준다.

한편 이들은 커 가면서 외모뿐만 아니라 하는 짓도 점점 자신을 닮아 가는 아이를 보면서 유전자의 신비에 환호한다. 동시에 자식들이 자신의 부족한 점까지 닮아 갈까 봐 전전긍긍한다. 때론 그렇게 자신을 닮은 아이가 자신의 말을 듣지 않을 때마다 마치 내 몸이 내 맘대로 안 될 때처럼 짜증이 솟구친다.

그러다가 어느 순간 이들은 그렇게 일희일비하고 있는 스스로에 대해 질문하게 되었다. 자신이 정말 아이에게 집중하고 있는 것인지 아니면 '좋은 아빠'라는 자기 이미지에 집중하고 있는 것인지. 아이를 잘 키우겠다는 의지가 실제 아이를 위한 것인지 아니면 나와 아이를 동일시하면서 '이상적 자아'를 추구하는 나의 욕망인지. 아빠가 되는 과정은 자기 자신과 다시 만나는 과정이었다. 자기의 감춰진 민낯, 외면하기 일쑤였던 자신의 바닥을 보는 경험! 나와 닮은 아이는, 그러나 절대 내가 아닌 아이는 그렇게 나 자신을 성찰하게 하는 가깝고도 먼 타자였다.

이 책은 솔로 라이프를 즐기던 남자들이 자신의 아이와 만나면서 어떻게 아빠가 되어 갔는지를 구구절절 풀어 낸 이야기이다. 물론 가끔씩 "딸내미 머리를 새로 묶어 주는 퍼포먼스"를 통해 주변 엄마들의 스타가 되기도 하고, 아빠가 쓰는 육아일기를 통해 언론의 주목을 받은 적도 있지만, 그럼에도 불구하고 이 책은 아빠들의 성공담 따위는 아니다. 오히려 이 책은 아빠가 되면서 겪었던 고군분투와 좌충우돌에 관한 이야기이다. 그리고 그 실수와 실패 속에서만 길어 올릴 수 있는 아주 작은 깨달음에 관한 이야기이다. 아빠로서는 점점 어깨의 힘을 빼게 되고 대신 인간으로서는 조금씩 성숙해 가는 다 큰 남자들의 네버엔딩 성장 스토리, 『다른 아빠의 탄생』은 그런 책이다.

2.

아주 오래전, 아이를 키우는 일이 너무 힘들어 기진맥진해 있는 나를 보고 은사님 한 분이 이런 말씀을 하셨다. "자식은 전생의 업보야. 부모가 된다는 것은 전생의 업을 갚아 가는 과정이야. 도리 없으니 그냥 살아 내." 희한하게도 난 그 말이 정말 위로가 되었다. 전생의 업보 정도가 아니라면 아이를 키우는 일, 즉, "앵앵 울부짖고 똥오줌을 흘리고 쓰레기를 주워 먹고 욕조에 빠지는"(우치다 다쓰루) 자식을 24시간 돌봐야 하는 이런 고된 돌봄노동이 운명처럼 주어졌겠는가? 거기까지는 수긍. 문제는 이 운명이 여자/엄마에게만 주어졌다는 것이다. 그건 운명일 리가 없다. 오히려 그것은 운명의 이름으로 행해진 오랜 불평등이고 여성에 대한 억압 아닌가? 우리 세대는 아이를 키우는 문제에서 소위 '젠더' 이슈를 제기한 거의 첫 세대였다.

모성의 위대함 따위는 없다. 성적 역할분담이라는 사회적 배치만 있을 뿐이다! 나는, 우리 세대는, 모성이 만들어진 신화라고 떠들어댔고, 페미니스트가 되었고, 육아의 사회적 책임을 주장했고, 무엇보다 남성/남편들에게 육아에 동참하라고 윽박질렀다. 그러나 우리 세대의 남성/남편들의 응답은 미미했다. 자식과도 남편과도 매일매일이 전쟁 같은 나날들이었다.

어느 날 새로운 세대들이 출현했다. 평등한 부부관계와 민주적 가정을 만들기 위해서는 남편들이 기꺼이 육아에 동참해야 한다고 주장하는 남자들이. 이들은 아빠들의 잡지를 만들었고, 아빠들도 이유식을 만들 수 있어야 한다고 주장했고, 아이와 스킨십을 나눌 수 있는 놀이를 하라고 권유했고, 아이의 눈높이에 맞게 아이와 대화를 하는 팁을 제시하였다.

난 세상이 좋아졌다고 생각했다. 아내가 없는 시간에도 아이와 시간을 잘 보낼 줄 알게 된 이 새로운 후배 남성/남편들이 기특했다. 그런데 점점 꼬리에 꼬리를 무는 의문. 아마 그것은 언젠가 함께 갔던 여행 내내 대화의 모든 주제가 자신의 아이였던 어떤 젊은 전문직 남성을 보면서, 대안학교 설명회에 빼곡히 들어찬, 엄마들 못지않은 열렬한 교육적 관심으로 무장된 아빠들을 보면서 내가 갖게 된 의문이었다. 이들 새로운 아빠들은 과연 어떤 존재들일까? 이들은 왜 모성의 이름으로 엄마들에게 주어졌던 역할을 반복하고 재생산하고 확대하는 것일까? 이들은 왜 다시 오이디푸스화 되는가? 난 새로운 아빠들이 가족주의를 깨뜨리는 게 아니라 가족주의를 강화하는 것처럼 보였다.

하여 나는 가끔씩 여기 세 명의 다른 아빠들——자룡(우자룡), 청량리(진성일), 정군(정승연)에게도 의심의 눈길을 보냈었다. '그대들, 너무 자식들에게 올~인 하고 있는 거 아냐?'라면서. 그런데 사실 이들은 좀 다르다. 그 이유는 이들의 다른 아빠 되기가 다른 남편 되기, 나아가 다른 직업인 되기(혹은 되지 않기)와 겹쳐져 있기 때문일 것이다. 이들은 아이를 키우면서 여성과 남성의 고정된 성 역할분담에서 벗어났으며, 육아 경험과 사회적 경력의 고질적인 이분법에 대해서도 질문하게 되었다. 좋아하는 일과 돈 버는 일의 경계를 넘나들면서 도대체 무엇을 '직업'이라고 부를 수 있을까에 대해서도 질문한다. 그것은 이들이 더 이상 정규직과 그것이 제공하는 물질적 안정과 사회적 인정을 욕망하지 않게 되었다는 뜻이기도 하다. 이들이 더 이상 엄마화된 아빠도 돈 버는 아빠도 아닌 존재로 이행하고 있는 중이라는 의미이기도 하다.

『다른 아빠의 탄생』, 이 책은 위대한 아빠들의 탄생 이야기도 아니고 '힙'한 아빠들의 탄생 이야기도 아니다. 이것은 모든 단단한 것이 무너져 내리는 시대에, 아이를 키우는 일을 통해 남성과 여성, 가족과 사회, 돌봄노동과 임노동의 모든 이분법에 균열을 내면서 그 사이를 거대한 이념이 아니라 견고하고 단단한 일상으로 꾸려 나가는 허세 없는 남자들의 이야기이다. 그것을 통해 새로운 일, 새로운 가족, 새로운 공동체의 비전을 탐색하고 새로운 출구를 조금씩 열어젖히는 평범하고 특별한 인간들의 이야기이다.

3.

어쩌다 보니 저자가 아니면서 서문을 쓰게 되었다. 이유는 단순한데 내가 이 세 남자를, 그들의 아이들을, 또 그 아이들의 엄마를 아주 잘 알고 있는 사람이기 때문이다. 나는 이 책에 나온 많은 이야기들을 아주 가까이서 목격했다. 그것도 단순히 지켜본 게 아니라 때론 잔소리를 하고 때론 역성을 들면서 함께 겪어 왔다. 물론 지금도 나는, 스스럼없이 문탁네트워크의 문을 열고 들어와서 아무렇지도 않게 만화책을 뽑아 읽으면서 아빠 혹은 엄마를 기다리는 찬결(자룡의 아들)이나 겸서(청량리의 아들)를 예뻐하기도 하고 야단도 치면서, 이 남자들의 네버엔딩 아빠 되기 스토리를 함께 엮고 있는 중이다.

이 아빠들도 조만간 바로 알게 되겠지만, 고된 돌봄노동의 시기가 끝나면 죽어라 말을 안 듣는 자식들의 사춘기 시절이 온다. 끝나지 않을 것 같은 지옥 같은 시절이지만 그 시절도 결국 끝이 나고 이제 부모를 데면데면하게 쳐다보는 자식들의 청년 시절이 온다. 아이들은 우리가 원하든 원하지 않든 우리 품을 떠나고, 우리 맘에 들든 맘에 들지 않든 제멋대로 각자의 인생을 산다. 아이들은 절대로 부모가 키우고 싶은 대로 크지 않는다(그러니 한편으로는 얼마나 다행인가!!).

우리가 할 수 있는 일은 다만 자식들이 어렸을 때에 던지는 부모 노릇에 대해, 좀더 커서 던지는 이 사회의 어른의 역할에 대해, 다시 좀더 커서 물어 오는 역사적으로 앞선 선배 세대의 임무에 대해 겸허히 성찰하는 일이다. 그 질문들은 쉽게 답을 내기 어려운 것들일 것이고 우리의 시행착오는 계속될 것이다. 이때 우리의 유일한 무기는 더 이상『삐뽀삐뽀 119 소아과』가 아니라(^^) 친구와 공부뿐 아닐까?

　이 아빠들은 이 책을 함께 쓰면서 한 달에 한 번 함께 모여 술을 마셨다고 한다. 책을 쓰기 위해 모여서 술자리를 가진 것인지, 셋이서 함께 술을 먹고 수다를 떠는 시간이 너무 즐거워서 책을 쓰게 된 것인지는 잘 모르겠다. 어쨌든 이 과정에서 이들은 우정을 쌓았고 친구가 되었다. 이 책이 나온 이후에도 이 술자리는 계속될 것이라는 풍문이 들린다. 난 이 모임을 지지한다. 술도 마시고 말도 섞고 책도 읽고 고민도 나누길 바란다. 다른 아빠들의 업그레이드된 탄생을 기다리며, 술값은 기꺼이(!) 내가 보태 주겠다.

아빠는 딸을 기르고,
딸은 아빠를 기르고

글

정승연

어쩌다 보니 발을 들인 '아빠로서의 삶'에 만족 중인 아빠.

여전히 세 살 딸과 보내는 하루하루가 새롭다.

그럼에도 불구하고 '육아'(육아育兒이면서 육아育我)는 힘든 일이어서 딸이 잠든 밤이면,

책 읽고, 글 쓰고, 음악도 들으며 지낸다. 어김없이 돌아올 육아의 아침을 기다리면서.

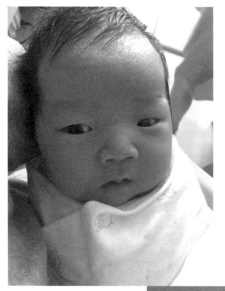

1. 아기가 왔다

(왼쪽 사진) 2017년 4월. 태어난 병원에서 집으로 온 지 딱 일주일 되던 날. 여전히 그때 엄마·아빠는 정말 신기했다. 어느 날 갑자기 집으로, 인생으로 난입해 온 딸의 존재가.

(아래 사진) 신생아에겐 밤낮이 없다. 덕분에 엄마·아빠의 밤도, 그리고 잠도 없어졌다. 두 시간 주기로 먹고, 놀고, 자는 딸의 리듬에 맞춰 함께 자는 아빠.

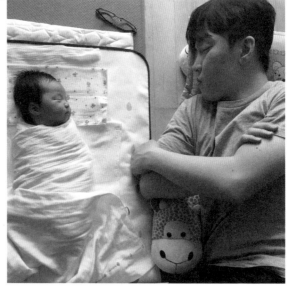

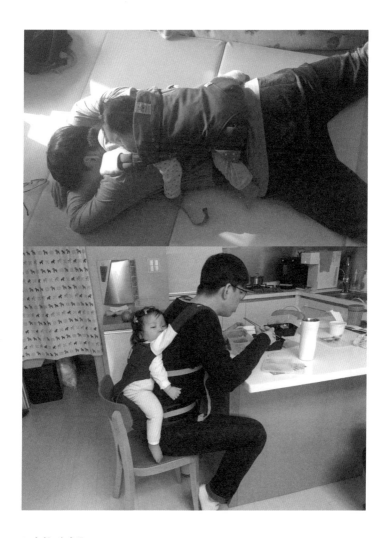

2. 아빠는 육아 중

(맨 위 사진) 2017년 12월. 우리 딸은 돌 전까지 누운 채로는 절대 낮잠을 자지 않았다.
나는 저 무렵 주로 업어서 아기를 재우곤 했었는데, 아기가 잠들면 이것도 하고,
저것도 하고 계획을 세우다가 함께 잠들기 일쑤. 두 돌 지난 지금도 여전히 딸이 낮잠
자는 시간에 함께 낮잠을 자고 있다.
(바로 위 사진) 아기의 낮잠 시간은 귀하디 귀한 시간이다. 못 먹은 밥도 먹고, 집안
일도 하고, 아기가 깨기 전에 낮잠도 자야 하니까!

3. 아빠는 일하는 중

2018년 3월. 딸이 낮잠 자는 사이에 급히 회사 일을 처리하고 있는 모습. 급한 이유는 얼른 하고 낮잠을 자야 하기 때문.

4. 아빠는 노는 중

2019년 5월. 아빠에게 붙잡힌 딸. 장난을 좋아하는 아빠는 가끔 딸 위에 걸터앉곤
하는데, 그게 뭐가 그리 재미있는지 딸은 연신 웃음을 터트린다. 그만둬야 하는데…
웃음 소리가 너무 좋아서 그럴 수가 없다(?).

5. 아빠와 엄마

아빠가 무언가 엄마에게 장난을 친 모양이다. 딸이 잠들고 난 뒤, 엄마와 아빠는 참
행복하다.

6. 우리 가족

2018년 1월. 아침도 아니고, 저녁도 아닌데 셋 다 침대에 누워 있는 걸로 보아 집 청소를 하던 중에 힘들어서 드러누운 듯하다. 아빠가 가장 먼저 눕고, 딸이 아빠를 발견하곤 올라왔을 테고, 엄마는 아빠를 검거하러 왔을 듯.

1.
아빠인 나,
그리고 나의 아버지 이야기

나, 그러니까 이 아빠, 취미형 인간

아빠가 되기 전에 나는, 내가 '아빠'가 될 가능성이 무한히 0에 수렴할 정도는 아니지만 극히 낮다고 생각했다. 아예 가능성이 제로가 될 수는 없으니 한 2~3% 정도라고 해두자. 그도 그럴 것이 나는 좋은 직장을 얻고, 단란한 가정을 꾸리고 오순도순 사는 데 아무 욕망도 없었기 때문이다.

　　나의 관심사는 극히 단순했다. '어떻게 하면 좀더 재미난 걸 할 수 있을까', 그게 나의 주된 관심사였다. 당시엔 좀더 복잡하고, 되도 않는 말들을 덕지덕지 붙여 놓았었다. 지금으로선 '난 단순히 재미있는 것만 원하는 게 아니야' 같은 말을 하면 더 멋져 보이니까 그랬던 게 아닐까 싶다. 그런데 역시 군더더기 다 빼놓고 보면 그거였다. 난 재미난 걸 원했던 것이다. 그런 종류의 사람들은 크게 두 부류로 나뉘는데, 재미난 것 한 가지를 정해 놓고 그것에만 몰두하는 타입과 두루두루 재미난 걸 찾아서 돌아다니다 보니 넘치도록 많은 취미들을 가지고 있는 타입이다. 난 후자였다.

가장 대표적인 취미는 음악 듣기와 그에 따른 음반 모으기다. 이것은 내 아버지의 영향이 가장 컸다. 뒤에 이야기하겠지만, 어릴 때부터 우리 집엔 꽤 좋은 오디오와 음반이 있었고, 그런 환경은 이쪽 계통에선 금수저나 다름없는 환경이었다. 그런 환경 덕분인지 내가 조금 남다른 점이 있다면, 음악에 있어서만큼은 이제 '취향'이 거의 사라질 정도가 되었다는 점이다. 그러니까 무엇을 듣든 음악에 맞춰 귀를 즐겁게 할 수 있는 정도다. 그 많은(많았던) 취미들 중에서 음악 듣기가 늘 맨 앞자리를 차지하는 이유가 있다. 음악 듣기를 워낙 좋아하다 보니 기타도 치게 되었다. 기타 실력은 고등학교 시절 교내 밴드를 할 때에 비해 거의 나아진 게 없긴 하지만 말이다.

그 외에는 지금의 직업과 대학 시절 운동권 생활을 가능케 해주었던 책 읽기와 글쓰기, 그리고 그 취미들 덕에 생긴 만년필 관련 취미들이 있다. 그리고 만화책도 아주 좋아한다. 아, 프라모델(주로 2차 세계대전 관련 제품들)도 만들었다. 아, 그리고 한때는 자전거도 탔다. 아, 카메라도 무진장 좋아했었지. 그러고 보니 최근엔 달리기를…… 그랬다. 나는 그렇게 내 젊음과 통장 잔고를 취미로 소모하며 살았던 것이다. 그때는 이렇게 아빠가 될 줄은 꿈에도 몰랐다.

이럴 줄 알았더라면…

나는 덜컥 아빠가 되기 전에는 '아빠'가 될 생각이 아예 없었다. 생각이 전혀 없으면 걱정도 없는 법. 문제는 스스로의 처지와 형편에 대한 자각이 생긴 다음이었다. 나는 내 앙상한 통장 잔고와 물려받은 빚과 앞으로 딱히 더 나아질 일 없는 벌이에 대해 생각하지 않을 수 없었다. 그런데 만약 내가 서른일곱에 아빠가 될 줄 알았더라면, 스물여섯 첫 직장에 입사하는 순간부터 꾸준히 정기적금을 붓고, 헛돈을 쓰지 않으며, 물려받은 빚도 착실히 갚아 나가는 삶을 살았을까?

아마 그렇지 않았을 것 같다. '아빠'가 되는 데까지 생각이 미치지는 않지만, 그걸 차치하고서라도 나는 착실하게 살았어야 했다. 지금은 '물려받은 빚'이 되었지만, 당시엔 부모님이 갚고 있는 빚이었고, 그때나 지금이나 통장은 비슷하게 헐렁하니 말이다. 책임질 일이 있으면 책임져야 할 때가 되어서야 책임지는 성품이다 보니, 아빠가 될 줄 알았더라도 아빠가 되고 난 다음에야 지금과 똑같이 지난날을 후회하고 있었으리라.

그렇지만, 그런 금전적인 문제들이 아닌 것들은 많이 달라졌을 것 같다. 가령 살면서 우연히 만나게 되는 여느 아기들에게 훨씬 더 많은 관심을 보이기는 했을 듯하다. 지금은 길에서 마주치는 (거의) 모든 아기들이 예쁘고, 귀엽고, 사랑스럽지만, 딸을 키우기 전엔 별로 그런 사람이 아니었다. 그냥 보는 아기들이야 귀엽긴 했지만, 길 가다 보는 정도보다 거리가 가까워지면 극도의 불편함과 어색함을 느끼는 사람이었다. 요약하자면 아기를 비롯해 물리적으로 가까운 거리에 있는 거의 모든 애들을 싫어하는 사람이었다.

그러나 딸을 낳아 키우면서 완전히 달라지고 말았다. 아기들이 말 그대로 살아남기 위해 얼마나 갖은 노력을 기울이는지, 그 아기들의 성장을 돕기 위해 부모들이 얼마나 애를 쓰는지 알기 때문이다. 길에서, 공원에서 보는 그 모습들 너머의 모습들에 공감할 수 있게 되니 조금 시끄럽다고, 아무 데로나 막 다닌다고, 음… 조금 못생겼다고 막 싫어할 수도 관심을 뚝 끊을 수도 없게 된 것이다.

어쨌든, 아빠는 딸이 생긴 후로 적금도 꼬박꼬박 넣고 있고, (애 보느라) 헛돈도 거의 안(못) 쓰고, 생활도 (비교적) 규칙적으로 살고 있다. 거의 군인 같은 삶인데, 당연하다. 육아는 전쟁이니까. 다만, 그래도 역시 먹고사는 문제에 관해서는 여전히 고민이 많다. 직업이야 딸의 엄마가, 그러니까 아내가 운영하는 출판사의 직원이라는 점에서 대단히 안정적이기는 하지만, 그런 안정성과는 별개로 평생 이걸 해야겠다 싶은 정도의 확신이 들지 않는 불안정한 나의 일(웹마케팅이라든가, 블로그 운영이라든가)에 관한 고민 같은 것들이다.

당장에야 주 업무인 육아와 두번째 업무인 출판사 일과 마지막으로 아내를 편안하게 해주는 일들을 하다 보면 그런 고민 따위는 사치스럽게도 느껴지지만, 그럼에도 불구하고 어쩐지 모를 찜찜함 같은 게 있기는 하다. 그나마 다행인 것은 주 업무가 세 개나 되다 보니 그런 찜찜함을 느낄 겨를이 별로 없다는 것이다. 일상이 어찌나 빡빡한지 10대 시절 '무한히 커다란 우주와 먼지보다도 작은 인간' 이야기를 들은 이후 내내 가지고 있었던 허무감조차 마음속에서 자취를 감추고 말았으니까.

아빠는 어떻게 아빠가 되는가

우리 딸의 월령 18개월 현재, 그녀는 가끔 화도 내고, 짜증도 낸다. 대단한 건, 그러고 난 다음에 (잠깐이긴 하지만) 한동안 아빠를 본체만체한다는 점이다. 놀라운 변화다. 지금까지 그는 매번 그때 그 '순간'만을 사는 것 같았다. 막 보채고 떼를 쓰다가도 재미나게 해주면 즉시 재미난 일로 넘어가서 깔깔 웃었으니까. '서운해한다', 그것은 그녀의 의식에 이제 '과거'가 자리를 잡기 시작했다는 의미다. 앞으로 차곡차곡 접혀 갈 그의 과거 속에서 나는 어떤 '아빠'로 기억될까?

다시 말하지만, 지난 나의 인생 계획 어디에도 '아빠가 되는 일'이 있었던 적은 없었다. 온갖 판타지로 가득 찬 10대 시절에도 '남편'이 된다는 판타지는 없었으며, 그 이후로도 그 점은 마찬가지였기 때문이다. 남편이 될 마음이 없는데 '아빠'는 말해 무엇하랴. 물론 남편이 되지 않고 아빠가 되는 길도 없는 것은 아니지만, 그쪽은 아빠가 아닌 남편이 되는 것보다 더 멀리 있었다. 인생에서 일어나는 거의 모든 결정적인 일들이 그러하듯, 나는 갑자기 정신 차리고 보니 아빠가 되어 있었다.

우리 딸이 엄마 뱃속에 있는 걸 알았을 땐, 아빠도 남편도 아니었다. 마음만은 즉시 아빠가 되었지만, 그렇다고 그걸 진짜 아빠라고 볼 수는 없었다. 더 나아가 딸이 세상에 나오고 난 다음에도 며칠간은 '아빠'라고 부를 수가 없었다. 나는 분명 '아빠'가 맞기는 한데, 산후도우미 이모님이 없으면 아기에게 필요한 어떤 것도 제공할 수가 없었기 때문이다. 울어도 왜 우는지 모르고, 아기가 눈을 뜨고 있으면 어떻게 놀아 주어야 할지도 모르겠고, 그때그때의 모든 순간들이 난감하기만 했었다. 물론 그랬던 것은 단지 며칠뿐이었다. 아기를 돌보는 시간이 조금씩 늘어 가자 자신감도 함께 늘어 갔다. 아기와 단둘이 남아도 전혀, 그 어떤 돌발 상황에도 당황하지 않을 정도의 자신감이 생겼다. 18개월이 지난 지금, 우리 딸의 주양육자로서 나는, 아기와 관련된 거의 모든 일을 누구의 도움도 받지 않고 다 해낼 수 있을 정도가 되었다. 말하자면, 아빠는 그냥 되는 게 아니다. 단련되는 것이다. 육아란 전쟁이고, 양육은 전사의 일이며, 이 아빠는 전사다!

아빠의 아버지, 다정하지만 어딘지 냉정한

내가 아빠가 되고 보니 문득문득 아버지 생각이 날 때가 많다. 무엇보다 우리 아버지가 나에게 많은 사랑을 주셨고, 그것도 티 나게 주신 분이어서 더 그런 것 같다. 우리 딸이 너무 예쁘고 사랑스럽게 보이는 날이면, 내가 저만 했을 때 우리 아버지는 어떤 마음이셨을까 생각하게 된다. 반대로 딸이 온갖 심통을 다 부리는 때에도 젊은 우리 아버지는 이런 위기를 어떻게 넘기셨을까 생각한다. 이 아들과는 달리 '욱'하는 일이 없으셨던 분이니 나처럼 딸에게 불끈했다가 후회하거나 하시지는 않았을 것 같다.

어머니의 말씀에 따르면 아버지는 기가 막히게 아기를 잘 보셨다고 한다. 놀아 주기도 잘 놀아 주고, 기저귀 가는 것부터 안고 재우는 일까지 육아와 관련된 거의 모든 종목에서 말이다.

아버지가 돌아가신 지금, 우리 딸이 태어나 무럭무럭 자라고 있는 지금, 돌아가신 아버지가 자주 그리워진다. 손녀를 못 보신 것도 아쉽고, 내가 우리 딸만 했을 때 어땠다는 이야기를 듣지 못하는 것도 아쉽다.

나는 매듭을 묶거나, 박스 포장 같은 걸 할 때 꼼꼼하고 단단하게 조이지 않으면 내내 마음이 찜찜하다. 그런 면과는 반대로 무언가 고장 난 걸 고칠 때, 원하던 기능이 멀쩡하게 돌아가면 대충 마무리를 하고 끝낸다. 우리 아버지가 그랬다. 어느 면에서는 말할 수 없이 꼼꼼한데, 어느 면에서는 이럴 수도 있나 싶을 정도로 허술했다. 하루하루 살아갈수록 문득문득 그런 아버지가 나에게서 튀어나오곤 한다.

자식을 대할 때도 그렇다. 우리 아버지는 그 세대의 아버지들에게선 쉽게 찾기 힘든, 자식에 대한 다정함이 넘치는 분이었다. 겨울밤 일을 마치고 돌아온 아버지는 옷도 갈아입지 않은 채 나를 안아 주곤 하였다. 그때 아버지의 작업복 점퍼에선 꽁꽁 언 담배 냄새가 연하게 났다. 뜨거운 방바닥과 엄마가 추울까 봐 덮어 놓은 솜이불 사이에서 벌겋게 익은 나는 아버지의 시원한 품이 좋았다. 지금도 아버지를 떠올리면 가장 먼저 떠오르는 이미지다.

그런 아버지의 손에는 호빵 봉지가 들려 있기도 했고, 뜨끈뜨끈한 만두가 들려 있기도 했다. 이런저런 군것질거리를 사 가지고 와서 식구들과 나누어 먹는 걸 그렇게 좋아하셨다. 내가 우리 딸을 보면서 그려 보는 미래의 그림도 그런 그림이다. 딸이 좋아할 법한 먹을거리를 짠, 사 가지고 나타나서 즐겁게 나누어 먹는 모습이 내가 그리는 다정한 아빠의 모습 중 하나다.

그런데 그렇게 다정한 아버지의 모습과는 완전히 다른, 냉정한 아버지도 있었다. 대개의 경우 부모가 가진 냉정함이란 어떤 '의도'를 가진 냉정함이게 마련인데 우리 아버지의 경우엔 그런 게 아니었다. 그야말로 아무 관계없는 '타인'을 대하는 것 같은 느낌을 줄 때가 있었다. 특별히 어떤 일화가 생각나거나 하지는 않지만, 어릴 때는 문득문득 아버지가 왜 이러는가 하는 기분을 느끼곤 했었다.

나중에 나이가 들어서 생각해 보건대, 아버지에겐 '아버지'의 역할이 많이 낯설었을 수도 있었겠다 싶었다. 할아버지가 한국전쟁 때 납북되셨는데, 그때 아버지는 겨우 생후 6개월 남짓한 아기였다. 반쯤 정신을 놓은 할머니와 형·누나들 사이에서 딱히 다정한 대우를 받아 보지 못한 아버지였으니 나를 대하는 아버지 자신이 어쩌다 낯설 때가 있지 않았을까 생각한다. 말하자면 아버진 '알아서' 살아남는 게 당연한 환경에서 자라신 것이다. 뭐든 해달라는 식으로 매달리는 당신의 어린 자식이 가끔 이상하기도 하셨겠지.

나의 아버지는 택시 운전사

아버지는 택시 운전을 오랫동안 하셨다. 법인택시, 개인택시, 모범택시, 다시 개인택시까지. 내 기억에 아버진 거의 25년 정도, 인생의 3분의 1 이상을 택시기사로 사셨다. 택시 운전을 하기 전에도 아버지의 직업은 늘 '운전'과 관련된 일이었다. 트럭으로 공장에서 나온 간장을 대리점에 배달하거나, 아이스크림을 소매점으로 배달하거나 하셨다. 그래서인지 아버진 늘 자동차에 신경을 많이 쓰셨다. 특히 실내에 신경을 많이 쓰셨는데, 거기엔 몇 가지 원칙이 있었다. 대시보드에는 아무런 장식품도, 염주·묵주·십자가 같은 종교적인 물건도 절대 올려놓지 않으셨다. 전방 시야가 닿는 곳은 언제나 순정 상태 그대로여야 했다. 대신 카오디오는 가장 좋은 걸 놓고 들을 형편은 안 되더라도 감당할 수 있는 범위에선 가장 좋은 걸 사용하셨다. 클래식이나 올드팝을 아주 많이 좋아하셨기 때문이다. 이런 말씀을 하신 적도 있다. "아빠는 하루 중 거의 대부분을 차에서 보내기 때문에 음악도 차에서 가장 많이 들어. 그러니까 오디오는 좋은 걸 써야지. 엄마한테는 50만원만 줬다고 하자." 내가 여전히 음악을 일상적으로 듣고, 딸에게도 될 수 있으면 많은 음악을 들려주고 싶은 이유는 그런 아버지를 두었기 때문이다. 여전히 우리 집에는 아버지에게서 물려받은 LP와 CD가 꽤 많다. 아버지는 나도 좋은 음악을 많이 듣는 어른이 되기를 바라셨다. 음악을 좋아하면 살면서 힘들거나 지칠 때 더 멋지게 쉴 수 있다고도 하셨다.

아버진 자동차의 간단한 소모품 교환이나, 수리는 직접 하시곤 했다. 이를테면 엔진오일이나 브레이크 패드 교환 같은 것들 말이다. 사실 나는 그게 좀 싫었다. 아파트 단지 주차장에서 작업복을 입고 기름때 묻혀 가며 '직접' 차를 손보는 게 궁상맞아 보였기 때문이다. 게다가 어릴 때부터 계속 한동네에 살았기 때문에, 동네에 학교 친구들이 많은 것도 어쩐지 신경 쓰였다. 물론, 이런 이야기의 끝이 언제나 그렇듯이, 학교 친구들은 얼굴에 검댕을 묻히고 자동차 바퀴의 볼트를 조이는 우리 아버지와 옆에서 아버지에게 볼트를 건네어 주는 나를 보고 인사를 하곤 했다. 지금이야 그게 아무렇지도 않은 일일 뿐만 아니라, 손재주 좋은 아버지를 자랑스럽게 생각할 수 있게 되었지만 당시엔 나와 우리 아버지가 초라한 것 같아 움츠러들곤 했었다. 그런 나완 다르게 아버진 오히려 그런 일을 할 때 더 즐거워 보였다.

사실 아버진 택시 운전 일을 좋아하지 않으셨던 것 같다. 다른 할 수 있는 일이 없어서 내내 그 일을 하시지 않았을까 싶기도 하다. 차라리 자동차 정비나 기계를 다루는 일이 아버지의 적성에도 훨씬 잘 맞았을 것 같다. 택시 운전을 하러 나가실 때는 즐거워 보였던 적이 드물었지만, 쉬는 날 주차장에 나가 자동차 보닛을 열 때는 거의 항상 즐거워 보이셨으니 말이다.

그다지 좋아하지 않는 일이 직업이어서 그랬을까. 내 기억에 아버지의 벌이가 좋았던 시절은 단 한 차례도 없다. 언제나 빚에 쪼들렸고, 빚을 갚아야 하니까 택시를 몰고 나가야 했고, 빚 갚을 돈을 벌러 나가야 하니까 집에서 쉬어야 했다.

너는 '명실상부한 교양인'이 되거라

내가 중학생이 되면서 나름 취향이 생겨 음반들을 모으고, 책을 직접 사서 읽기 시작하자, 아버진 기다렸다는 듯이 지원을 아끼지 않으셨다. 물론 그다지 넉넉하지 않은 환경이었기 때문에 원하는 음반을 팍팍 사 주셨던 것은 아니다. 그러나 그것과는 비교할 수 없이 큰 지원이 있었다. 그것은 바로 정서적 지지였다. 그러니까, 돈이 생기는 대로 음반을 사서 듣고, 책을 사 읽는 일이 시간 낭비·돈 낭비가 아니며, 오히려 그렇게 좋아하는 것에 몰두하는 것이야말로 중학생인 네가 할 수 있는 몇 안 되는 훌륭한 일이라 여기게끔 해주신 것이다. 물론 나중에 한참 자라고 나서도 월급의 거의 대부분을 그 일들에 쏟아붓는 부작용이 있기는 했지만, 어쨌든 좋아하는 일에 죄의식 없이 몰두할 수 있게 해주신 일은 지금 생각해도 감사하고 또 감사하다.

그러니까 우리 아버지는 내가, 무엇보다도, '명실상부한 교양인'이 되길 원하셨다. 학교라고는 '고등공민학교'밖에 다니지 못하셨던 아버지는 학력과는 별개로 보기 드문 교양인이셨다.

어릴 때부터 우리 집 책장엔 아버지의 손때가 묻은 세계문학, 사회과학, 인문학 문고본들이 가득 꽂혀 있었다. 그뿐인가. 집에는 언제나 오페라 아리아나 교향곡 선율이 울려 퍼지곤 하였는데, 그런 고급한 문화를 자유자재로 즐기는 중에도 아버진 항상 학력 콤플렉스를 안고 사셨다. 이를테면 일을 하시면서 클래식 음악을 듣곤 하셨는데, 혹시나 손님이 '무식한 택시기사가 무슨 클래식을 듣는다고…' 하는 식의 시비를 걸어 오진 않을까 걱정하는 식이었다(생전에 아버지의 흩어진 이야기 몇 가지를 떠올려 보면 실제로 그런 일이 있으셨는지도 모르겠다). 여하튼 아버지는 그런 분이셨으므로, 나 역시 그런 아버지 덕에 어릴 때부터 좋은 오디오로 좋은 음악을 마음껏 들을 수 있었고, 내가 알지 못하는 세계를 만나는 가장 빠르고 좋은 방법이 독서라는 걸 자연스럽게 배울 수 있었다.

문제는 아버지의 학력 콤플렉스였다. 아버진 마치 '교양인 면허' 같은 게 있기라도 한 듯, 대학을 나와야 진짜 교양인답게 살 수 있다는 말씀을 자주 하셨다. 말하자면 대학을 나와야 '명실상부한 교양인'이 된다는 이야기였다. 물론 성격상 '무조건 대학에 가야 해' 같은 식은 아니었지만 말이다. 나는 그런 아버지에게 화가 났었다. 이미 충분히 훌륭한데 어째서 그런 콤플렉스를 가슴에 안고, 등에 지고 사는지 도무지 이해할 수가 없었다. 그런 이유로 내기 시작한 화가 내 20대 시절 내내 지속되었던 것 같다. 지금 생각하면 아버지에게 참 미안한 생각이 든다.

여하간 나는 아버지가 원하던 대로 (졸업은 못했지만) 대학도 다녔고, 내 일과 삶에 비추어 '이 많은 교양을 어디에 다 쓰나' 싶을 정도의 교양인도 되었다.

아버지가 원했던 삶

그 세대의, 혹은 그전 세대의 여느 아버지들이 그렇듯이 우리 아버지의 목표도 나에게 자신과는 다른 삶을 물려주는 것이었는데, 아버지는 성공하신 듯하다. 아버지가 살아 계신다면 축하드린다는 말씀을 전하고 싶은데, 이제는 도저히 그럴 수가 없다. 그리고 아버지 자신이 살길 원했을 삶을 내가 살고 있다는 게 한편으로는 뿌듯하기도 하면서 한편으로는 그렇게 안타까울 수가 없다.

아버진 1950년 한국전쟁이 나기 여섯 달 전에 태어나셨다고 한다. 일제강점기부터 평양에서 방직공장을 운영한 기업가였던 할아버지는 월남하여 사업을 계속하셨지만 점령당한 서울에서 납북되셨다. 그래서 아버진 할아버지에 대한 기억이 전혀 없다. 전쟁통에 가족의 사진첩을 넣어 놓은 가방을 잃어버려서 얼굴도 모르고 자라셨다고 한다. 전쟁이 끝난 후에 할머니는 반쯤 정신을 놓으신 상태였고, 막내였던 아버지는 형과 누나들 틈에서 늘 기가 죽어 있었다고 했다.

성인이 된 다음엔 늘 운전과 관련된 일을 하셨다. 당시엔 운전면허가 있는 사람도 몇 없었기 때문에 운전도 충분히 '기술'이었던 것이다. 물론 아버지는 다른 일이 하고 싶으셨지만, 학력이 거의 없다시피 했으므로 다른 기회를 갖기는 쉽지 않았다. 만약 아버지가 역경을 이겨 내고 목표했던 바를 기필코 이뤄 내는 성품의 사람이었다면 다른 수가 있었겠지만, 아버진 역경을 피해 되도록 편한 쪽에 머무르는 분이셨다.

결혼을 하고 나를 낳아 기르는 동안이 아버지의 인생에서 가장 행복한 시절이었다. 아버지가 돌아가신 후에 어머니가 전해 준 이야기다. 내가 중·고등학생 시절 아버지는 문득문득 어머니에게 "지금이 내 인생에서 가장 행복한 때야" 같은 말씀을 하셨다고 한다. 그리고, 내 방 문을 한 번씩 열어 보시곤 "참 부러운 놈이야" 같은 말씀도 하셨다고 한다. 그런 이야기를 하면서 아버지가 떠올렸을 아버지의 '불행

했던 시절'들을 상상해 보면 배고프고 여기저기 살이 튼 어린 아버지에게 따뜻한 밥을 지어 드리고 싶어진다.

어떤 당위나 의무감 같은 것은 전혀 없지만 나는 기꺼이 내게 주어진 이 삶 속에서 행복하게 살고 싶다. 내 삶을 그렇게나 부러워했던 아버지가 보란 듯이, 당신이 물려준 그 많은 것들을 재산 삼아, 당신의 아들이 이렇게 즐겁게 지낸다고, 아버지에게 전하고 싶다.

2.
아빠가 되었다,
다른 삶이 주어졌다

아빠가 된다는 건 어떤 일인가? 나에게 그것은, 거의 다시 태어나는 정도의 변화였다. 그러니까 지금까지 살아온 방식 전반을 갈아엎지 않으면 안 되는 그런 일이었다. 그것은 존재가 전혀 다른 장(場)에 놓이는 일이다.

예전에는, 아빠가 되기 전에는 '아이를 낳아 길러 보아야 진짜 어른이 된다'는 이야기를 들으면 절로 콧방귀(흥!)가 나오곤 했다. 그 이야기는 마치 '공부엔 다 때가 있다'는 말처럼 옳기만 할 뿐 여전히 젊은(젊다고 믿고 있는) '나에겐' 아무 의미가 없는 말이었다. 공부에 '때'를 놓쳐 봐야 정말로 공부에 '때'가 있'었'음을 알 수 있듯, 진짜 부모가 되어 봐야 정말 '어른'이 된다는 게 어떤 것인지 알 수 있는 법이다.

나의 경우엔 '어른'이 되는 걸 일부러 지연시킨 감도 없지 않아 있었다. 그냥 좀 꺼려졌다고 할까. '어른'이 되어서 기꺼이 내 일에 '책임'을 지는 것보다는 영원히 소년으로 남는 편이 더 멋지게 보였으니까. 그런데, 당연하게도 현실은 그렇게 호락호락하지가 않았다. 한 살, 한 살 나이를 먹고 세상 돌아가는 일도 좀 보이고, 배도 좀 나오고, 담배도 늘고, 아버지마저 돌아가시고 나니, 거기 남아 있는 것은 여전히 풋풋한 소년도 아니요, 굳센 어른도 아닌, 늙은 소년뿐이었다. 그러다가는 영영 아무것도 아닌 채로 한세상 끝날 것 같다는 위기감이 나를 덮쳐 왔다. 그리하여 열심히 내면의 성장을 도모해 보았지만, 그럴수록 세상이 내게 보여 주는 것은 허무하고, 또 허무한 아수라장. 그건 아마 내 마음이었을 것이다.

그래도 그런 중에도 사람이 숨이 붙어 있으면 어떻게든 살게 되는 것인지 나는 꾸역꾸역 연애도 했고, 소설도 좀 읽었고, 도무지 귀에서 겉돌던 흑인음악도 좋아하게 되었다. 그러니까 아득바득 용을 쓰던 참이었다. 바로 그때, 아빠가 되었다.

늙은 소년은 정든 집을 떠난다

우리 딸이 아직 엄마 뱃속에 있을 때다. TV 드라마에서처럼 아빠는 입덧하는 엄마를 위해 한겨울에 딸기를 구하러 마트에 가기는커녕 정신없이 몰아쳐 오는 본가의 일을 처리하느라 혼이 쏙 빠졌었다.

일어난 일을 꼽아 보자면, 나의 모친께서 욕실에서 낙상을 하시는 바람에 허리에 골절상을 입고 입원을 하게 되셨고, 그 사이에 본가는 윗집의 누수로 인해 벽지가 다 젖고, 그 물이 두꺼비집으로 흘러 들어가는 바람에 정전까지 일어났다. 그런 와중에 본가를 비우고 서울에서 혼자 지내는 아내 곁으로 올 수도 없었다. 방문하는 누수업체마다 어디서 물이 새는지 찾질 못하는 바람에 일주일 넘게 아침마다 탐지업체를 바꿔 가며 누수 지점을 찾았기 때문이다. 나는 사건의 이해당사자(인 모친의 대리인)로서 일이 어떻게 돌아가는지 알아야 했기 때문에 밤에 전깃불도 안 들어오는 추운 본가에서 내내 대기하고 있어야 했다(요즘 보일러는 전기가 안 들어오면 불도 붙일 수가 없다). 참 우울한 시절이었다.

춥고 어두운 밤 본가 내 방 침대에 누워 나, 아빠는 온 생애를 통틀어 가장 낯선 시간을 보내고 있을 아내를 걱정하였다. 도저히 어쩔 수 없어서 그러고 있었던 것이지만, 혹시나 이렇게 '본의 아니게' 방치한 것으로 나중에 책을 잡히면 어쩌나… 같은 생각을 한 것은 아니고, 혹시라도 나를 원망하는 마음이 커져서 아기와 엄마 모두에게 안 좋은 영향이 생기거나 하면 어쩌나… 같은 유의 걱정이었다. 물론 그건 그냥 나 혼자 생각한 것이고, 아내는 나처럼 궁상스럽거나 지질한 구석이 없는, 그야말로 쿨한 성격의 소유자인지라 그 낯설었을 시간을 굳세게 통과해 버렸다. 아, 물론 그렇게 결과가 좋기는 했지만, 나는 그때의 그 '본의 아닌' 방치로 인해 여전히 고통받고 있다. 사소한 말다툼이라도 할라치면 그때의 일을 가지고 나와 공격하는데, 여전히 뭐라 대꾸할 말이 없다. 처음엔 그냥 당하고만 있었으나 요즘은 그냥 기억을 못하는 척하기도 한다.

모친의 퇴원이 일주일 앞으로 다가왔을 때, 드디어 누수의 원인을 찾았다. 보일러관이 터져서 그 물이 바닥을 타고 우리 집 천장과 벽으로 흘러들었던 것인데, 그게 중요한 것은 아니고, 그래서 나는 초등학교 4학년 때부터 살았던 그때까지의 '우리 집'과 작별을 준비하였다. 사실 나는 그 집에서 조금 더 일찍 떠날 계획이었다. 그런데 아버지가 갑자기 돌아가시면서 어쩔 수 없이 더 오래 살게 된 것이었다. 정말 떠나겠다 생각하니 한편으로는 후련했다. 나는 그 후련한 마음에 힘입어 말도 안 되는 계획을 세우고야 말았는데, 모친이 퇴원해 돌아오기 전에 도배한 지 10년이 넘은 온 집안의 벽과 천장, 누수로 인한 물자국으로 얼룩진 그 벽과 천장을 (일명) 벽지페인트로 싹 칠하자는 계획이었다. 내가 떠난 후에 그 집에서 혼자 살게 될 엄마가 좀더 깨끗한 집에서 새로운 기분으로 살아가길 바라는 마음도 있었고, 어쩐지 이 집에 작별의식 비슷한 것을 하고 가는 게 좋겠다는 생각이었다.

그 계획은 지금 생각해 보면 어이없을 정도로 황당한 계획이었는데, 나 혼자 힘으로 하려면 할 수는 있지만 (실제로 해냈으니까!) 해서는 안 될 정도로 힘든 일이었다. 온 집안을 새로 칠한 후에 깨끗해진 천장과 벽들을 보고 있자니 기분이 참 좋았다. 그러나 한시라도 빨리 거길 떠나고 싶었다. 지나치게 힘들고 훌륭한 작별의식이었다.

아기가 온다, 딸이 왔다

우리 딸은 불현듯, 아무 예고도 없이 불쑥 아내와 나의 인생에 끼어들었다. 이게 왜 '불쑥'인가 하면, 우리는 아기를 바란 적도 없고, 아이를 키우며 그것을 낙으로 삼는 인생을 바란 적이 없었기 때문이다. 우리는 그냥 각자 허무한 가운데 열심히 일하는 독신남녀였을 뿐이다. 그러나 그렇다고 해서 '절대, 절대, 절대 아이는 낳지 않을 거야'라거나, '오, 세상에 애를 어떻게 키워' 정도는 아니었다. 그냥 어렴풋이 '애가 생기면… 음… 뭐 낳아서 키우면 되지 않겠어?' 정도였달까? 가끔 TV 같은 데서 너무 사랑스러운 아기가 나오면 '아이를 키우면 참 좋을 것 같기도 하다' 같은 말을 주고받기도 했다(그렇다고 막 그 말에 책임져야 하고 그런 거 아니지 않나요?). 뭐 여하튼, 그런 정도의 입장을 가지고 있던 사람들이었지만, 일단 아내의 뱃속에 아기가 생겼다는 걸 확인하자마자 아내도 나도 감격했다. 나의 경우엔 어떤 안도감 같은 게 있었던 것 같다. 아내에게 그 소식을 처음 들었을 때, '아기가 생겼으니 지금까지 살아온 대로 살지 않아도 된다', '강제로라도 이 삶에 무언가 변화가 일어날 것이다' 같은 생각들이 마음속에서 반짝하고 솟았던 것이다. 그러고는 금방 뭐라고 설명하기 힘든 감격에 사로잡혔다. 나는 지금도 여전히 아빠의 삶의 한 마디에 모종의 출구를 열어 준 우리 딸에게 고마움을 느낀다.

그렇게 아빠가 된다, 삶의 다른 길이 열린다는 생각에 두근두근하고 있었는데, 문득 한켠에 치워 두고 잊고 있었던 현실적인 문제들이 떠올랐다. 결혼 소식을 친구들에게 어떻게 알릴 것인가? '나는 결혼 안 할 건데?' 또는 (결혼한 친구에게) '그러게 결혼을 뭣 하러 했어'라고 떠들어 댄 나에게 그들은 무어라 할 것인가? 얼마나 많은 놀림을 받을 것인가? 뭐 그건 어떻게 잘 참고 넘어간다고 하고, 본가에 남아 있는 빚은 어떻게 할 것이며, 혼자 남게 된 모친은 괜찮을 것인지 등등, 생각하고 계획을 세우고, 처리해야 할 일들이 잔뜩이었다. 나는 고민을 거듭하다가 손쉬운 결론에 도달했다. 친구들에게는 언제나 그랬듯 뻔뻔하게 굴기로 했고, 그 외 기타 문제들은 어떻게든 될 터이니 순리에 따르자는 결론이었다. 물론 내가 이렇게 대충 마음을 정리할 수 있었던 가장 큰 이유는 나에게 든든한 우군 (좀 미안하긴 하지만) 아내가 있었기 때문이다.

인생의 신조, '진인사대처명하니 처하태평이라'

진인사대처명(盡人事待妻命)하니 처하태평(妻下太平)이라. '모든 일을 아내의 명령에 따라 하니 아내 밑에서 태평하리라'는 뜻이다. 아내는 어떤 선택의 순간에 대개 나보다 옳은 선택을 한다. 그녀는 지금까지 내가 본 사람 중 가장 원칙적인 사람인 동시에 최강의 리얼리스트다. 계획을 세우는 것도 그걸 실행에 옮기는 것도 탁월하다. 반면에 나는 편의에 따라 '원칙'을 자유자재로 바꾸길 두려워하지 않으며, 냉엄한 현실을 떠나 훨훨 날아오르길 주저하지 않는, 말하자면 제멋대로의 도피적 성향의 인간이다. 이런 내가 저런 아내의 명령에 따르는 게 어느 모로 보나 좋다. 그나마 나에게 이 정도 지혜라도 주어진 것이 얼마나 다행인지.

여하튼 아내의 그런 성품에 비춰 보건대 나에게 닥친 현실적인 걱정들에 대한 해답을 그녀가 이미 모두 가지고 있으리라 생각했고, 실제로도 그러했다. 나는 내가 처리할 사소한 문제들(내 친구들에게 이 결혼과 임신 소식을 알리는 문제나, 남아 있는 자잘한[?] 카드 대금을 처리하는 문제, 그녀 몰래 구입해 쟁여 놓은 각종 취미용품들의 처리 문제 따위)에 관해서는 최대한의 자율성을 발휘해 번개같이 해치워 버렸다. 그리고 좀 굵직한 문제들——부모님들께 알리는 문제, 결혼 후 수입의 배분과 할당 문제 같은 것들은 그냥 온전히 그녀의 지시에 충실히 따랐다.

물론, 나의 이런 처신에 대해 아내는 불만이 많을지도… 아니다, 사실, 그녀의 불만은 내 처신에 있다기보다는 오히려 이런 언설에 있을 것이다. 말인즉, 내가 말로는 그녀의 말을 다 따르겠다고 하면서 실제로는 그녀가 원하는 만큼은 따르지 않는다는 점이 그녀의 가장 큰 불만일 것이다. 그러니까 그녀에게서 '사람들은 내가 널 휘두르는 줄 알지. 쯧쯧' 같은 반응이 나오는 것이리라. 이에 대해 나름의 변명을 하자면, (화만 더 돋우는 말일지도 모르지만) 그마저도 노력해서 그 정도라는 점이다. 나는 사실 (사람이 누구나 그렇겠지만) 누가 보아도 자아가 강하고, 진심 어린 남의 조언을 거의 언제나 참고만 하며, 매사에 취향이 분명한(했던) 자기중심적인 인간의 전형이(었)다. 그런데 아내를 만나고 한 번, 아빠가 되고 두 번, 마음속에 단단히 자리 잡고 있던 자기중심의 기둥을 부쉈다. 살면서 점점 깨닫게 되는 것인데 그것들은 정말이지 결혼-육아 생활에 손톱만큼의 도움도 되지 않는 것들이다. 언젠가 그 기둥들이 재건될지 어떨지는 모를 일이지만, 지금으로서는 그냥 이 상태가 더 좋다. 강한 자아와 취향을 여전히 보존하고 있었다면 아마도 이 생활은 파탄까지는 안 가더라도 극도의 우울 속에서 지속되지 않았을까?

결혼과 육아가 인생의 메인스테이지에 들어오면서 이른바 '내 시간'은 심야의 몇 시간 정도로 한정되고 말았지만 나는 기꺼이 '나'의 상실을 받아들이고 있다. 물론 초반에는 그 시간 없음에 절망하고 '이게 우울증인가?' 싶은 정도까지 갔었다. 그런데 그 상태로는 도저히 아기를 돌볼 수가 없다는 걸 깨닫고, 나름대로 '훈련'하듯 그 '시간 없음의 시간'들을 버텨 냈다. 말하자면 낮에 아기와 함께 있는 동안에는 '나(자아)의 시간'을 기억조차 하지 못할 정도로 옆으로 밀쳐 놓는 연습이었다. 그게 마음속에 있으면 결국 조바심이 나게 되고, 그 영향이 고스란히 아기에게 가기 때문이다. 아기를 버리는 것보다는 낮 동안 '나'를 버리는 게 훨씬 쉬웠다.

지금은 아기를 돌보는 것과 관련해서는 쉽게 우울감에 빠지거나 하지 않는다. 우울해질 것 같으면 딸과 더 격렬하게 놀고(아빠가 힘들수록 딸은 더 크게 웃는다), 더 열심히 유아식을 만들고, 빨래를 돌리고, 빨래를 개키고, 방을 닦고, 딸을 씻기고 한다. 그러고 나서 밤을 맞이할 때, '내 시간'에 대한 갈급증이 훨씬 줄어들어 있음을 느끼곤 한다.

내가 이런 상태에 도달할 수 있었던 데에는 '아이는 함께 키우는 것'이라는 말을 할 필요조차 없을 정도로 '함께' 아기를 돌보고, 생활을 책임지는 아내가 있었기 때문이다. 우리는 그렇게 서로에게 숨구멍이 되었다.

물론 나는 아내의 말에 모두 다 (기계적으로) 따르지는 않는다. 아내가 옳다는 걸 알면서도 멋대로 굴 때가 있는데, 그건 도저히 나도 어떻게 할 수 없기 때문이다. 그러니까 뻘짓인 걸 알면서도 그걸 꼭 해야만 다음 날이 살아지는 그런 짓들 말이다(아내의 눈에는 도저히 서런 짓을 왜 하나 싶은 '키보드 스위치 교환'이라든가, '심야 만년필 세척 주간' 같은 짓들 말이다, 쩝).

어쨌든, 그렇게 아빠이자, 남편이 된 나는 꽤 어른스러워졌다. 그렇게 하루하루 꾸역꾸역 살다 보니 인생이 어떻게든 앞으로 간다.

아빠가 되기는 되었다

'어떤' 아빠가 될 것인가 하는 문제에 비하면 아빠가 되는 문제는 쉽다. 이건 단지 열심히 한다고 되는 문제가 아니니까 말이다. '어떤 아빠가 될 것인가', 하루에도 몇 차례씩, 불쑥 마음속에서 그런 질문이 솟는다. 딸을 혼내거나, 그녀가 원하는 걸 하지 못하게 막을 때와 같이 딸이 불만을 가질 법한 상황에서 특히 자주 생각난다. 여전히 나는 사람에게는 저마다 타고나는 게 있고, 그게 다 다르고, 각자의 인생에 큰 영향력을 행사한다고 믿지만, 그와 동시에 그 타고난 것이 발휘되는 환경의 영향력도 결코 작다고 생각하지 않는다. 우리 딸을 두고 볼 때, 그녀의 인격 형성에 결코 적지 않은 지분을 내가 쥐고 있다고 생각하면 겁이 나기도 한다. 무엇보다 나 스스로가 그녀에게 좋은 영향만을 줄 정도로 훌륭한 사람이 아닌 게 너무 분명하기 때문이다. 여느 많은 아버지들이 그러하듯 나에게도 훌륭한 점과 별로인 점이 비슷비슷한 비율로 섞여 있을 따름이다.

그런 이유로 '나로 인해 혹시 우리 딸의 인생에 암울한 그림자가 드리워지는 것은 아닐까' 하는 불안감이 있다. 떨쳐 보려고도 해보았는데, 그럴수록 더 끈적하게 달라붙어 온다. 그래서 나는 요즘엔 애써 떨치려고 하지 않는다. 그냥 그런 생각을 하루에 한 번쯤 해본다. 그러는 편이 아빠인 나를 점검해 보는 데에도 좋고, 딸을 대하는 마음이나 자세를 정돈해 주는 것 같기 때문이다. 다만, 나름대로 경계를 늦추지 않기도 하는데, 저런 식의 불안감은 까딱하면 딸에게 좋은 것만 주겠다는 식의 강박으로 돌변할 수 있기 때문이다. 내가 딸에게 해줄 수 있는 것들에 분명한 한계가 존재한다는 것만 잊지 않으면 얼마든지 괜찮다는 생각이다.

　여전히 이런 고민이 인생의 주요한 고민이 되었다는 게 낯설기도 하지만, 이 낯선 기분이 인생을 지속해 나가는 원동력이 되기도 한다. 그러니까 활력을 준다. 심지어 내 인생 최근 10년 사이에 이렇게 활력이 넘쳤던 적이 없다. 아빠가 되길 잘했다. 아니지, 아빠가 되게 해주어서 참 고맙다.

3.
육아(育兒)가
곧 육아(育我)

나는 육아하는 아빠다

말 그대로 나는 평일 낮 시간을 19개월 된 딸과 함께 보낸다. 요즘 세상에 그리 드문 일도 아니기는 하지만, 그렇다고 아주 흔한 일도 아니다. 나의 남자 친구들만 보더라도 그렇다. 몇 안 되는 그들 중에 육아를 맡았던 친구는 없다. 오히려 다들 너무 아이를 안 봐서, 문제였다. 인터넷 카페에 올라오는 사연들을 봐도 그렇다. 아빠가 육아를 맡는 경우는 드문 일이어서 '육아하는 아빠' 유의 글이 하나 뜨면 금세 메인을 차지한다. 댓글엔 '아빠 육아'에 대한 온갖 찬사가 쏟아지는데, 육아하는 아빠로서 조금 민망할 정도다.

물론 나도 세상의 그런 찬사를 꽤나 즐겼다. 아빠가 육아하는 시늉만 해도 칭찬받는 세상에서 나 정도(아기와 관련된 모든 일을 혼자서도 처리할 수 있는 정도)면 사연을 들은 대부분의 사람들이 '와, 대단하시네요'라거나, '멋지세요'라는 식의 감탄을 보내 준다. 거기에 마침 딸내미 머리를 새로 묶어 주는 퍼포먼스라도 한번 보여 주면 그야말로 열광의 도가니가 따로 없다. 물론 그런 순간에 나는 한껏 우쭐해지므로 힘을 다해 얼굴 가득 겸손을 머금곤 한다. 그것만 보면 나는 아이를 돌보기 위해 지난 삼십 몇 년을 준비한, '준비된 아빠'처럼 보일지도 모른다. 물론 현실은 그것과는 완전히 다르다.

솔직히 말하자면, 나는 딸을 돌보는 이 일에 대해 복잡한 감정을 가지고 있다. '아이를 돌보는 아빠'라는, 어쩐지 유행의 첨단을 걷는 듯한 속물스러운 만족감을 느끼는가 하면, 이러다가 우울증 걸리는 거 아닌가 싶을 정도로 막막한 기분을 종종 느끼기도 한다. 심하지는 않지만 이른바 경력 단절에 대한 스트레스도 없는 건 아니다. 또 그런가 하면 내가 이렇게 딸과 함께 시간을 보내며 버텨 주기 때문에 아내가 마음 놓고(?) 바깥일을 해나갈 수 있다는 생각에 자부심 비슷한 걸 느끼기도 한다. 이런저런 감정과 관념의 단편들이 하루에도 여러 번 자리를 바꿔 가며 마음 한복판에 머물다 떠나는데, 그러다 보면 역시, 지친다.

육아와 본전 생각

아이를 돌보는 일은 엎어 치나 메치나 정말 힘든 일이다. 지난 인생을 돌아보면 지금껏 해왔던 어떤 일보다도 어렵지 않나 싶다. 그래서 그렇게나 감정이 복잡해지고, 괜한 허영으로 마음을 한가득 채우기도 하는 게 아닐까. 아이 돌보는 일이 힘에 부칠 때, 어쩐지 슬럼프인 것 같다 싶을 때면 감정이 더욱 양극단으로 오락가락한다. 하루 종일, 손으로는 기저귀를 갈고, 입으론 아기를 달래면서 마음으로는 영 딴생각에 몰두해 있다. 냉정하게 따지고 보면 바로 그 순간에 나는 도망치고 싶었던 게 아닌가 싶다. 말하자면 '본전'이 생각났던 셈이다.

　세상 여느 부모들처럼 나도 기꺼이 딸에게 갖은 정성과 사랑을 쏟을 준비가 되어 있다. 그리고 실제로도 그걸 쏟아붓고 있다. 그렇지만 역시, 나에게도 하고 싶은 일들이 있다. 누가 하지 말라 그랬냐고 할 수도 있겠으나, 아이를 키우는 일은 어쨌거나 부모가 가진 복잡 다양한 욕망들을 제한한다. 쉽게 말해 아이가 눈 뜨고 있는 동안에는 아이를 지켜보면서 다른 생각을 하는 것 이상의 다른 일을 할 수가 없다. 아이가 잠들어도 그렇다. 날이 밝으면 당연히 아이도 일어나 오늘과 같이 활동할 것이므로 밤에 무슨 일을 하든 내일의 피로를 염두에 두지 않을 수가 없다. 어느 한 가지 욕망과 활동에 자신을 쏟아붓는 그런 일을 하면 안 된다. 직장 생활이야 적당히 일하는 척도 하고, 슬쩍 졸기도 하고 대충대충 하면… 안 되기는 하지만 그러자고 마음먹으면 그럴 수 있다. 그러나 아이를 보는 일은 아무리 대충 해도 요구되는 체력 레벨이 꽤나 높다. 결국 아이가 자기 혼자 노는 걸 더 좋아하기 전까지, 제 부모를 시큰둥하게 바라볼 나이가 되기 전까진 언제나 '다음'을 생각하며 오늘을 보내야 하는 운명이다.

나는 물론 일이 이렇게 되리라는 걸 알았다. 알았지만, 이 정도로 이럴 줄은 몰랐다. 아마 알았더라도 그냥 그렇게 아는 것과 실제로 겪는 건 완전히 다르다고 느꼈을 거다. 그러고는 똑같이 이런 내용으로 글을 쓰고 있지 않았을까 싶다.

이렇게 하나 저렇게 하나 일어날 일은 일어나는 법이고, 겪어야 할 바는 겪어야만 끝난다는 평범한 진리를 이렇게 또 깨닫는다. 그럼에도 불구하고, 나는 여전히 '본전'을 생각하곤 한다. 지금 딸이 없었다면, '커피 한잔 들고 공원 산책이나 하고 있었을 텐데'라거나, '이맘때쯤 무슨무슨 게임이 나오지 않던가'라거나, '낮에도 마음 놓고 웹서핑 좀 하고 싶다'라거나 하는 식이다. 그런 망상은 흘러 흘러, 딸이 다자란 몇 년 후까지 흘러가서 그때 되면 뭘 해야지, 뭘 해야지 하는 데까지 흘러간다. 그러다가 문득 울음소리에 정신을 차리고 보면 어딘가에 머리를 박은 딸이 아빠와 엄마를 번갈아 부르짖으며 울고 있다. 그럴 때면 미안하기도 하고 민망스럽기도 하고 그렇다. 아빠가 무슨 생각을 하면서 히죽거리는지 딸이 알 리야 없겠지만, 저한테 집중을 하지 않고 있다는 건 충분히 알았을 테니 말이다.

육아 때문에 잃은 것, 덕분에 얻은 것

딸은, 아빠의 그런 본전 생각, 복잡한 감정들 따위엔 아랑곳하지 않는
다. 그저 제시간에 일어나 놀고, 밥 먹고, 또 놀고, 자고, 간식 먹고, 놀
고의 무한 반복이다. 딸의 그 먹기, 놀기, 잠자기 사이클을 떠받치고 있
는 건 결국 아빠의 구체적인 행동들이다. 내가 만약 그런 구체적인 행
동들 중에 한두 가지를 빼먹고 안 해 버리면 딸의 생활 전체에 영향이
간다. 결국 싫으나 좋으나 아빠로서는 움직일 수밖에 없다. 바로 그 점
때문에 힘이 드는 것이지만, 달리 보면 그럴 수밖에 없다는 게 다행이
라는 생각도 든다. 이걸 해야 하나 말아야 하나 하는 식의 마음의 갈등
같은 걸 겪을 필요가 없기 때문이다. 말하자면, 언제나 할 일이 있다.

　본전 생각에 빠져들면 바로 그 점이 그렇게 힘든 것인데, 반대로
아빠가 감정적인 부침을 겪지 않고, 신체의 컨디션도 괜찮을 때면 그
게 그렇게 고맙기도 한 것이다. 이를테면, 아이 돌보는 일과 관련된 온
갖 일들이 쏟아져 나올 때, 그래서 그 일들을 재빠르게 해치우다 보면,
문득 마음이 몹시 편안하다고 느껴질 때가 있다. 그럴 때면 물려받은
빚 생각도 안 나고, 도무지 뭘 하면서 살아야 하나 싶은 나 자신의 미
래에 대한 걱정도 사라진다. 당장 내년에 이사 갈 일이라든지, 읽고 싶
어서 사 놓고 펼쳐 보지 않고 있는 책더미랄지, 넷플릭스 신작 드라마
랄지 여하간에 마음을 시끄럽게 만드는 온갖 일들로부터 훌쩍 떠난
기분이 드는 것이다. 그건 그냥 '기분이 좋다'는 느낌과는, 그러니까

닥쳐 온 일들을 다 해결해 내면서 느낄 법한 성취감이나 고양감하고도 다르다. 차라리 그건 그런 평온한 기분을 느끼는 데까지 이를 수 있었다는 데 대한 고마움과 비슷한 감정이다. 무언가 예상하지 못한 선물을 받은 기분이랄까.

생각해 보면, 사람이 사는 일에 무언가 보태고 빼는 것은 그렇게 어렵지 않다. 특히 요즘 같은 세상이라면 더욱 그렇다. 나가서 사거나, 버리면 그만이니까. 그런데 인생의 성질이 바뀌는 건 정말 어렵다. 인생의 성질이 바뀐다는 건 무엇보다 일상이 바뀌는 일이고, 욕망이 향하는 방향이 바뀌는 일이다. 딸이 태어나면서 그 모든 것이 바뀌고 말았다. 예를 들어 나는 정말이지 아침에 일어나는 걸 그 어떤 것보다도 힘들어했다. 다음 날 아침 일찍 꼭 해야만 하는 일이 있거나 약속이 있으면 차라리 안 자고 나가는 걸 택할 정도였다. 지금은? 특별한 경우가 아니면 평일이나 주말이나, 언제나 7시에서 8시 사이에 꼬박꼬박 일어나게 되었다. 어쩔 수가 없다. 딸이 그 시간에 일어나기 때문이다.

다음 날을 감안하면서 그날 저녁을 보내게 되고, 무슨 일이 있어도 일어나는 시간에 일어나야 하는 식으로 일상이 바뀌면서 마음이 향하는 길도 바뀌게 되었다. 사실 아이가 태어나기 전에는 세상이야 어떻게 되든 당장 눈앞의 즐거운 일이 세상에서 가장 중요한 일이었다. 그러다 보니 결국 매사에, 그러니까 즐거운 일이든 그렇지 않은 일이든 간에 그 끝에는 공허감 같은 게 있었다. 가장 많이 바뀐 점이 있다면 바로 그 점이다. 지금도 물론 세상일이 어떻게 돌아가든 별 관심도 없거니와 거기에 '참여'해서 어떻게 해보겠다는 생각은 여전히 하지 않지만, 우리 아이가 세상이 주는 그런 풍파 속에서도 꿋꿋하게 살아갈 수 있는 사람이 되었으면 좋겠다는 생각을 하곤 한다. 그러자면 당연하게도 아빠가 그럴 수 있어야 하지 않겠는가. 말하자면 눈앞의 즐거움에 취했다가, 공허감에 몸부림쳤다가 하는 식으로 살아서는 도저히 되지 않을 일이다.

이런 식으로 하루의 패턴이 바뀌고 마음이 향하는 길이 바뀌는 걸 보면 내가 아이에게 주는 것만큼이나 아이가 나에게 주는 것이 있다. 부모가 아이에게 삶 자체를 준다면, 아이는 부모에게 지금까지와 다른 삶을 주는 셈이다

'육아'는 사실 나[我]를 기르는 일

앞서 말한 것처럼 아빠는 여러모로 부족한 인간이다. 강제로 성실한 삶을 살면서 마음이 향하는 길까지 수정당했으면서도 여전히 예전의 그 재미있었던 것 같은 삶을 그리워하기도 하고, 아이를 돌보느라 접어 둔 여러 일들을 떠올리며 억울해하기도 한다. 그나마 다행인 건 여전히 내가 어떤 '과정' 중에 있다는 데 있다. (아이가 태어난 후) 19개월이 지난 지금도 바뀌는 중이기도 하고, 앞으로 꽤 많은 날들이 남아 있기도 하다. 딸이 성장의 과정 속에 있는 것처럼 말이다.

우리 딸은 요즘 그야말로 제 자아의 존재를 폭발적으로 드러내고 있다. 조금이라도 제 성미에 거슬리는 게 있으면 울고불고 난리난리를 치기도 하고, 고집을 빳빳하게 세우고 절대 물러서지 않겠다는 식으로 굴기도 한다. 심지어 가리는 것 없이 다 잘 먹던 녀석이 가리는 음식도 생겼다. 이를테면 오이를 안 먹으려고 한다. 우습기도 하고, 귀엽기도 하고, 밉기도 하다. 물론 그럴 때면 미울 때가 더 많기도 하다. 밉다 뿐인가. 성질이 솟구쳐 올라와서 제 녀석이 아빠에게 하는 것처럼 소리를 꽥꽥 질러 주고 싶을 정도다. 그렇게 굴 때면 나도 모르게 그 상황에 끌려 들어가서 그녀의 페이스에 휘둘리고 만다. 잘 참다가도 어쩌다가 욱해서 "뭐 어떡하라고!" 하며 큰소리를 내기도 한다. 요즘은 훨씬 나아지기는 했다. 딸은 여전히, 아니 점점 더 그렇게 되었지만, 내가 좀 바뀐 것이다. 그건 나 스스로도 그게 참 대견스럽고, 자랑스럽고, 훌륭하다 여기고 있다. 무언가 하면 어쩐지 그 상황이랄지, 딸의 못됨이랄지 그런 것에 거리를 두는 나름의 방법을 터득했기 때문이다.

일단, 그런 상황이 벌어지면 나는 최대한 냉정해지려고 노력한다. 그리고 먼저 그녀의 나이와 내 나이 사이의 꽤 상당한 거리를 떠올린다. 당연히 어느 모로 보나 아빠인 내가 딸보다 훨씬 우위에 있다. 더 크고, 힘도 세고, 할 줄 아는 것도 많고, 그러니까 살아오면서 붙은 관록을 비교조차 할 수 없다. 우스운 일이긴 하지만, 그걸 떠올리면 비로소 온갖 성질을 부리고 앉아 있는 딸이 제 나이 두 살로 보인다. 가

소로운 녀석. 말하자면 마음의 여유를 만들어 낼 수 있게 되었다.

사실 그렇게 어떤 사태를 더도 덜도 아닌 채로, 딱 그만큼의 사실로서 받아들이는 건, 과장을 좀 보태어 말하자면, 지금까지 내 평생의 과업 중 하나였을 만큼 잘 안 되는 일이었다. 언제나 사실보다 더 크게 생각하고, 또는 더 작게 생각하곤 하였다. 그러면 당연히 평정심을 잃게 되고 쉽게 절망하거나 근거 없는 낙관론에 빠지게 된다. 그러면 상황에 휘둘리고 만다. 타고난 성정이 워낙 그렇게 휘둘리기 쉬운, 거위 털보다도 가벼운 사람, 일희일비의 화신, 그게 바로 나였다. 아이를 키우면서 그 문제를 풀고, 이렇게 열심히 훈련하게 될 줄은 나도 몰랐다. 내가 아이를 키우는 만큼 아이도 나를 키운다.

나는 어떤 아빠가 되고 싶은가

아이를 실제로, 이렇게 매일 앞에 두고 키우기 전에는 나름대로 되고 싶은 아빠의 모습이 있었다. 이를테면, 주말마다 함께 캐치볼을 하는 아빠라든가, 이런저런 고민을 털어놓을 수 있는 아빠라든가, 엄마 몰래 용돈을 공유하고 각자의 이득을 추구하는 뭐 그런 동지적 관계라든가 하는 식의 판타지들 말이다. 그런데 역시, 실제는 그런 판타지와 많이 다르다. 여전히 많은 아빠들이 그런 생각들을 할 것 같은데, 아무래도 많은 아빠들이 실제로 아이를 키우고 있지 않아서 그런 게 아닌가 하는 생각도 든다. 말하자면 그런 그림은 저 멀리 뜬구름 위의 상상일 뿐이다. 이 바닥, 그러니까 전쟁의 포연이 가득한 이 현실세계에서는 당장의 하루하루, 그날그날 세팅된 각자의 기분에 따라 상황이 천변만화하기 때문이다. 당장 바나나 더 내놓으라고 때려 부술 듯 유아식탁을 두드리는 아이를 앞에 두고 무슨 아름다운 캐치볼 공 굴러가는 소린가. 딸 덕에 나는 내일이나, 일 년 후, 이 년 후가 아니라 오늘을 사는 법을 배웠다.

내가 바라는 게 있다면, 소박하다. 딸이 도저히 혼자 감당 못할 힘든 일이 있을 때 아빠에게 이야기해 주면 좋겠다. 그런 이야기를 할 수 있는 아버지가 될 수 있다면 그걸로 족하다. 사실 나는 우리 부모님에게 그런 이야기들을 하지 않았다. 그분들에게는 좀 미안한 이야기지만, 괜히 이야기하면 일이 더 힘들어질 것 같았으니까. 기꺼이 그런 이야기들을 할 수 있는 아빠면 정말 좋을 것 같다. 이건 단지 그러라고 이야기하고, 교육해서 될 문제가 아닐 텐데 어떻게 하면 그리 될 수 있을까. 무슨 방법이 있겠나. 딸을 대할 때 나름대로 체득한 방법대로 부정적인 감정은 절제하고, 긍정적인 감정을 기꺼이 드러내 보여 주고, 열심히 바나나 상납하다 보면 자연히 되지 않을까 싶다.

4.
남편이 되고서야
보이는 것들

부부는 무엇으로 사는가?

"제가 아빠예요"라는 말은 마음에서나 입에서나 조금도 걸리는 것 없이 나간다.

"나는 아빠다." 역시, 전혀 어색함이 없다.

그러나 "제가 남편입니다"는 어딘지 모르게 어색하다. 마음에서나 입에서나 묘하게 걸리는 느낌이 있다. 왜 그런가 생각해 보았더니, '아빠'라는 정체성은 아이가 엄마 뱃속에 있던 열 달 동안 하루도 빠짐없이 마음속에 다져 넣었던 데 반해, '남편'이라는 정체성은 그냥저냥, 그런가 보다 하며 (마음속에) 들어오는지 나가는지 모르게 두었기 때문이다. 무엇보다 우리는 '자, 우리 부부가 되기로 하자' 하면서 부부가 되지 않았다. '아이가 생겼다', '오! 그렇담 부부가 되면 되겠군!' 하면서 부부가 되었다. 대개는 '부부가 되자' 한 다음에 '아이를 낳자' 이런 순서로 가니까 각각의 단계에 따라 새로 추가되는 정체성을 받아들이고, 다져 넣는 시간을 확보할 수 있지 않나? 그렇게 살아 보질 않아서 정확하게 어떤지는 잘 모르겠지만 그럴 것 같다.

어쨌거나, 나는 '남편'으로서의 정체성을 받아들이고, 관계의 정체성이 '연인'에서 '부부'로 이행해 가는 시기에 주로 아기를 봤다. 그러다 보니 완전히 아빠가 되고 말았고, 여전히 남편으로 이행 중이다. 그런데 그게 무슨 문제가 있나? 그렇다. 사실 아무 문제없다. 이런들 어떠하며, 저런들 어떠하겠나. '부부'의 모습이란 어느 하나로 고정되어 있지 않다. 오히려 어떤 상(像)이 그려지면 거기서부터 문제가 생긴다. 세상엔 그려 놓은 그림처럼 되는 현실은 없기 때문이다. 다시 말해서, '내가 바라는 남편' 같은 남편이나, '내가 바라는 아내' 같은 아내는 현실에선 존재하지 않는다. 그렇지만, 그런 그림 말고, 둘 사이를 묶어 놓는, 또는 연결하는 어떤 끈 같은 건 있는 게 좋은 것 같다. 물론 여기에 '자식'은 살짝 빼놓자. 자식 말고 둘 사이에 관한 이야기다.

나에게는 뚜렷하게 각인된 장면이 있다. 그때의 그 장면이 오늘, 내가 아내에게 갖는 감정의 색조를 결정했다. 아내가 아이를 가졌던 초기의 어느 날이었다. 근무 시간이었는데, 일 때문에 나 혼자 잠깐 외근을 다녀와야 했다. 당시 사무실이 있던 건물에는 1층 중정에서 2층으로 바로 연결되는 에스컬레이터가 있었다. 버스정류장에서 바라보면 2층으로 올라가는 사람의 뒷모습을 볼 수 있는 구조였다. 아내와 인사를 하고, 에스컬레이터를 타고 올라가는 아내의 뒷모습을 보았는데, 그때 문득 마음속에서 어떤 결단이 섰다. 굳이 말로 옮기자면, 이대로 죽 갈 수 있겠다랄지, 내 삶이 크게 변하는데 그걸 기꺼이 받아들일 수 있겠다랄지 그런 감정이었다.

지금 생각해도 묘한 기억이다. 사실 그날이 딱히 특별한 날도 아니었고, 뭔가 특별히 좋은 일이 있는 그런 날도 아니었으며, 그날따라 몹시 센티멘탈해졌다든가 하지도 않았으니 말이다. 말해 두지만, 나는 이런저런 경우에 집착이 심한 편이기는 해도 이런 문제에 있어서만큼은 몹시 드라이한 사람이다. 솔직히 말하자면 연인 간의 그런 어떤 '사랑'이라는 게 실재하는지도 의심스러울 정도다. 그 생각은 결혼을 해서 아이까지 낳아 기르고 있는 지금도 크게 변함이 없다. 그랬는데, 그랬었는데 그날만큼은 확실히 달랐다. 진한 우정이라든가, 특별한 동료애 같은, 그때까지의 애정과는 질이 다른 어떤 감정이 의식을 휘감았던 것 같다. 물론 그전에도 특별한 애정이 있으니 연인이 된 것이었기는 하지만, 그날의 그 감정은 이전과 뚜렷하게 구분되는 것이었다.

그날 이후로, 나는 그날의 그 감정을 가지고서 지금까지 살아오고 있다. 저쪽(아내)의 입장이야 어떤지 모르겠지만, 나에겐 그날이 정말로 부부가 된 날인 것 같다. 이게 사실 몇 년, 몇 개월 더 지속될지 지금으로서는 알 수 없다. 다시 말해 두지만, 나는 이런 쪽으로는 몹시 드라이한 사람이어서 '영원한 사랑'이라든가, '변치 않는 애정' 같은 건 좁쌀만큼도 믿지 않는다. 심지어 10대, 20대에도 그랬다. 그러니까 우리의 관계가, 지금의 내 마음이 언젠가는 필시 변할 거라고 생각한다. 생각건대, 아마도 "제가 남편이에요"라는 말이 아무 걸림 없이 나갈 수 있을 때, 그때 또 한번 관계의 색(色)이 바뀌지 않을까 싶다.

아내는 어떤 사람인가?

아내는 나에게 어떤 사람인가? 사실 마음 같아서는 '훌륭한 분이시다' 하고 끝내 버리고 싶은 심정이다. 그러니까 괜히 좋은 말이랍시고 구구절절 뭐라뭐라 하다가, 아차하는 순간 꼬투리 잡힐 말을 해서 오래도록 갈굼을 당하는 그런 위험을 무릅쓰고 싶지 않은 것이다. 누구라도 그럴 것이다. 원래 남편들이란, 경향적으로 그렇지 아니한가.

어쨌든, 그런 심정은 심정이고, 일단 시작한 글이니 목을 내어놓고 쓰는 데까지는 써 보자며 결의를 다진다. 후, 시작해 보자.

결혼 전에 그러니까 연애를 할 때는, 특히나 처음 연인이 될 무렵에는 아무래도 서로 비슷한 점들을 보게 마련이다. 보려고 하지 않아도 일단 서로 '호감'이 생긴 다음에는 비슷한 것들이 먼저 보이게 마련이다. 우리는 어땠을까? 우리도 그랬다. 음, 일단 나는 그랬다. 일을 하다가 만났으니 일을 대하는 감각이랄지, 속도랄지 그런 게 일단 비슷한 것처럼 보였다. 이를테면 두 사람 모두 일을 뭉개 놓고 있다가 뒤에서 일을 받는 사람의 시간까지 촉박하게 만드는 식의 행태를 극도로 싫어했다. 무엇보다 일은 '돌아가야' 하는 것이고 그러자면 앞사람이 시간을 충분히 벌어 주어야 다음 사람들도 여유를 가지고 해나갈 것 아닌가! 그렇다. 우리는 그러니까 그런 식의 감각이 비슷했던 것이다. 또, 이런 것도 있었다. 처음부터 마지막까지 하나의 일관된 규칙을 가지고 일을 딱 마무리하는 그런 느낌, 그런 것도 아주 좋아했다. 게다가 나는 아내의 '후배'였으니 아내의 그런 일 처리들을 보면서 감탄하기도 하고, 배우기도 하고, 반하기도 했던 것이다.

이런 점들만 보자면 아내는 그야말로 '원칙의 화신' 같지만, 그게 또 그런 것만은 아니었다. 기본적으로 갈등과 불화, 오해를 워낙 싫어하는 편이어서, 대립 상황이 발생하면 기꺼이 자신의 주장을 내려놓는다. 이건 나와의 관계에서도 마찬가지다. 그래서 우리는 종종 싸우기는 하지만, 답이 없는 상태로까지 가지는 않는다. 그건 순전히 아내덕이다. 아내는 서로 받아들일 수 있는 절충안을 기가 막히게 내어놓는데, 결국은 승복할 수밖에 없다. 그러나 내가 끝까지 받아들이지 않는다면? 아마 아내는 자기 주장을 거두어들일 것이다. 그러곤 '그렇게 해서 마음이 편하면 그렇게 해'라고 하겠지. 세상에, 그 말마저도 너무 옳아서 어쩔 때는 그냥 나 스스로가 좀, 뭐랄까, 조… 좀생이 같달까. 뭐, 사실이 좀 그렇기도 하다. 그러니까 그런 것이다. 내가 보기에 아내의 기본 속성은 옳은 사람이다. 그래서 고민스러운 일이 생기면 아내의 말대로 하는 게 좋다. 그렇게 해야 마음도 편하고. 왜냐하면 아내가 하라는 그것이 바로 옳은 것이기 때문이다. 이를테면 '네가 편한 대로 해라'라고 할 때조차 내 마음이 편한 대로 하는 것이 결국엔 '맞는 것'이다. 아내의 그런 점 때문에 나는 한없이 편안하기도 하고, 때로는 '아, 좀 그런데…' 싶은 정도의 불편함을 느끼기도 한다.

이렇게만 써 놓고 보면 아내가 막, 청렴한 독재자처럼 보일 테지만, 그런 건 아니다. 쓰지 않은 많은 이야기들이 있다. 이를테면, 아내는 웃기는 예능 프로와 미드를 좋아하고, 귀여운 동물이나 단 커피도 몹시 좋아하는 사람이다. 웃음도 많아서 집에서 그냥 대화할 때 우리는 대체로 늘 웃고 있다. (나처럼) 불쌍한 것을 보면 그냥 지나치지도 못할 만큼 다정하기도 하다. 그런데 막 그런 이야기들을 자세히 쓰다 보면, 좀 오글거리니까, 그래서 그런 건 이렇게 조금만 쓴다.

나는 어떤 사람인가?

그렇다면, 과연, 나는 아내에게 어떤 사람인가?

앞서 말했듯, 연애를 할 때는 서로의 공통점이 눈에 더 잘 들어오게 마련이다. '결혼'은 반대다. 완전히 다르다. 연애가 이벤트라면 결혼은 생활이기 때문에 어쩔 수 없다. '생활'이란 무엇인가? 아침에 눈

뜨자마자 상대의 얼굴을 보는 일, 함께 밥을 먹는 일, 늑장 부리지 말라고 갈구는 일, 좀 씻으라고 타박하는 일같이 온갖 잡다한 일들이 벌어지는 장(場)이다. 여기에서는 서로의 차이, 나와 다른 점이 훨씬, 훨씬 더 눈에 잘 들어오게 되어 있다. 왜냐하면 꼬투리를 덜 잡히는 사람이 이 장의 주도권을 쥐게 되기 때문이다. 그래서 상대방이 나와는 어떻게 다른지 판별하는 것이 아주 중요해진다. 차이를 판별한 후에야, 익히 알다시피 '내가 맞네, 니가 맞네' 하는 식의 다툼이 가능해지기 때문이다.

우리 집의 생활은 어떤가? 당연히 아내가 주도한다. 아내는 나에게 속았다 한다. 일을 하면서 보니 내가 뭐든 빨리빨리 처리하기에 자기처럼 뭐든 후딱 해내는 타입인 줄 알았다고 했다. 그런데, 나는 회사 일처럼 안 하면 금방 문제가 드러나는 일은 빨리 해버리지만, 그 외에 다른 일들, 그러니까 빨리 하지 않아도 별 문제가 안 생기는 일은 미루고, 미루고, 미루어서, 결국엔 그런 일이 있었는지조차 가물가물해질 때까지 그냥 내버려 두곤 한다. 아내는 다르다. 해야 하는 일 중에 어느 일 하나라도 남아 있으면 불편해한다. 그래서 어떻게 되느냐 하면, 아내는 나에게 '그거 했느냐, 저거 했느냐, 내가 전에 말하지 않았느냐' 하고, 난 그저 '이제 하려고 그랬는데', '막 하려던 참인데' 같은 말들을 주로 하게 된다. 이런 상황에서 아내는 '아, 뭐든 빨리하는 사람인 줄 알았는데'라고 하고, 나는 '성격이 급한 줄은 알았지만 이 정도였다니' 한다.

차이는 또 있다. 말했다시피 아내는 정도(正道)가 없으면 모르겠는데 있으면 정도를 걸으려는 성향이 몹시 강하다. 그런데, 나는 정도가 가까우면 정도로 가고, 사도(邪道)가 가까우면 사도로 간다. 어떻게 가든 가려고 했던 거기로만 가면 그만이라고 생각하기 때문이다. 물론, 남의 눈치는 꽤 많이 보기 때문에 내가 사도로 가는 걸 누가 보고 있다면 울며 겨자 먹기로 더 먼 길로 가기도 한다. 이 말은 역으로 보자면 아무도 안 볼 때면 기꺼이 바르지 못한 길로 간다는 이야기다. 이 점에 대해서도 아내는 내가 '원칙적'인 성품까지는 아니더라도 '원칙'을 어기는 것을 싫어하는 정도는 되는 줄 알았다고 한다. 그야 그랬겠지. 내가 어떤 선택을 하거나 할 때, 그리고 그걸 아내가 지켜볼 때는 (울며 겨자 먹기로) 원칙을 선호했으니까.

말하자면 나는 아내의 눈으로 보기에 도덕관념이 턱없이 부족한 사람이다. 내가 생각해도 그렇다. '도덕'이란 지켜야 하는 것이 아니라, 지켜야 다른 문제가 안 생기는 것이라고 생각한다. 이런 성향은 또 한 가지 차이를 만들어 내는데, 나는 눈앞의 즐거움과 안락함에 기꺼이 나를 내어 주는 사람이다. 그러니까 쾌락에 한없이 약하다. 반대로 아내는 즐거움도 좋지만, 그래서 그걸 기꺼이 누리지만, 그러는 중에도 내일을 생각해서 적당한 때에 큰 힘을 들이지 않고도, 기꺼이 절제하는 사람이다. 나는 처음에 그게 좀 답답했는데, 그 시절 내 입장은 이랬다. '밤새 노는 게 뭐가 나빠?' 음, 지금 생각해 보면 '정규직 직장인'으로서 참 황당한 태도이기는 하지만 당시엔 진심으로 그렇게 생각했다. 눈뜨자마자 아이를 봐야 하는 지금은 그러고 싶어도 그럴 수가 없다.

함께 '생활'을 시작한 후에야 알게 된 것이지만, 나는 그랬다. 편한 대로 길을 골랐고, 즐거운 대로 살아왔던 것이다. 뭐 지금도 그게 크게 나쁘다고는 생각하지 않지만, 그래도 정도껏 해야 한다고는 생각한다. 그것만으로는 아내를 만족시키기엔 부족할 테지만, 인생이 여기서 끝은 아니니까, 아마 더 나아지지 않을까?

그런 나는 왜 '남편'의 길을 택했나?

다시 에스컬레이터의 그 장면을 떠올려 본다. 나는 왜 마음대로 막 사는 길을 내던지고, 이 길에 들어선 것일까? 만약 그때 결혼하지 않았다면 어땠을까? 아마 친구와 (취미) 밴드를 만들어서 되지도 않는 음악을 한다며 밤새 놀고 있었을 테고, 월급을 받는 족족 기타며 만년필이며, 음반들을 사 모으고 있었을 게다. 그러다 찬바람 부는 어느 날 공허감에 몸부림치며 누군가에게 소개팅을 부탁하고 있었겠지. 그렇게 살면 즐거울 때는 끝내주게 즐겁고, 괴로울 때는 죽고 싶을 정도로 괴롭지 않았을까 싶다.

나는 그랬다. 그날 에스컬레이터를 타고 올라가는 아내의 뒷모습을 보면서, 그때까지 내가 살아온 방식, 내 마음, 내 환경 등, 여하간 그런 것들과 결별하고 싶었던 것 같다. 서른일곱, 젊다면 젊지만, 그렇다고 막 그렇게 젊다고 하기엔 스스로 떳떳지 못한 그 정도 나이, 그 정도 체력, 그 정도 정신력으로는 도저히 감당할 수 없는 허무감 같은 게 있었다. 나는 지금도 그렇지만, 좀더 나은 사람이 되고 싶었다. 어떻게 보면 참 애 같기도 하지만 아내의 남편이 되면 되겠다 싶었다. 단번에 훌륭한 사람이 되지는 않겠지만, 훌륭한 사람과 살면 훌륭한 물이라도 들 수 있을 테니 말이다.

그래서, 그날 이후로, 나는 좀 나아졌는가? 물론 그렇다. 나는 정말로 나아진 것 같고, 더 나아질 것 같다. 무엇보다도 내 마음이 인생의 어느 때보다도 편안하다. 세상에 대한 불만도 많이 줄여 가고 있다. 여기서 '세상에 대한 불만'은, 이 더러운 시장경제체제라든가, 80 대 20의 사회라든가, 금융자본주의와 그 하수인들에 대한 분노라든가 하는 그런 것…이 아니고, 그냥 남들에 관한 이야기다. 운전할 때 나를 열받게 하는 자들이라든가, 마트에서 무신경하게 카트를 끌고 다니는 사람들이라든가, 쩍벌남이라든가, 뭐 이런 사람들이 사는 세상 말이다. 나는 정말 쉽게 화를 내는 사람이기도 한데, 요즘은 그 횟수를 줄이려고 노력 중이다. 아내 덕분이다. 아내는 물론 그런 자들에게 불만을 가지고 있기는 하지만, 그보다 이해하려는 마음이 더 크다. '급한 일이 있어서 그랬겠지'라거나, '그런 식으로 그렇게 오래 사셨는데 어떻게 금방 바뀌겠어'라거나, '아마 초보여서 그랬을 거야'라거나 하는 식으로 이해하려고 한다. 그게 좋다. 나 자신에게나, 세상에게나, 아내와 딸에게나.

그리하여 나는 즐겁게, 그런데 예전의 그 쾌락들과는 다른 의미에서(음, 이 즐거움이 바로 아타락시아?) 즐거움을 누리고 있다.

5.
공짜로
아빠가 되는 건 아니다

"임신은 괴롭고 출산은 아프고(둘 다 해본 적이 없으니 상상이지만) 육아는 고역이다. 아이는 앵앵 울부짖고 똥오줌을 흘리고 쓰레기를 주워 먹고 욕조에 빠지고 도랑으로 곤두박질치고 고양이를 물어뜯고 툇마루에서 굴러 떨어진다.

그런 존재에게 24시간 구속되는 것의 어디가 '승리'인가.

육아는 분명히 말해 '끝없는 불쾌함'이다.

육아를 '행복한 경험'이라고 단언할 수 있는 건 그 사람이 이 '끝없는 불쾌함'을 '끝없는 희열'로 바꿔 읽는 스스로에 대한 속임수에 성공했기 때문이지, 육아 행위 자체에 만인이 실감할 수 있는 '희열'이 존재해서가 아니다."

_ 우치다 다쓰루, 『거리의 현대사상』, 이지수 옮김, 서커스, 2019, 57쪽

어떻게 불쾌함을 다룰 것인가

앞의 인용문은 우치다 타쓰루의 『거리의 현대사상』이라는 책에서 본 구절이다. 읽자마자 '이것이 불가에서 말하는 개안(開眼)이라는 것인가!' 싶을 만큼 머릿속이 시원해졌다.

이 글을 읽고서야 분명하게 알게 되었는데, 나는 정말이지 '끝없는 불쾌함'을 '끝없는 희열'로 바꿔 읽고 있었다. 힘들기는 하지만 지칠 정도까지는 아닌 걸 보면 꽤 성공적으로 하고 있는 듯하다. 물론, 어렴풋하게 눈치는 채고 있었다. 이렇게 힘이 들고 짜증도 나는데, 반대로 지금껏 느껴 본 적이 없는 기쁨과 희열을 느끼곤 했었던 것이다. 아마도 아기를 돌보는 많은 부모들이 이런 감정을 느끼지 않을까 싶다. 실제로 이런 기분을 느끼다 보면 정말이지 기분이 묘하다. 물론 아기를 키우기 전까지 그런 형태의 복잡한 감정을 전혀 느껴 본 적이 없는 건 아니지만, 매일매일, 또는 몇 시간 간격으로 연속으로, 수년간 변함없이 느껴 본 적은 없다. 그래서인지 몰라도 처음에는 감정 자체가 낯설다.

아이와의 관계에서, 부모가 느끼는 죄책감도 대개는 여기에서 비롯되는 것 같다. 이를테면 이런 식이다. 힘이 들고 짜증이 나는 감정이 우세할 때, 괜히 욱해서 아이에게 화를 내고 나면 기쁨과 희열이 죄책감의 옷을 입고 나타난다. 그러면 그렇게 미안할 수가 없다. 그때 나름대로 마음의 길을 돌리는 기술을 체득하거나 애초에 화가 날 때 기분을 푸는 다른 방법을 찾아내지 못하면 짜증과 죄책감 사이에서 갈팡질팡하다가 우울의 늪에 빠지고 만다. 나의 경우엔 그러느니 그냥 살이나 찌고 말자는 기분으로 이것저것 군것질거리를 몸속에 집어넣으며 위기를 넘기곤 했다. 그러다 보니 걷잡을 수 없이 (몸이) 커져(!) 버려서 그런 순간에 스쿼트 또는 런지를 하고 있다. 체력이 필요한 순간에 힘이 다 빠져서 흐물거린다는 부작용이 있기는 하지만, 살찌는 부작용보다는 그게 나은 것 같다. 아이를 다 키우고 난 다음의 인생도 생각해야 하니까.

어쨌든, 각설하고, 결국 아이를 키우는 일이나 더 넓게 보아 결혼 생활을 해나가는 데에는 결국 '불쾌감'을 다루는 기술, 그것이 필요하다. 그것은 살아온 내력이 완전히 다른 사람, 이제야 겨우 그 내력을 만들어 가는 사람, 그러니까 나로서는 도저히 어떻게 할 수 없는 영역을 마음속에 품고 있는 '타자'(他者)들과 초근접거리에서 더불어 살아가는 일이기 때문이다. 차라리 '남'이라면 편하겠지만, 이쪽은 '남'도 '나'도 아닌 애매한 위치에 있어서 더 어렵다. 그래서 이런 관계에서는 관계를 유지해 주는 '거리감'을 유지하기가 정말 어렵다. 엄연한 '타자'를 '내 것'이라고 여긴다. 내 것이 아닌 걸 내 것이라고 생각하니 마음대로 움직일 수 없을 때마다 마음이 상한다.

이 점을 깨닫고 난 다음에야 나는 우리 '아이'를 조금 달리 보기 시작했다. 사실 그동안에는 아이를 '타자'(他者)로 보질 않았던 것 같다. 말이야 '독립된 인격체'라든가, '자아를 가진 별개의 존재'라든가 하는 식으로 하기는 했지만, 그냥 생활에서는 '나의 일부' 더 나아가 '내 것' 같은 식으로 아이와 나 사이에 굳건하게 버티고 있는 개체성을 지우고 있었다. 그렇게 여기고 있으니 아이가 내 마음대로 움직이지 않을 때마다, 불쾌한 것이야 어쩔 수 없지만, 괴로움을 곱절로 만들고 있었던 셈이다. 여전히 우리 아이는 '독립된 인격체'라고 보기엔 본능에 충실한 '짐승'에 더 가깝다. 아이와 나 사이의 거리를 두지 않고 아이를 내가 어떻게 해볼 수 있는 존재로 여기는 동안, 그는 내 안의 짐승이었다. 그러나 이제는 바깥의 짐승이다. 그나마 다행이라면 다행인가.

불쾌함은 어떻게 희열이 되는가

만약에 내가 나의 아버지와 같았다면 어땠을까 생각해 보았다. 그러니까 하루 중 대부분의 시간을 돈을 버는 데 쓰고, 시간이 날 때면 기꺼이 놀아 주기는 하지만, 먹고 싸고 어지르는 동안의 뒤치다꺼리는 거의 하지 않았다면 말이다. 아무래도 나는 우리 아버지 정도의 아버지가 되지는 못했을 것 같다. 아버지는 놀아 줄 때만큼은 최선을 다하셨던 것 같은데, 아무리 생각해 보아도 나는 그럴 정도로 헌신적인 캐릭터는 아닌 것 같다. 그래서, 그렇기 때문에, 이제 와서 생각해 보면 내가 주로 아이를 보는 역할을 맡은 것은 정말 잘한 일이라고 생각한다. 만약에 내가 지금보다 돈을 버는 일에 시간을 더 많이 썼다면 나는 정말이지 그냥 '옛날 아빠'의 표본과도 같은 아빠가 되지 않았을까 싶다. 무엇보다 나는 '자기연민'이 워낙 많은 캐릭터라서 무슨 일을 하든 '내 일이 제일 힘들다'며 투덜거리며 온갖 엄살을 떠는 편이다. 그런 내가 밖에서 돈을 벌어 오는 역할을 맡았다면 어떻게 되었겠는가? "아니, 집에서 애만 보는데 뭐가 그렇게 힘들어? 정말 힘든 건 나야" 같은 말을 아무렇지도 않게 했을 게다. 상상하는 것만으로도 얼굴이 화끈거리지만, 이 역시 아무리 생각해 보아도 그게 진실이다.

우리 집 아이의 주양육자가 된 다음부터 '밖에서 돈 버는 일'을 맡고 있는 친구들에게 나는 이렇게 말한다.

"내가 돈도 벌어 보고, 지금은 애도 키워 보고 있는데, 집에서 애 보는 게 열 배는 더 힘들어."

맞다. 이것만큼은 여러 번 다시 생각해 보아도 역시 진실이다. '자기연민'이 강한 나의 성향을 고려해서 가중치를 조절하자면 두세 배 정도는 더 힘든 것 같다. 직업 활동에 빗대어 보자면 '육아'란 근무시간 내내 관리감독자를 바로 옆에 두고 일을 하는 것과 비슷한 일이다. 날에 따라서는 쉴 틈도, 농땡이를 부릴 여유도 없다. 그만큼 강도가 높다. 정서적인 면은 어떤가? 그 역시도 마찬가지다. 그날그날 아이의 컨디션에 따라서 '상전님'이 부리는 온갖 투정과 짜증과 간섭과 침탈과 강짜와 뻗댐과… 같은 것들을 온몸으로 받아 내고 이겨 내야 한다. 그러고 있자면 '야, 너 하나도 안 귀여워, 인마!' 같은 마음이 절로 일어난다. 그런 날이면 그저 부양육자가 얼른 돈 버는 일을 마치고 귀가하기만을 손꼽아 기다리게 되는데, 막상 부양육자가 귀가하고 나면 순간 자괴감이 들기도 한다. 육아라는 게 이렇게나 불쾌한 일이다.

그래서 아기들은 그렇게나 귀여운 외모를 갖게 되었다. 그렇게나 힘든 일을 부모에게 시켜야 하니 보통의 사랑스러움으로는 감당이 안 된다. 어떤 날은 짜증도 안 내고, 투정도 안 부리고, 밥도 주는 대로 넙죽넙죽 다 받아먹는다. 그러고는 너무 맛있다는 듯, 이렇게 맛있는 걸 만들어 준 아빠가 너무 좋다는 듯 입 안에 음식을 넣은 채로 활짝 웃기라도 하면, 아빠는 녹아내린다. 세상에 못할 일이 없을 것 같은 자신감, 책임감, 자부심, 자긍심, 자기애(이건 아닌가?) 같은 긍정적 에너지들이 마음속에서 한방에 빵빵 터져 나온다. 그때의 기분은 최악의 날을 겪어 본 양육자만이 느낄 수 있는 것이다. 한때의 아기만 본다면 그냥 '아기가 오늘은 기분이 별론가 보네', '오늘 기분이 좋은가 보네' 하며 넘어갈 수 있지만, 망나니짓을 본 양육자라면 그 낙차에서 이미 정신을 차리기가 힘들다. 어쩐지 나를 들었다 놨다 하는 것 같아 조금 자존심이 상하지만, 부모란 원래 그런 것 아니겠나.

아이를 돌보지 않았다면 몰랐을 것들

아이와 딱 붙어서 일상을 보내다 보면 하루에도 몇 번씩, 밀물과 썰물이 오가는 것처럼 불쾌감과 희열감이 교차한다. 그 감정의 교차, 낙폭이 결국 아이와 내가 맺고 있는 관계의 강도를 말해 준다. 그 안에 있을 때는 잘 의식하지 못하지만, 조금 거리를 두고 보면 이게 참 대단한 일이다. 나는 세상 그 누구와도 이렇게 '쎄게' 부딪혀 본 적이 없다는 걸 아이를 돌보면서 깨닫게 되었다. 부모와 자식의 관계가 다른 친밀한 관계들과 결정적으로 다른 점이 있다면 바로 이 점이 아닐까 생각한다.

게다가 이 점에 있어서는 엄마와 아빠는 아예 출발선이 다르다. 엄마와 아이는 아예 한몸에서 같이 살았던 적도 있지 않은가. 세상에 갓 태어난 신생아도 제 엄마가 누구인지 단번에 알 정도로 둘 사이는 특별하다. 아빠는? 따지고 보면 '아빠는… 아빠는… 뭐? 아빠는 뭐?' 싶을 정도로 딱히 제자리가 없다. 그래서 우리 아버지도 그렇고, 내 친구들의 아버지들도 그렇고 아이들이 점점 자라면서 제자리를 잃어버리고 자기 집에서 노숙을 하거나, 제자리에 누구도 들어오지 못하는 거대한 성을 쌓아 올려놓거나, 집에서 쫓겨나거나, 자기가 못 견뎌서 도망가거나 하는 경우가 많았던 게 아닐까 싶다. 결국 '아버지'란 스스로 노력하는 수밖에 없다. '엄마'도 노력해야 하는 건 마찬가지겠지만, 말했다시피 출발점이 다르다. 훨씬 유리하다. 그래서 나는 아예 급진적인 상상을 해보곤 한다. 아예 법으로 '오늘부터 육아는 아빠들이 하시오' 해보면 어떨까. 상당수가 학을 떼겠지만, 장기적으로는 그게 자신에게도 좋은 일이라는 걸 알게 될 거다. 게다가 이 안은 몹시 합리적이기까지 하다. '엄마는 뱃속에서 열 달, 아빠는 밖에서 열 달' 하면 균형도 딱 맞지 않나. 그리고 엄마들과는 달리 아빠들은 주양육자가 되더라도 훨씬 덜 헌신적일 가능성이 높다. 말인즉, 신체와 정서에 가해질 데미지도 더 적다는 말이다. 게다가 집안일을 안 해본 사람이라면 이유식 만들기, 유아식 만들기, 청소, 빨래 등 개별 분야 외에 집안일 전체를 굴리는 시스템에 대해서도 많은 공부가 되리라 본다. 농담처럼 이야기했지만, 하고 싶었던 말은 이거다. '아빠'는 아이가 태어나면 일단 될 수 있다. 그렇지만 이른바 '부성'이라는 건 가만히 있으면 자연적으로 습득되지 않는다. 물론 과거에는 '가족을 (경제적으로) 책임진다'는 책임감 하나면 다 통할 수 있었지만, 이제는 그것만 가지고 얻을 수 있는 게 별로 없다. 시대가 변했고 물가도 올랐다. 아버지로서 가정 내에서 '제자리'를 찾고 싶다면, 아니 나름대로 발붙이고 살고 싶다면 '제값'을 치러야 한다. 밀물, 썰물처럼 들어왔다가 빠져나가는 불쾌감과 희열감의 강도를 더욱 높여야 한다.

그래서 나는 제값을 치르고 있느냐 하면, 아, 그건 역시 좀 자신이 없다. 지금까지 쓴 것들을 보아도 알 수 있겠지만, 아이를 보는 동안 매번 부족함을 느끼기 때문이다. 그래서 주양육자가 된 다음부터 '훌륭한 사람', 말하자면 매사에 더욱 큰 '희열'을 찾고, '기쁨'을 만들어내는 능력을 가진 사람이 되는 게 인생의 목표가 되고 말았다. 그건 나에게 하나의 이념이 되었는데, 그렇게 큰 이념을 가지고 있다 보니 현실에서 쭈글탱이가 된 것 같은 기분을 종종 느낀다. 나는 어째서 이렇게 쉽게 실망하는가, 나는 어째서 이렇게 쉽게 지치는가, 나는 어째서 이다지도 책임감이 부족한가 등등. 그러니까 아직 갈 길이 한참 멀다. 멀고 먼 길이다. '아빠'가 되는 건 쉬…, 쉽지는 않지만, 그래도 훌륭한 아버지가 되는 것보다는 쉽다.

6.
아빠가 해온 일
앞으로 하고 싶은 일

나는 출판사에 다니며 아이를 본다

나는 출판사에 다닌다. 출판사에 다니고 있으니 '출판인'이기는 하지만, 딱히 내가 그렇게 느낀 적이 있었던가? 얼마간 그랬던 적이 있기는 하지만 그때조차도 그 느낌이 딱히 강력하지는 않았다. 그건 아무래도 내가 하는 '일'과 관련이 있는 듯한데, 출판사에 다니기는 했어도 내가 했던 일들의 대부분은 여느 IT회사에서나 할 법한 일들이었다. 블로그를 만들고, 운영하고, 나아가 홈페이지를 만들고, 더 나아가 웹 서비스를 만들기까지 했다(정확하게는 그것들을 설계하는 일을 했다). '출판인'이 할 법한 일들을 생각해 보았을 때 떠오를 만한 일들——원고와 씨름하거나, 저자들과 미팅을 하거나, 표지 디자인을 어떻게 할지 고민하거나 하는 일들은 대개 내 일이 아니었다. 이렇다 보니 지금도 출판사에 다니고 있지만, 딱히 스스로를 '출판인'으로 느끼지는 않는다. 그뿐이 아니다. 이 일을 앞으로도 계속 할 것인가 하고 스스로에게 자문해 보면, 그러고 싶지 않다. 이 일로 대략 10여 년 정도를 살았으니 그만 하면 오래했다 싶다. 장기적으로는 다른 일을 찾아보는 게 나을 듯하다.

앞에서 이야기했지만, 요즘 내 일과의 대부분을 차지하는 '일'은, 집에서 아이와 놀아 주고, 아이의 밥을 챙겨 주고, 옷을 갈아입히고, 아이를 데리고 산책을 나가고, 간식을 만들어 주기도 하고… 그러니까 '육아'다. 그리고 내가 먹을 것, 아내가 먹을 것들을 만드느라 주방에서도 많은 시간을 보낸다. 오늘은 토마토 수프를 만들었다. 역시 내가 만든 음식이 내 입엔 가장 맛있다. 어쨌든, 요즘 같은 일상에 나는 꽤 만족한다. 집에서 아이와 시간을 보내는 일이 힘들기도 하고, 가끔 울화가 치밀기도 하고, 뭐 그렇기는 하지만 그럼에도 불구하고 그 힘들고 안타까운 시간들도 기꺼이 '행복'으로 바꿔 먹을 정도는 된다. 요리야 원래 이것저것 해 먹는 걸 좋아했으니 아무 문제 없다. 부엌이 조금 더 넓었다면 훨씬 좋았겠지만 말이다. 여하간 나는 이 일이 아주 잘 맞는다고 할 정도는 아니더라도 '이렇게 살아도 괜찮은데?' 정도는 된다. 타이밍도 좋았다. 사실 아이가 생기고, 본격적으로 집에 들어앉기 시작할 무렵 나는 바깥일에 지쳐 있었다. 더는 조직도의 어느 한 자리에 있고 싶지 않았다. 썩 좋은 표현은 아니지만, 윗사람과 아랫사람 사이에 끼이는 일은 무슨 수를 써서라도 피하고 싶었다. 그러던 차에 아이가 생겼다. 울고 싶은데 뺨 맞은 격이라, 나는 그저 '옳다구나!' 했다. 그렇게 이 일을 하게 되었다.

첫번째 직업이 이렇게 중요합니다

내가 지금까지 겪어 본 직업은 대략 두 가지 정도다. IT회사에 다니는 '웹기획자', 그리고 출판사에 다니는 '웹기획자'다. 결국 하나 아닌가 싶지만, 꼭 그렇지는 않다. 전자가 조금 더 기능적인 일을 한 데 비해 후자는 간판만 그렇게 걸어 놓고 웹컨텐츠와 관련된 온갖 일을 다 한다는 차이가 있다. 아, 그러고 보니 꼭 그렇게 두 가지라고만 할 수는 없다. 한 가지가 더 있다. 회사를 만들어 운영하다가 말아먹은 '웹기획자'. 마지막 직업의 경우엔 더 떠올리고 싶지 않으니… 눈물 좀 닦고, 그냥 넘어가도록 하자. 여하간에 나는 그렇게 웹기획자로 직업의 세계에 처음 발을 들였고, 여지껏 그걸로 먹고살고 있다. 첫번째 직업이 그렇게 중요하다.

뭔가 정규직적인 느낌의 '직업'으로는 그러했지만, 나 스스로 내가 진짜 '일'이라는 걸 한다고 느꼈던 첫번째 경험은 '웹기획자'로 취직하기 직전에 했던 아르바이트(이하 알바)에서였다. 당시 나는 막 군대에서 나온, 아직 군대물을 충분히 빼지 못한 동시에 사회물을 충분히 흡수하지 못한 그런 상태였다. 그런 혼란스러운 상황 때문이었을까? 나는 정말 이유를 알 수 없는 이유로 '이제 돈을 벌어야겠다'는 생각에 집착을 했었다. 부모님께 더는 용돈을 받지 않겠다고 선언하고, 여기저기 온갖 알바들을 알아보고 다녔고, 닥치는 대로 일을 했다. 당시에 집이 어렵기는 했었다. 그렇다고 막 당장 내가 일을 해야만 하는 그런 상황은 아니었다. 물론 내가 복학을 하자면 또 빚을 내야 하는 상황이기는 했지만, 빚이 1억인데 500만원쯤 더 빚을 진다고 어떻게 되거나 하는 건 아니었기 때문에 내가 그렇게까지 강박적으로 행동할 필요는 없었다. 게다가 돈을 벌어서 집에 가져다주는 것도 아니었으니, 지금 생각해도 내가 왜 그렇게까지 했는지 알 수 없다. 여하간 그렇게 알바 자리를 전전했고, 기왕이면 취업을 해버렸으면 좋겠다고 간절히 바라기까지 했는데, 어찌 된 일인지 정말로 취업까지 해버렸다. 그 시절이 오늘의 내 (직업) 인생이 시작된 출발점이었다.

당시에 나는 무려 역삼동 테헤란로 한복판에 위치한 이른바, '벤처기업'에 취직을 했다. 그곳은 얼굴인식기술을 바탕으로 PC 기반 사진 정리 프로그램, 웹 기반 사진공유 SNS서비스 따위를 만드는 회사였는데, 처음 6개월 동안 나는 말 그대로 유령의 삶을 체험할 수 있었다. 그도 그럴 것이 다니다 만 대학에서 내 전공은 철학이었고, 인터넷으로는 그저 메일을 쓰고, 메일을 받고, 메일을 보내고, 메일을 지우는 것 정도밖에 할 줄 모르는 상태였으니 당시의 직업 활동에 필요한 지식도, 스킬도, 요령도, 그 어떤 것도 없었기 때문이다. 당시에 나는 회사 사람들이 간단하게 주고받는 대화도 거의 알아듣질 못했다. 이를 테면, "클라이언트단에서 얼굴을 인식하고, 그걸 태그값으로 저장한 상태로 웹에 올리면, 그걸 한 DB에 저장하지 말고, 이미지랑 각자 따로 저장하게 만들어야 해요" 같은 말들 말이다. 이제 와 떠올리다 보니 그래도 저 정도면 어느 만큼은 알아들을 수 있는 정도였다. 아예 알아듣지 못한 말은 기억조차 나지 않는 법이다. 그래서 그 시절 나는 매일 인터넷 IT사전을 컴퓨터 한구석에 켜 놓고 있었다. 나한테 직접하는 이야기가 아니더라도 모르는 걸 빨리 익혀야 뭐라도 할 수 있었으니까.

아닌 게 아니라 당시에 나는 거의 우울증 상태였다. 매일 아침 여섯 시에 일어나서 두 시간 삼십 분 동안 광역버스를 타고 출근한 회사에서 내가 뭘 하고 있는지, 내가 여기 있어도 되는 것인지, 내가 이걸 할 수 있을지 모르는 상태로 6개월을 보내다 보면 아마 누구라도 그렇게 될 것이다. 그럼에도 불구하고, 그 상태로 그만둬 버리면 평생 그어떤 일도 제대로 해낼 수 없을 것 같은, 역시 이유를 알 수 없는 기분에 꾸역꾸역 버티고 있었고, 버티다 보니 어느날 "이제 밥값 해야지? 계속 다니기만 할 거야?" 같은 소리도 듣게 되고, 그러다 보니 어느 날 귀가 트이고, 입이 트이고, 개발자를 붙잡고 늘어질 줄도 알게 되고, 디자이너를 구슬려 개발자의 요구를 관철시키기도 하고, 그러다 보니 하룻밤에 스토리보드 100장도 그릴 수 있게 되었다. 그렇게 버틴 덕분에 출판사에서 웹기획 일을 할 수 있었고, 지금까지 그와 비슷한 직업으로 먹고살 수 있었다. 내가 생각해도 내가 참 대견하다. 우울한 시절이기는 했지만, 그렇게 버틴 경험은, 떠올릴 때마다 내 마음속에서 자부심 비슷한 감정을 불러일으키곤 한다.

이제 무얼하며 살 것인가

그런데, 그 '자부심'이라는 건 이미 과거의 이야기가 되었다. 이제 나는 딱히 그 업계(IT, 그중에서도 사용자 서비스를 만드는) 사람도 아니고, 그러다 보니 그쪽에 별 관심이 있는 것도 아니다. 심지어 나는 개인적으로 SNS도 안 한다. 그 모든 '단절'은 전에 다녔던 출판사에서 일어났는데, 그건 정말이지 내 인생 전체를 흔든 일이었다. '자부심'에 취한 탓인지, 나는 꽤 오만했었고, 그 대가를 톡톡하게 치렀다. 그렇게만 이야기해 두자. 어쨌든 그 일을 겪고 난 후에 나는 완전히 지쳐 버리고 말았다. 단지 물리적으로 체력이 방전되었다거나 그런 정도의 느낌이 아니라, 그때까지 살아오면서 구축되었던 믿음이나 신념, 뭉뚱그려서 가치관이라 부를 법한 것들이 모두 터져 버린 것이다. '살아도 사는 것 같지 않다'는 말이 어떤 의미인지 그제서야 알게 되었다.

이전까지 나는 나름대로 확고한 가치관을 가지고 있었다. 타고난 성향도 그렇거니와 옳고 그른 게 분명하고, 내가 옳다고 믿는 바에 대해서는 어떤 타협도 없는 종류의 사람이었다. 가치관이 무너진다는 건 바로 그런 게 사라진다는 것이었다. 나는 그제서야 완전히 옳은 것도 완전히 그른 것도 없다고, 진심으로 생각할 수 있게 되었다. 하다못해 책이라도 읽으려면 내가 옳다고 여기는 게 무엇인지 정도는 알아야, 그러니까 내가 설 자리 정도는 알아야 읽을 수 있는 법이다. 가치관이 무너지고 나면 그 자리가 없어진다. 말인즉 '주장'을 담은 어떤 책도 읽을 수가 없게 된다. 그래서 거의 2년에 걸쳐 어떤 책도 읽을 수가 없었다.

이전까지 나는 '소설'을 읽지 않는 사람이었다. '이야기'를 따라가는 건 재미있기는 하지만 딱히 열과 성을 다해 그것들을 읽을 필요가 있는가 생각했다. 무엇보다 '이야기'를 통해 주장하는 방식이 조금 낭비처럼 느껴졌다. 옳고 그름을 일도양단으로 나눌 수 있다는 세계관 아래서는 자연스러운 반응이었다. 그러나 옳은 게 무엇인지, 그른 게 무엇인지 아무것도 주장할 수 없게 되자, 그제서야 '이야기'가 읽히기 시작했다. 그리고 역설적이게도 그제서야 '현실이 원래 이런 것'이라는 생각에 이르게 되었다. 원래 사람이 사는 일이란 그때그때의 옳음, 적합함 정도만 있을 뿐이다. 그래서 어떤 사건이든 그걸 제대로 볼 수 있는 시야가 확보되기 전까지는 그저 버티는 수밖에 없는 것이다. 겨우겨우 읽었던 여러 고전 소설들, SF소설들 모두가 말하는 바는 바로 그런 것이다.

그렇게 '이야기'의 세계에 발을 담그고 나서야 나는 앞으로 무엇을 하며 살지 길을 잡을 수 있게 되었다. '이야기'를 쓰고 싶다. 지금은 여전히 마음속에 무언가 응어리가 져 있어서 원하는 만큼 이야기할 수 없기는 하지만, 그럼에도 불구하고 나는 요즘도 여전히 매일 이야기를 떠올리고 쓴다. 안타까운 건 아기를 돌보다 보면 이런저런 사정에 치여서 머릿속에서 끝나 버리고 마는 경우도 많다는 점인데, 그럼에도 불구하고 이야기를 떠올리는 일이 즐겁다. 그게 요즘의 나를 지탱해 주는 일이다. 지금까지는 어떤 가시적인 성과가 있다거나, 딱히 어딘가에 글을 보내 보거나 하는 것은 아니다. 나름대로 지금을 '수련 기간' 정도로 생각하고 있기도 하거니와, 여전히 뚜렷한 확신이 있는 것은 아니기 때문이다. 그렇지만, 어쩐지 내 남은 생애를 계속 이 일로 보내게 되지 않을까 하는 느낌이 오기는 한다. '소설'의 형식을 가진 이야기가 아니라 하더라도, 분명 무언가, 내 마음속에 나 스스로도 의식하지 못했던 '이야기'들을 글로 써 내게 되지 않을까 싶다.

우리 아빠의 일

내가 이렇게 뚜렷한 확신이 없으면서도, 게다가 돈도 되지 않을 가능성이 팔구 할이 넘어가는 이 일을 인생의 다음 경로로 생각할 수 있었던 건, 순전히 아내 덕이다. 무엇보다 나는 '아빠'이지만, 여느 많은 아빠들과는 다르게 가정경제를 책임져야 한다는 압박감에서 훨씬 자유롭기 때문이다. 나도 돈을 벌기는 하지만, 내가 당장 돈을 벌지 않는다고 해서 집안이 휘청거리거나 생계를 걱정하거나 할 일은 없다.

물론 나는 그런 상황을 마음껏 누리고 있기는 하지만, 그렇다고 해서 완전히 자의식이 없는 것은 아니다. 벌써 친구들과의 관계에서도 그렇다. 한창 직장 생활을 하거나 자기 사업을 하고 있는 '남자'이자 아빠인 친구들과는 얼굴을 본 지도 오래되었다. 생활 패턴이 워낙에 다르기도 하거니와 요즘 같아서는 만나 봐야 무슨 이야기를 나눠야 할지도 잘 모르게 되고 말았다. 가끔 그들이 생각나다가도 '굳이 만나서 뭣하나' 하는 생각이 들어 그만두고 만다. 반대로 요즘 자주 연락을 하거나 만나는 친구들은 육아와 가사가 주업인 '여자'이자 엄마인 친구들이거나 아예 비혼, 싱글, 프리랜서에 가까운 직업을 가진 친구들이다. 이쪽은 만나면 화제도 풍부하거니와 만날 때마다 내일을 기꺼이 살아 낼 수 있겠다 싶을 정도의 즐거움을 준다. 인생이 이렇게 바뀌었다. 앞으로도 보통의 한국남자와 같은 형태의 인생으로 돌아갈 일은 없을 것 같다.

30대 후반, 남들 같으면 한창 일하고 경력의 완숙기로 넘어가기 시작할 나이에 자의반 타의반으로 경력을 마감해 버렸으니 쌓아 온 것들이 그래도 조금쯤 아쉽기는 하다. 사소하게는 직장에서 큰 프로젝트를 시작할 때 얻을 수 있는 기대감, 작은 일들을 마무리해 나가면서 느낄 수 있는 성취감, 동료나 상사에게 인정받을 때의 기쁨 같은 것들 말이다. 더불어 여느 아빠들과는 다른 내 인생을 아이가 어떻게 받아들일지에 대한 의문 같은 것들도 있다. 뭐 대단한 것은 아니지만 말이다.

아이가 신생아 티를 벗을 무렵 아내도 다시 출근을 하기 시작했다. 아기와 둘만 남은 집에서 시간은 참 빨리도 갔다. 아기가 자는 틈틈이 빨래를 걷고, 개고, 돌리고, 젖병들을 소독하고, 기저귀를 갈고, 분유를 먹이고 하다 보면 금세 아내가 돌아올 시간이 되곤 했다. 매일매일 일과가 그렇게 채워지다 보니 시간은 정말 잘 갔다. 시간이 잘 간다는 사실이 그 시절의 나에게 얼마나 큰 위안이 되었는지 모른다. 그런데 지나고 보니 아이는 벌써 아기 티를 벗어 가고 있고, 나는 그렇게 아이를 키워 낸 것 말고는 딱히 해놓은 게 없었다. 아이를 키워 낸 것이야말로 대단한 일이기는 하지만, 그럼에도 불구하고 무언가 아이와 상관없이 풍선처럼 부풀어 가는 내 자아가 흘러갈 길이 필요했다. 그래서 글을 쓰기 시작했다.

글쓰기는 나에게 굉장히 중요한 일이다. 그건 말했듯 사소하게는 풍선처럼 부푼 자아의 압력을 해소하는 데 꼭 필요한 일이면서 동시에 언제가 될지 모를 두번째 자립의 기반이 되는 일이기 때문이다. 하루하루가 고되기는 하지만, 지금의 삶에 충분히 만족한다. 지나고 보면 즐거운 시절이라 여길 게 틀림없는 시절이다. 문제는, 지금까지의 경험에 비춰 보건대 이런 시절이 영원히 이어질 수는 없다. 언젠가는 변하게 마련이다. 그렇다면 나도 인생이 다시금 격변할 때를 대비해야 하지 않겠나. 지금으로서는 허황된 것일 수 있지만, 나는 글쓰기를 오래, 꾸준히, 밀도 있게 열심히 하면 그런 격변 속에서도 잘 버틸 수 있으리라 믿는다. 조직에 속해 직장 생활을 하면서 내 존재를 증명하는 일은 다시 하고 싶지 않다. 누구의 아랫사람도, 윗사람도 되고 싶지 않다. 격변의 시기에 그 상태로 돌아가지 않으려면 스스로 훈련하는 수밖에.

나는 우리 딸이 아빠를 '글 쓰는 사람'으로 생각해 주기를 바란다. 자라면서 누가 "아버지 뭐하시노?" 하고 물었을 때 말이다. 이건 어쩌면 지금까지 세웠던 그 모든 인생의 목표를 통틀어 가장 커다란 목표다. 무엇보다 하루하루를 한눈팔지 않고 쌓아 가야 도달할 수 있는 것이기 때문이다. 한 달에 한 번 정도 글을 쓰는 걸로는 '글 쓰는 사람'이 될 수 없지 않나. 그리고 매일매일 쓰더라도 몇 년은 그렇게 해야 겨우 '몇 년 동안 매일 글을 쓴 사람'이 될 수 있을 뿐이다. 진짜 '글 쓰는 사람'이 되려면 얼마나 많은 하루하루를 쌓아야 할지 모를 일이다. 너무 까마득해서 정신이 아득해지고 만다. 그래서 나는 가까스로 오늘 하루를 쌓았다. 부디 내일도 그럴 수 있기를 바란다.

7.
아무것도 갖지 않아도 되는
아빠

'아빠'가 된다는 것

아이가 태어나던 날을 떠올려 본다. 20대 시절부터 헤비스모커였던 나는, 아기가 태어날 때 대학병원 가족분만실에 2박 3일간 갇혀 있었다. 당시 나는 곧 태어날 아기에 대한 기대감으로 들뜨고, 진통을 겪는 아내에 대한 걱정으로 조급해지고, 강렬한 흡연 욕구로 초조해져 갔다. 아내의 진통이 열 시간쯤 더 지속되어, 담배를 열 시간쯤 더 참아야 했다면, 병원문을 부수고 뛰쳐나갔…을까? 아마 그냥 그 상태로, 흡연 욕구가 더 강렬해진 채로 열 시간쯤 더 버티고 있었겠지. 문득, '아빠'란 그런 게 아닌가 싶다. 가족과는 아무 상관없는 자신의 욕구를 어떻게든 참아 낸다. 그게 가족 이데올로기건 뭐건 간에 그렇게 되더라. 나에게는 그게 나름대로 신선한 경험이기도 했다.

앞서 말했듯 20대 시절(솔직히 말하자면 10대 후반)부터 헤비스모커였던 나는 누구보다도 '쾌락'에 약했다. 담배를 처음 입에 물었을 때, 혈관을 거쳐 뇌에 퍼져 나갔던 니코틴이 주는 그 짜릿한 감각을 여전히 못 잊고 아직까지 담배를 피운다. 그러니까 못 끊었다. 아무리 오래 참고 피워도 첫담배의 그 아찔함은 두 번 다시 나를 찾아오지 않았다. 그래도 여전히 끊질 못한다. 다른 것도 마찬가지다. 책을 읽을 때(또는 살 때) 느껴지는 손끝의 감각, 요리를 할 때 콧구멍을 거쳐 뇌로 퍼지는 음식의 풍미, 음악을 들을 때 고동치는 심장과 고막의 그 짜릿짜릿한 감각, 만년필을 깨끗하게 세척하고 새 잉크를 채워 종이에 글자를 써 내려가는 그 매끈한 기분까지, 나는 그야말로 감각의 노예였다. 사실 여전히 그렇다. 그 모든 것들을 마음껏 누리던 그 시절이 그리울 때가 있다. 그럼에도 불구하고 나는 지금, 아빠가 된 지금이 더 좋다. 물론 순간순간 덮쳐 오는 갑갑함을 못 이길 때도 있지만, 일상 전체를 놓고 평가해 보건대, 지금이 더 좋다. 심지어 더 자유로운 느낌마저 든다. 자유란 무엇보다도 무언가를 해내거나, 하지 않을 수 있는 '능력'의 문제이기 때문이다.

2박 3일 동안 엄마를 진통케 한 우리 딸이 태어났다. 무려 3.75kg이었다. 아빠는 그 순간을 기억하는데, 산부인과 스태프 두 명이 아내의 배를 누르고, 아내는 마지막 힘을 쥐어짜고 있었다. 그러다가 의사

선생이 아이를 빼내었다. 당시 상황이 꽤 다급했던 관계로 탯줄을 자른다거나 하는 의식은 전혀 치르지 못했다. 그러나 어쨌든, 굉장한 순간이었다. 당시 나는 아이보다도 아내가 걱정이었다. 둘 다 출산은 처음이었기 때문에 그렇게 오래도록 고생해야 하는 일인 줄 몰랐다. 게다가 아내는 밥도 제대로 먹지 못했다. 그러니 마지막 힘을 쥐어짜 내기가 어려웠다. 아내가 그렇게 힘들어하자, 그제서야 아이도 걱정이 되기 시작했다. 생각해 보면 우리 딸도 처음 태어나 보는 것이었다. 두 사람을 모두 걱정하다 보니 문득 이러다가 나 혼자 남게 되는 것 아닌가 하는 공포감마저 밀려왔다. 막판에는 가슴이 얼마나 고동치던지, 누군가 내 옆에 있었다면 내 심장 소리를 듣지 않았을까 싶다.

사실 아이가 태어나기 직전까지, 나는 그다지 준비가 되어 있지 않았다. 아이가 태어나는 결정적인 순간에 다다르기 전까지는 내가 준비가 되어 있지 않다는 걸 잘 몰랐다. 그도 그럴 것이 눈에 보이는 것이라고는 커다랗게 불러 온 아내의 배가 전부였기 때문이다. 무엇을 떠올리든 추상적일 수밖에 없었다. 그래서인지 의식적으로는 아빠가 될 준비를 해야 한다고 생각하기는 했지만 좀더 심층에서는 내가 앞으로 '아이'를 키워 내야 한다는 실감이 없었다. 아마도 10개월 동안 아이를 품고 있었던 아내는 나완 다르지 않았을까 싶다(여기서도 아빠와 엄마 사이에 커다란 차이가 있다). 아이가 세상에 덜컥 나오고, 실제로 눈앞에서 꼬물거리는 걸 보고 나서야 이 아이를 내가, 우리가 키워 내야 한다는 사실을 실감하게 되었다. 그전까지 나는 아이가 나오면 그 아이가 자연스럽게 우리 두 사람의 삶에 '더하기' 되듯 들어와 붙는 것으로 생각했다. 물론 실제는 그것과는 전혀 달랐다. 아이는 단순한 더하기가 아니었다. 아내도 그렇고, 나도 그렇고 아이가 끼어든 다음부터 살아가는 인생의 성질과 행로가 모두 바뀌어 버렸으니 말이다.

'즐거움의 지옥'에서 육아로

앞서 말했듯 나는 예전이나 (조금 줄었을지는 몰라도) 지금이나, 어쨌거나 기본적인 인생의 목표가 쾌락의 추구에 있는 사람이다. 그도 그럴 것이 (예전에는 있었을지도 모르겠지만) 나는 특별히 지키며 살아가는 '신념'이랄 게 없다. '신념'이란 사전적으로는 '굳게 믿는 마음'일 텐데, 여기서 내가 쓰는 의미는 조금 더 협소하다. 이를테면 '이 세상이 이렇게 되었으면 좋겠다고 바라는 마음' 정도다. 사소하게는 사람들이 길에 침을 안 뱉었으면 좋겠다라든가, 광역버스에서 뒷자리 신경 안 쓰고 의자를 눕히는 짓들을 하지 말았으면 좋겠다든가 하는 식의 바람들 정도다. 그러나, 이 체제를 어떻게 바꾸고, 저렇게 재조직하고 뭐 그래서 환경도 보호하고, 노동자·농민·서민·중산층 등등이 모두 다 잘 살고 그러는, 뭐 그런 해방세상 같은 건 전혀 바라지 않는다는 말이다. 그렇게 된다면야 좋겠지만, 그렇게 될 리가.

조금 더 정확하게 말하자면 지금 혹시 내가 그런 걸 가지고 있다고 한다면 가급적 버리는 편이 낫다고 생각한다. 신념을 버리는 게 신념이라면 신념일 수 있겠다. 내가 이렇게 된 데에는 이런저런 복잡한 사정들이 있기는 하지만, 그건 너무 길기도 하거니와 아직 제대로 말할 준비가 안 되었으므로 다음 기회를 기다려 보자. 어쨌든, 그렇게 신념과 결별하기로 마음을 먹었으니, 마음속에는 공백이 생긴다. 이제 나는 무엇을 동력으로 살아가야 하는가 하는 질문과 마주하게 된 셈이다.

나는 차라리 마음을 편하게 먹기로 했다. 하고 싶은 걸 하고, 먹고 싶은 걸 먹고, 사고 싶은 걸 사면서 말이다. 말하자면 정치적 올바름이나, 신념 같은 걸로 스스로에게 제약을 걸지 않겠다고 마음먹었다. 그렇게 마음을 먹고 보니 결국엔 '쾌락'이 인생의 동력이 되고 말았다. 어떻게 하면 조금 더 즐거울까, 조금 더 맛있을까, 조금 더 재미있을까만 고민하게 되었다. 나름대로 괜찮은 시간이기는 했지만, 시간이 갈수록 마음속에선 괴물이 무럭무럭 성장하고 있었다. 그것은 허무감이었다. 쾌락이란 특정한 강도에 도달하기 전까지, 도달한 직후의 찰나에만 만족감을 줄 뿐이다. 어제 즐거웠던 일이 오늘 똑같이 일어난다고 해도 기분은 어제와 같을 수 없다. 결국 더 높은 강도를 추구하게 된다.

어젯밤의 나는 매운 걸 잘 먹지 못했지만, 오늘은 화끈하게 맵고 달콤한 비빔냉면이 먹고 싶다. 그렇게 살이 찌고, 위장이 나빠지다 보면 내가 지금 무얼 하는 건가 싶은 생각이 저절로 든다. 그럼에도 불구하고 더 달고, 맵고, 짠 걸 찾는다. 이런 식으로 살다 보면 당연히 돈도 많이 든다. 사실 나는 적당히 좋은 국산 기타로도 즐겁게 놀 수 있었다. 그다지 훌륭하지 않은 실력에 펜더니, 깁슨이니 모두 과분하다. 그럼에도 '펜더는 더 좋지 않을까' 하게 되어 펜더를 사고, '깁슨은 좀더 두툼한 소리가 나지 않을까' 하며 깁슨을 산다. 실력은 그대로인데 기타만 늘고, 잔고는 줄어드는 이중고에 시달리다가 결국엔 '이런 게 다 무슨 소용이야' 하게 된다. '쾌락'을 우선으로 두는 모든 일이 결국에는 이 패턴을 따른다. 강도를 높여 가다가 허무의 늪에 침몰하는 패턴이다.

육아에 뛰어들지 않았다면, 나는 또 다른 커다란 쾌락을 찾아 여기저기 구멍을 파고 있었을 것이다. 확신한다. 그러고는 짜릿하게 즐기다가 허무하다가, 죽어도 좋을 듯이 신나다가, 죽을 듯이 우울해하고 있었을 것이다. 정말로 그렇게 살고 있었으리라 생각하니 조금 아찔할 정도다. 그러다가 나는 육아에 뛰어들었다. 이건 내가 원해서라기보다는 상황이 그렇게 되었다. 특히나 '아빠'가 육아를 하는 경우엔 대체로 상황이 그렇게 돌아가서인 경우가 많은 듯하다. 어쩌겠나, 나는 돈 버는 일을 하고 싶지는 않았고, 아이를 키우는 것은 '하고 싶다' 정도는 아니어도 '하기 싫다'도 아니었으니 말이다. 오히려 아이를 내가 주로 돌보게 되어서 기쁘기도 했다. 사실 그때는 육아가 이렇게 힘이 드는 일이라고는 생각지도 못했으니까.

육아가 나를 자유케 하였다?

아이는 존재한다는 그 사실만으로도 부모에게 엄청나게 많은 제약을
준다. 아닌 말로 아이와 함께, 단둘이 있는 동안에는 똥도 싸러 갈 수
가 없다. 요즘은 기술이 좋아져서 아이패드를 던져 주고 잽싸게 싸고
오기는 하지만, 지금(두 돌)보다 더 어릴 때는 그냥 '쌩'으로 참았다. 정
말 괴로운 일이었다. 끼니를 챙겨 먹는 것도 어렵다. 두 돌 이하(그 이
상은 아직 경험해 보지 못했다) 아기는 2~3분 이상을 혼자서 놀지 못한
다. 끼니를 챙겨 먹고 싶으면 아이 밥과 내 밥을 동시에 준비해서 아이
가 먹는 동안 함께 먹어야 하는데, 아이 밥 따로, 내 밥 따로 차리는 건
먹어서 얻는 효용에 비해 품이 너무 많이 드는 일이다. 결국 내 밥상
은 간소해진다. 씻는 것도 똥 싸는 것과 마찬가지로 자리를 비울 수 없
으니 제대로 할 수가 없다. 그렇게 아이와 하루 종일 씨름하다가 보면
배고픈 거지꼴로 엄마가 돌아오길 기다리게 되는데, 엄마가 돌아와야
(힘든 건 매한가지지만) 그나마 숨통이 좀 트이기 때문이다.

　그럼에도 불구하고 나는 아이를 키우는 일이 나를 더 자유롭게
만들었다고 생각한다. 그것은 말하자면 즐거움의 지옥에서 빠져나오
는 일이었다. 육아를 한다는 건 어디로 튈지 나도 모르는 내 욕망에 강
력한 제한을 거는 일이다. 이 일은 그렇게 쉽지도, 즐겁지도 않다. 심
지어 생각보다 보람차지도 않다. 물론 쑥쑥 자라는 아이를 보고 있자
면 스스로가 대견하고 보람되기도 하지만, 그건 그저 아주 약간의 여

유가 주어졌을 때 문득 스치고 지나가는 기분일 뿐, 아이를 돌보는 내내 그런 기분을 느낄 수는 없다는 말이다. 그러나, 그런 강력한 제한 속에서 나는 수년간 나를 사로잡고 있던 허무감을 떨쳤고, 스스로 통제하기 어려웠던 소비욕망이 사그라들었으며, 아무것도 아닐 수 있는 삶의 작은 조각들에 커다란 의미를 부여할 수 있게 되었다. 말하자면 결핍이 줄어들었다.

물론 아이를 돌보게 되면서 생긴 결핍도 분명 있다. 가령 평생 거의 해본 적이 없었던 '사람(말을 할 줄 아는 사람)이랑 이야기를 하고 싶다'라든가, '시내에 나가서 여기저기 쏘다니고 싶다'라든가 하는 것들이다. 그나마 다행인 건 내가 아이가 있기 전에도 그런 것들을 그렇게 좋아하지 않았다는 사실이다. 육아가 너무 힘이 드니까 그런 생각이 들었을 뿐, 실제로 밖에 나가 보면 얼른 집으로 돌아가고 싶어 할 거라는 걸 스스로가 너무 잘 알고 있었다. 재빨리 그걸 자각할 수 있었던 것도 사실 육아를 하면서 커진 능력 때문이 아닐까 싶다. 아이를 키우다 보면 어떤 일(또는 놀이)을 앞두고 내가 이것을 할 수 있을지 없을지 얼른 판단해야 하는 경우가 자주 있다. 그 판단을 빨리 못하거나 잘못하면 어려움이 참 많아진다. 저녁까지 쓸 체력을 안배해 두어야 하는데 한 번의 놀이에 몽땅 꺼내 써 버리거나, 사 놓고 놀아 보지도 못할 장난감(아빠용, 이를테면 악기 같은 것)을 덜컥 사 버린다거나 하는 식이다.

아이를 돌보면서, 아이의 능력이 자라는 것에 맞춰 나도 그렇게 능력이 커졌다. 기저귀를 갈 타이밍을 감지한다거나, 순식간에 별것 아닌 재료로 한 끼를 차려 낸다거나, 짜증과 울화를 밖으로 안 꺼내고도 해소할 수 있다거나 하는 능력들이다. 더불어 내가 해낼 수 있는 일, 좀더 노력해야 하는 일, 해서는 안 되는 일 등등 내가 가진 능력의 규모와 수준을 잘 파악하게 되었다. 말하자면 나 자신을 다루는 능력이 커졌다. 내 생이 흘러가는 대로, 마음의 갈등 없이, 거리낌 없이 나를 맡길 수 있게 되었고, 마음을 불편하게 만드는 어떤 일, 어떤 사람, 어떤 물건에 대해 적당히 신경을 끌 수도 있게 되었다(물론 지금 살고 있는 집의 좁고 이상한 설계의 부엌과 기구한 사연을 지닌 우리 자동차에 대해서는 그게 잘 안 된다). 심지어 평생 안 되던 아침에 일찍 일어나는 능력마저 생겼다. 자유가 어떤 '능력'과 관계된 것이라면, 나는 분명 이전보다 자유로워졌다. 정말로 그렇게 느낀다.

아마도 이런 아빠

나는 전에도 이야기한 적이 있지만, 우리 딸에게 고맙다. 흔히 말하는 '와 줘서 고마워' 같은 말은 도무지 너무 오글거려서 공공연하게 할 수 없지만, 정말로 고맙다고 느낀다. 워낙에 귀엽기도 하거니와, 나에게는 하늘에서 내려온 동아줄 같은 존재이기 때문이다. 즐거움의 지옥에서 허우적거리던 때에, 도저히 이대로는 더 살 수 없을 것 같은 때에 마치 슈퍼 히어로처럼 우리 딸이 나타나 주었다.

앞서 나는 특별한 신념을 갖지 않으려고 노력한다는 말을 했다. 조금 범위를 넓혀 보자면, 보통의 일상에서도 특정한 상을 갖지 않으려고 노력한다. 다정한 아빠, 재미있는 아빠, 엄격한 아빠, 용돈 잘 주는 아빠, 딸과 데면데면한 아빠 등등. 온갖 형태의 아빠들이 실존하고, 그보다 많은 아빠의 그림들이 있다. 나도 사실 다정한 아빠, 재미있는 아빠, 기타 등등 아빠같이 '이렇게 되고 싶다'는 그림을 그려 본 적이 있기는 하다. '친구' 같은 아빠였으면 좋겠다고 생각했다. 그런데 역시 그런 건 아무 소용이 없다. 상황이 어떻게 될지도 모르고, 우리 딸이 자라면서 기질을 어떻게 발현시킬지도 모르는데 나 혼자 그런 것 그려 봐야 뭘 하겠나. 그 그림을 꼭 붙잡고 가다가 일이 생각대로 돌아가질 않으면 그때는 또 얼마나 실망을 하겠나. 그래서 나는 내 육아의 신조대로 하루하루를 잘 살기로 했다. 아빠로서 말이다.

나는 우리 딸이 이러면 좋겠다, 저러면 좋겠다, 또는 아빠와의 관계가 이러면 좋겠다, 저러면 좋겠다 하는 식의 기대를 하나씩 없애려고 한다. 대신에 딸의 모습이 이렇겠다, 저렇겠다 하는 식의 상상은 되도록 많이 해보려고 한다. 왜냐하면 딸이 어떤 모습으로 자라더라도, 자신이 원하는 그 어떤 사람이 되더라도 수월히 받아들이고 싶기 때문이다.

그런 와중에 다만 한 가지 내가 꼭 바라는 것은, 나와 아내가 오랫동안 우리의 삶을 적절하게, 자립적으로, 꾸려 나갈 수 있기를 바란다.

우리 딸이 부모에게 느낄 부채감을 최대한 줄여 주고 싶다. 그래서 우리 딸이 집을 떠날 때 아무런 거리낌 없이 떠날 수 있었으면 좋겠다. 부모에게 뭘 갚겠다느니, 보답을 한다느니 하지 말았으면 좋겠다.

아이,
주위를 맴도는 사이

글

진성일

첫째에겐 친절한 샌드백, 둘째에겐 성실한 곰인형이 되려고 노력 중.
동갑내기 아내의 말도 잘 들으려 애쓰지만 맘대로 안 된다. '문탁네트워크'에서는 '청량리'라 불리며 공부보다는
'스튜디오 지음' 및 '동네영화배급사 필름이다'의 디자이너 겸 영화인 '청실장'으로 활동 중이다.
생계를 위해 '건축사사무소 아키페라'를 공동운영하고 있다.

1. 아기가 왔다

2012년, 둘째가 태어난 해 용인 상갈동 논이 있는 아파트 거실에서. 이제 목을 가누기 시작한 동생을 따라하는 첫째. 지금도 첫째는 꽤 동생에게 상냥한 편인데 어렸을 때는 더 예뻐했었다.

2. 아빠는 육아 중

2014년, 집을 한창 짓고 있을 때 잠시 들어와 살았던 2층 전셋집. 둘째 옷을
갈아입히는 중이다. 육아휴직은 끝났지만, 우리 마을 짓는 현장이 바로 코앞이라
출퇴근이 자유로웠다. 그때부터 육아와 일의 경계는 모호해졌다.

3. 아빠는 일하는 중

2017년, 뜻 맞는 이들과 함께 건축협동조합을 만들고 그들과 함께 사용했던
건축사사무소 다락방(茶樂房)의 모습. 책장 바로 뒤가 내 자리. 탕비실에 다실(茶室)도
있었던, 일했던 곳 중에서 가장 크고 근사했던 사무실.

4. 아빠는 노는 중

2016년. 다소 즉흥적으로 떠난 보길도 여행. 복장에서 알겠지만 우리는 해변에서 더 많이 놀았다. 윤선도를 또 다른 섬 이름으로 착각한 만큼 아이들은 섬보다는 오고 갈 때 탔던 배를 더 재밌어했다.

5. 아빠와 엄마

2011년, 둘째가 태어나기 전 용인자연휴양림. 지금 보니 아내의 볼살은 점점
빠졌는데, 내 뱃살은 점점 늘어나기만 한다. 가장 멀쩡했던 모습. 둘째는 나와 아내의
저 머리스타일을 싫어한다. 왜 엄마가 아빠보다 머리가 짧으냐며 이상해한다.

6. 우리 가족

2015년, 장흥에서 소를 키우시는 아버님의 축사 옥상. 동네 마실 나온 복장과
헤어스타일 그대로 찍은 뜬금없는 가족사진. 약간 맹한 모습의 아내와 장난끼 많은
아빠, 한번 해보자는 거냐는 사내아이 첫째와 바가지머리를 싫어하는 다소 새침떼기
둘째. 멀쩡한 가족사진보다는 이게 맘에 들더라.

1.
그와 그의 아버지의
무인도

이것은 그에 대한 이야기이자 그의 아버지에 대한 이야기이다.

군대 가기 전이었던 그는 어느 정도 머리가 굵어졌다, 고 생각했다. 그래서 마치 세상을 모두 알아 버린 젊은이인 양 그는 이상한 글들을 써 내려갔다. 제목은 잘 기억나질 않지만 신이 있기에 인간은 근본적으로 악하다든지, 지금 같으면 사회적으로 매장당하고도 남을 만한 여자에 대한 오해와 편견이 가득한 글도 있었다. 있어 보이는 척했으나 실상은 실험적이고 독창적이라고 '자뻑'했던 글들이 대부분이었다. 다행히 그의 첫번째 글은 기억난다. 제목은 「훈민정음」이다.

가는 나를 보고 말했다. 이게 다라고.

그러자 라는 마라며 바랬다.

하지만 사는 아를 자로 보고

차가 카인 줄 몰랐다.

타만 파했으니, 결국 하인 셈이다.

시인 이상(李箱)도 울고 갈 거라던 그의 천재적인 망상은 뒤로하자. 당시의 정신 상태에서 그는 그의 아버지를 보고 문득 '무인도'를 떠올렸다. 만일 그가 존재하지 않는다면 그의 아버지는 지금보다 훨씬 자유롭지 않을까, 라고 그는 생각했다. 철이 들어 머리가 굵어진 게 아닌 그냥 실제로 두상이 큰 그는 자신이 아버지의 발목을 붙잡고 있는 듯 느꼈다. 만약 그렇다면 자유로운 아버지는 어디로 가고 싶을까? 너무도 낡은 가족 관계, 직장 관계에 둘러싸인 여기를 벗어나고 싶지 않을까? 그래서 아마도 '무인도'에 가고 싶지 않을까, 라고 그는 생각했다. 그때 그는 왜 자신이 그의 아버지에게 짐이 된다고 스스로 생각했을까?

사실 그는 그의 아버지를 닮고 싶었다. 어릴 적 명작동화의 주인공들이나 위인전에 나오는 위인들이 아닌 아버지를 존경한다는 게 왠지 부끄럽기도 했다. 그는 어렸을 때도 되고 싶은 무엇이 없었고 나중에 스무 살이 되어서도 별다른 꿈이 없었다. 그리고 집에서 필요한 물건들을 만들거나 고치는 데 재주가 있던 그의 아버지를 보면서 그는 커서 아버지만큼만 돼도 되겠구나 싶었다. 그의 아버지는 무인도에 갔더라도 손재주가 많아 로빈슨 크루소보다 잘 살았을 것이다, 라고 그는 생각했다.

오래전 일본행을 선택했던 그의 아버지. 그래서 그는 아버지가 없는 듯 살았으나 순간순간 그의 아버지는 불현듯 그 앞에 떠오르곤 했다. 때문에 그의 이야기에는 아버지 대신 그의 할아버지가 대부분 등장한다. 그가 뒤늦게 그의 아버지를 찾으려고 했던 이유는 사실 명확하지 않다. 형제 집안 사이에서 풀어야 할 숙제인지 아니면 오랫동안 부재했던 아버지에 대한 원망 때문인지 그는 말하지 않았다. 그러나 분명한 건 그가 집안에서 그의 아버지의 생사에 관심을 갖는 유일한 사람이었다는 점이다. 언제였을까, 그의 아버지가 한국에 잠깐 들렀을 때 그는 마지막으로 그의 아버지를 만났다. 그러나 이미 그의 아버지가 일본 이름을 갖고 있다는 사실을 알았다. 만일 그가 아버지를 만나려 한다면 이제 일본으로 가야만 했다.

그가 기억하는 아버지에게선 두 가지 냄새가 났다. 담배 냄새와 기름 냄새. 군대에서 담배를 배운 그는 어느 순간 자신의 손가락에서 아버지의 냄새가 나는 걸 알고는 기뻤다. 그의 아버지가 팔베개를 하고 커다랗고 굵은 손가락으로 그의 얼굴을 쓰다듬을 때 나는 냄새였다. 군대에서 아무리 삽질을 해도 그의 손가락은 그의 아버지보다 굵어지진 않았다. 대신 담배 냄새는 엇비슷하게 나는 듯했다. 습관 외

에 그가 흡연하는 이유는 이 때문이다. 담배가 타면서 나는 것도 아닌, 입으로 내뿜는 것도 아닌, 살을 맞대야 맡을 수 있는 구수한 냄새, 라고 그는 생각했다.

제대 후 가정형편이 어려워 그는 그의 아버지 공장에서 1년 반 정도 일하게 되었다. 때마침 나라 경제도 안 좋아 일하던 직원도 그만둔 상태였다. 그의 아버지는 누전 차단기에 들어가는 황동이나 청동, 철로 만든 여러 가지 부품 등을 만드는 작은 프레스 공장을 운영했다. 그는 거기서 납품용 물건을 포장하는 것부터 시작해서 금형 조립, 연마, 용접 등을 배웠다. 두 대의 프레스 기계를 돌리면서 소리만으로 물건의 불량 유무를 알게 될 무렵, 그의 손가락에도 기름때가 끼게 되었다. 지문 사이와 손톱 밑의 기름때는 칫솔로 문질러도 잘 안 벗겨진다. 그제야 그의 손에 담배 냄새 위에 기름 냄새도 함께 묻어나게 되었다. 그는 공장에서의 에피소드를 종종 무용담처럼 이야기하곤 했다.

그는 이야기하는 걸 좋아한다. 이야길 하다 보면 굉장히 아찔하거나 슬픈 이야기인데도, 이미 시간이 지나서인지 아니면 상처가 아물어서인지, 시트콤의 한 장면처럼 웃게 된다. 그래서 그의 슬픈 이야기는 우리의 '웃픈' 이야기가 된다. 그가 어렸을 때 이야기다.

심부름으로 자전거에 짐을 싣고 돌아오는 길은 이미 어두워졌다. 안전하게 큰 길로 돌아오면 되건만 그는 가로질러 오는 저수지 뚝방 지름길을 택했다. 가로등도 없었지만 늘 다니던 길이라 쌩쌩 달렸다.

그러나 아뿔싸. '억!' 하는 순간 그의 몸이 하늘로 붕 떠오르더니 자전거 바퀴가 반으로 접히는 것이 보였다. 동시에 그 역시 땅으로 꼬꾸라졌다. 큰 돌이 빠져서 생긴 것일까? 커다란 웅덩이에 자전거는 구겨져 있었다. 그의 몸도 땅에 구겨져 있었는데, 어깨라 다행이지 만일 머리가 먼저 떨어졌다면 목이 반으로 접혔을 거라고, 껄껄껄 웃는다.

어두운데 천천히 좀 달리지 왜 그렇게 빨리 달렸냐고 누가 묻자 그는 저녁을 굶을까 봐 그랬단다. 스무 명이 넘는 식구가 살던 그의 집에선 누가 누구의 밥을 챙겨 주지 않았다. 구겨진 자전거를 끌고 가면서 그는 어깨 아픈 것보다 밥 굶는 게 더 걱정됐다. 그가 나중에 공대를 선택한 건 밥을 굶지 않기 위한 기술 때문이었다.

그의 첫 과외 선생은 공대생이었던 그의 아버지였다. 자연스럽게 과목은 영어가 아닌 수학. 중학교 때 친구집에서 외박하겠다고 떼부리던 동생의 뺨을 후려치던 그의 아버지의 성격과는 달리 교육 중에 폭력 상황은 발생하지 않았다. 그러나 그의 아버지가 몇 번이나 알려 줘도 문제가 풀리지 않자 그는 스스로 눈물을 흘렸다. 어리석음에 대한 억울함일까, 아니면 칭찬받지 못한 조바심일까.

그의 아버지는 답을 쉽게 알려 주지 않았다. 늘 버릇처럼 원리에 대한 이해와 설명을 반복할 뿐이었다. 한번은 눈물을 닦으려고 화장실에서 세수를 하던 그가 갑자기 뛰쳐나와 알아냈다며 웃으며 정답을 적기도 했었다. 그의 아버지가 때린 것도 아닌데 저 혼자 지랄을 했다. 그래도 그의 아버지 덕분에 그는 수학을 잘하진 못했으나 싫어하진 않았고, 그 역시 공대에 들어갔다.

공대생이면서 손재주가 좋았던 그는 무언가 만드는 것에 관심이 많았다. 못 쓰는 티브이에서 브라운관을 떼어 내고 그 안에 병아리를 키웠다. 고추 말리는 기계를 사는 대신에 안 쓰는 헤어드라이어를 파이프로 고정하고 타이머를 달아서 사용했다. 집에서 필요한 것이나 고쳐야 할 것들, 선반이나 평상 등은 기본이고 주차장 차고나 창고 등도 그는 직접 만들어서 썼다. 좋은 자재보다는 대개는 안 쓰는 것이나 갖고 있던 것을 사용하다 보니 역시 모양은 안 나지만 성능은 꽤 쓸 만했다. 그러한 노력의 결과일까, '전화기고장표시기', '골프스윙연습기', '흑판지우개 털이' 등의 디자인, 특허·실용신안을 갖게 되었다. 그러나 누군가의 말처럼 손재주가 좋아 스스로 고생하는 팔자일지도 모른다.

공대 졸업 전 어느 잡지사에 들어가 전공과는 거의 무관하게 기자로서 사회생활을 시작했다. 이건 분명 책을 좋아하고 한때 방송작가였던 그의 어머니와 무관하지 않다, 고 그는 생각했다. 그러나 그가 잡지사를 선택한 나름의 이유는 있었다. 잡지라는 매체를 통해 사람들에게 좀더 많은 이야기를 전달할 수 있지 않겠냐는 생각이었다.

기자 생활 당시 기사와 관련한 자료사진을 늘 사진부에서 찾아야 하는 번거로움 때문에 그의 관심은 이제 사진으로 나아갔다. 잡지에 사용하려면 슬라이드 필름으로 찍어야 한다. 슬라이드 마운트와 루페, 라이트박스도 준비했다. 지나고 보니 충동적으로 선택했던 기자 생활을 접었으나 사진은 접지 못했다. 이후 동대문 골목에서 흑백사진의 인화, 현상까지 배운 그는 중고 아이폰으로 사진을 찍는다.

오래전 일본으로 떠난 그의 아버지는 이제 더 이상 한국으로 돌아오지 않았다. 그의 아버지를 찾으려면 이제 일본으로 가야만 했다. 그가 갖고 있는 건 아버지의 작은 사진 한 장과 거주지 주소와 일본 이름이 적힌 편지봉투가 전부였다. 부자관계를 증빙하는 가족관계 증명서, 족보 등도 복사해 준비했다. 그러나 막상 주소지인 오사카로 찾아갔을 때, 일본 공무원에게 내보인 그런 서류나 한국 이름은 무의미했다. 게다가 사진 속의 인물이 더 이상 한국인이 아닌 일본인이라면 더더욱 개인정보는 공개할 수 없다는 태도는 완강했다. 이 사람이 여기에 살고 있나? 말해 줄 수 없다. 생사여부만 확인해 달라. 그것도 말해 줄 수 없다.

사실 편지봉투의 주소지가 정확하다는 보장도 없었다. 그는 그의 아버지가 일본에 살고 있는지, 돌아가셨는지 알 수 없게 되었다. 그러나 이야기를 들은 그는 낙담하지 않았다. 슬픈 이야기를 슬프지 않게 말하듯 그는 덤덤하게 사실을 받아들였다. 일본에 있는 그의 아버지의 부재는 아이러니하게도 이제 생각이 아니라 현실이 되었다.

\# 그의 꿈이 언제부터 만들어졌는지는 모르겠으나 시간이 갈수록 선명해졌다. 여기 커다란 느티나무 한 그루가 서 있다. 그는 나무 중에서 느티나무를 가장 좋아한다. 화려하진 않지만 나무껍질이 매끄럽고 나무 형태가 마치 사람이 서 있는 모양이기 때문이다. 느티나무 옆에는 넓은 평상이 놓여 있고 그 옆에는 평상보다 작아 보이는 구멍가게가 있다. 그는 그 구멍가게의 주인이다. 이야기를 좋아해서인지 구멍가게 단골손님 아이들과 그냥 헤어지는 법이 없다. 아이들도 구멍가게 앞을 그냥 지나가는 법이 없다.

그는 구멍가게의 주인이지만 아이들의 고민이나 어려움들을 상담하거나 들어 주는 일을 더 재밌어한다. 부모와의 문제, 친구끼리의 다툼, 이런저런 공부의 방법 등. 그렇다고 아이들하고만 이야기 나누진 않는다. 동네사람들 모두가 오고 가며 평상에서 만나 이야기를 나눈다. 그가 하는 일은 평상을 잘 닦는 일이다. 구멍가게와 평상은 그 동네의 '공유지'인 셈이다. 그의 아버지에게 자유의 무인도가 있다면 그에게는 구멍가게 평상이 무인도인 셈이다. 다만 차이가 있다면 그의 무인도에는 자유롭게 이야기가 흘러 다닌다는 점이다.

<u>구멍가게 평상 위 나의 이야기</u>

이것은 그에 대한 이야기이자 그의 아버지에 대한 이야기다.

그러나 여기서 굳이 이 이야기에 대해 아버지의 사랑에 목마른 것이라거나, 아버지와 자신을 동일시한다는 식의 심리분석은 불필요할 것이다. 다만 그의 아버지에게 필요하다 생각했던 무인도를 이제 그는 구멍가게 평상으로 옮기려고 한다는 점은 새겨 둘 만하다. 그런 점에서 그와 그의 아버지에 대한 이야기는 진행형이다. 우리가 아직 듣지 못한 그와 그의 아버지에 대한 이야기는 많다. 그러나 굳이 전부 듣지 않아도 될 듯하다. 이것은 나의 이야기이자 나와 당신의 이야기로 이어질 테니까.

아내의 말을 빌리자면 결혼을 안 했어도 난 혼자 재밌게 살았을 거라고 한다. 아마 어렸을 때부터 잡다하게 이것저것 하는 것도, 아직도 정신 못 차리고 하고 싶은 것도 많아서 그런가 보다. 이런 잡다함이 재밌긴 한데 돈은 못 번다. 잘 사는 게 돈을 잘 버는 건 아니라는 생각 때문인지, 어차피 돈을 못 버니 없어도 잘 사는 법을 찾는 건지는 모르겠으나 아직까진 별일 없이 살고 있다. 교과서에 밑줄 대신 만화를 그리는 걸로 시간을 보내다 지금은 만화 대신 집 그리는 일을 밥벌이로 하고 있다. 전공을 살린 듯하지만 만화도 집도 둘 다 조금씩 어정쩡한 상태로 머물러 있다. 그래서 심심할 때 조용히 혼자서 만화를 그리는 첫째아이를 보면 신기하기도 하고 불안하기도 하다.

내 사주에 방랑벽이 있는지, 어렸을 때부터 혼자 동네를 탐험했다. 말이 좋아 탐험이지 그냥 할 일 없이 돌아다니는 거다. 그러다 누가 골목길에 버린 게 괜찮다 싶으면 집으로 갖고 오기도 했다. 초등학교 때 버려진 칼라티브이를 낑낑거리고 주워 왔는데 켜 보니 오직 파란색 하나만 나왔다. 퇴근한 아버지에게 네가 거지냐며 엄청 혼났다. 얻어맞지 않은 게 다행이었다. 티브이는 그날 밤 다시 전봇대 밑에 갖다 뒀다. 방랑벽에 수집벽까지, 그때 만일 튼튼한 리어카만 있었다면 나의 직업은 달라졌을지도 모른다.

커서는 동네 대신 여기저기 여행을 다녔다. 제대 후 전국에 있는 군대동기들을 찾아다닌 게 첫 무전여행이었다. 그들의 어머니들은 재워 주고 먹여 주고 차비까지 주셨다. 두번째는 대학 후배와 춘천까지 히치하이킹과 노숙을 겸한 알뜰(?)여행이었다. 최종 목적지는 소양강댐이나 남이섬이 아닌 찜질방이었다. 마지막 찜질방의 하룻밤과 닭갈비 저녁을 위해 우리는 돈을 아꼈다.

지금은 집을 그리고 그 현장을 돌아다니는 걸 일로 하고 있다. 사무실에 앉아서 집을 그리는 것보다 집이 지어지는 현장을 보는 게 더 즐겁다. 제주도에 현장이 있어서 일 삼아 여행 다니면 좋겠다는 생각을 해본다. 가끔 비슷한 직업군에 대해 멘토링을 할 때면 잡다함과 방랑벽을 나는 (지극히 개인적인 취향에 의해) 첫 조건으로 꼽는다.

영화 혹은 영상에 대한 애정은 그때 주워 왔던 티브이에서 시작됐는지도 모른다. 영화 감상을 취미로 안 적는 건 밥 먹는 게 취미가 아닌 것과 같다. 한때 직장에서 퇴근 후 영화감상모임을 만들기도 했지만, (야근 때문이라고 변명하지만) 나의 B급 취향은 몇 개월 넘기질 못했다. 전남 광주 현장에서 막차 타고 집으로 돌아오는 길, 버스터미

널에 내리니 새벽 2시. 택시 타고 집에 갈까 하다가 그 돈으로 영화를
보기로 했다. 심야 마지막 타임 걸 보고 나서 첫차로 집에 왔다. 아내
는 새벽까지 고생했다며 아침을 차려 줬다. 지금은 인문학공동체에서
'청씨네', '인큐베이터', '필름이다' 등의 이름으로 다양한 영화 읽기 모
임을 꾸려 가면서 꾸준히 책보다는 영화를 편애하고 있다. 영화 보는
것만큼 사랑하는 건 음악 듣기. 영화 감상과 음악 듣기, 뻔하고 뻔한
두 가지가 나의 취미인 셈이다.

웬만하면 누구를 미워하지 않는데, 아직도 나의 첫 '마이마이'를
훔쳐 간 그놈을 놓친 건 한이 되고 있다. 라디오 노래를 테이프에 녹음
하기 위해 용돈을 모아 샀던 마이마이 카세트. 녹음 중에 제일 짜증나
는 건 노래가 끝나기 전에 나오는 DJ의 멘트였다. 독서실에서 잠깐 잠
이 들었는데 마이마이는 어디 가고 없고 이어폰만 귀에 꽂혀 있었다.
그때 막 독서실 문을 나가던 한 녀석이 보였으나, 비몽사몽 판단 미스
로 놓쳤다. 지금 내가 외이염에 시달리는 건 그때부터 꽂고 다녔던 커
널형 이어폰과 흘러나오던 노래 때문일 것이다.

어느 정도 베이스만 잡힌다면 어떤 기기도 음악 들을 때 가리지
않는 편이다. 눈뿐만 아니라 귀도 B급이다. 좋은 음악을 들으면 무한
반복해서 질릴 때까지 듣는다. 12월 2학기 과제마감날 제도실에서 스
피커로 밤새 들었던 곡은 황병기의 '춘설'(春雪)이었다. 그날 그 곡을
아직까지 기억하는 후배도 있다.

좋아하는 것에 대해 이야기하고 있지만, 다르게 보면 지금까지

그냥 흘러온 것 같다. 이십대, 군대에서 큰 사고 없이 맞춰 살았고 아버지 공장에서도 별다른 불만 없이 맞춰 지냈다. 내가 처한 상황을 수용하고 거기에 맞는 모드로 살아왔다. 삼십대, 아이도 낳고 인문학 공부도 하고 야근하며 일도 했다. 열심히는 하는데 어디로 가는지는 보이질 않는다. 가끔 글쓰기에서 수동적인 태도가 삶의 지향이라고 말하곤 하지만, 애써 감추려는 자기합리화일지도 모르겠다. 별일 없이 잘 살고 있다는 건 혹시 아무 생각 없이 살기 때문은 아닌지, 흘러가는 대로 살겠다는 건 혹시 어디로 나아갈지 생각하지 않기 때문은 아닌지. 문제는 흘러가는 게 아니라 그걸 종종 불안해한다는 거다. 그렇게 사십대가 다가왔고 지금 흘러가고 있다.

2.
애 낳았다고
아빠가 되더냐

계획적으로 아빠 되기

옛날과는 다르게 요즘엔 아이의 출산, 육아도 '계획'이 된다. 아니, 이제는 계획을 해서 낳지 않으면 안 되는 세상이다. 안심할 수 있는 동네 어른이 있는 것도 아니고, 많아야 아이 한두 명인 집에서 육아는 오로지 엄마·아빠 두 사람의 몫이 되었다. 그나마 부부가 육아를 같이하면 좋겠지만 이런저런 사정들로 독박육아라는 말도 이젠 흔하게 쓰인다. 혼술, 혼밥의 시대에 육아 역시 각자도생의 길을 가고 있다.

그렇기 때문에 아이를 언제 낳을지는 엄마·아빠의 자산 규모, 맞벌이하고 있는 일의 상태나 휴직 가능 여부, 부모님들의 조력 확보 등의 조건이 고려된다. 그리고 당연히 지금 살고 있는 집의 전세 기간,

직장으로 인한 이사 계획 등도 빠뜨려선 안 된다. 아내는 교사라서 우리는 방학이라는 조건을 하나 더 고려해야 했다.

아이에 대해 우리 둘은 생각이 달랐다. 난 결혼을 하게 되면 아이는 자연스러운 과정이라 생각했다. 그래서 아이를 안 갖겠다는 생각도 없었지만, 적극적으로 '아이 좋아라' 하는 마음도 크게 없었다. 난 아내와의 잠자리가 더 좋았다. 반면 아내는 결혼은 안 해도 좋지만 아이는 '정자'를 기증받아서라도 낳겠다는 생각이었다. 여자로서 아내는 아니어도 엄마가 되고 싶어 했다. 음, 좋은 '남자'와 좋은 '정자' 중 나는 어느 쪽이었을까? 사실 결혼 초 아내와 난 시작한 지 얼마 안 된 직장 생활이 바쁘기도 했지만 그보단 엄마·아빠가 되는 것이 다소 두려웠다. 막상 결혼을 하고 나니 아이 문제를 생각 안 할 수 없었지만 아내에게 엄마라는 존재감이 큰 부담으로 작용했다. 어떤 마음으로 아이를 갖고 낳을지, 아내는 태어날 아이에 대해 그리고 엄마가 되는 자신에 대해 생각할 시간이 필요했다. 그래서 한동안 아이가 없었다.

한 3년 정도 지나자 양가 부모님들은 아이를 바라셨다. 우리 둘 다 동갑내기에 집안의 장녀, 장남이라 더욱 그러셨다. 체제에 순응하는 편이고 착한사람 콤플렉스가 있는 우리는 그 말을 그냥 흘려들을 수가 없었다. 우리는 달력을 보고 준비하기 시작했다. 방학하는 날과 개학날, 사용 가능한 출산휴가의 기간, 그리고 이어서 육아휴직의 가능 여부를 확인했다. 아이는 엄마의 뱃속에서 보통 38주 정도 있다가 세상에 나온다. 개학날 즈음을 출산일로 잡으면 방학과 출산휴가를 붙여 사용할 수 있다. 그리고 이어서 육아휴직을 하게 되면 대략 겨울 방학 2개월+출산휴가 3개월+육아휴직 12개월이라는 계산이 가능하다. 거꾸로 우리가 언제부터 부부관계를 해야 하는지도 감을 잡을 수 있다. 새삼 아내가 합리적이라는 생각이 들었다.

직장에 열심이었던 우리는 그즈음 계획에 맞춰 부부관계에도 열심이었다. 임신 확률이 높은 배란기는 한 달에 일주일 정도밖에 안 되기 때문에 '집중'적인 부부관계가 필요했다. 하면서도 아이를 갖는 건 흔히 삼신할머니가 점지해 주는 거라서 그게 우리 마음대로 될까 싶었다. 그런데 다행히도, 신기하게도 첫째아이는 개학날에 맞춰서 3월에 태어났다. 세 살 터울이면 좋겠다는 생각으로 계획한 둘째아이 역시 3년 후 4월에 태어났다.

돌이켜보면 나의 아빠 되기는 어느 정도 계획되어 있던 셈이다. 오랫동안 준비하고 아이를 원했던 부부들도 많은 걸 보면 그저 감사할 따름이다. 그러나 오히려 그렇기 때문에 아빠가 된다는 걸 너무 쉽게 생각했던 건 아닌가 싶기도 하다. 애 낳았다고(물론 내가 낳은 것도 아니지만) 그저 아빠가 되는 건 아니었다.

환하거나 혹은 생생해지는 기억들

모든 게 처음인 부모에게 첫째는 어느 정도 실험의 대상이 된다. 먹거리, 잠자리, 놀거리, 나들이 등등 남들 좋다고 하는 건 내 아이에게도 다 맞을 거라 생각하기 때문이다. 한데 출산은, 해보고 나서 바뀌기도 한다. 너무도 당연히 첫째는 산부인과에서 낳았다. 촉진제를 맞은 아내가 침대 위에 고통스럽게 누워 있고, 간호사와 의사들은 익숙한 순서대로 살펴봤고, 아이는 자기를 봐 달라며 큰 소리로 울며 나왔다. 그 모든 과정이 지금도 너무 환하게 기억된다. 침대에 누워 있는 산모는 아이가 어떻게 나오는지 보질 못하고, 눈도 뜨지 못한 아이에게 불빛은 의미가 없다. 환한 불빛은 산모나 아이를 위한 게 아니라 대부분 의료 행위를 위함이다. 하지만 처음이라 당연히 그래야 한다고 생각했고 이렇다 저렇다 말할 상황도 아니었다.

출산에 있어서는 둘째의 경우가 실험이었다. 산부인과가 아니다 싶었는지 아내는 둘째가 나올 즈음 조산원을 알아보기 시작했다. 용인 집 근처에서 찾긴 쉽지 않았고 결국 안산까지 가야 했다. 진통이 시작되자 우리 셋은 조산원으로 이동했다. 크진 않았지만 아늑한 방 하나를 안내받았다. 진통이 와도 촉진제를 맞지 않았다. 대신 심호흡을 하면서 방 안을 걸어 다니며 기다릴 뿐이었다. 늦은 밤에 도착해서 새벽까지 아내는 누웠다, 걸었다, 앉았다를 반복했다. 첫째는 기다리다 지쳐 잠이 들었다.

방 안에는 은은한 스탠드 하나만 있는지라 몇 시인지 가늠이 잘 안 됐다. 이제 산통 막바지에 이른 아내와 그를 도와주는 산파, 그걸 옆에 앉아서 지켜보는 첫째, 그리고 내가 함께하고 있었다. 첫째는 엄마 엉덩이에서 동생이 나오는 장면을 아직도 기억하고 있다. 자기도 아직은 응석받이이면서 첫째는 이제 막 세상에 나온 동생을 안아 주고 토닥였다. 어둑했던 방 안에서 그 모습은 선명하진 않았지만 지금도 생생하다. 환했으나 점점 흐릿해지는 첫째와의 만남과는 너무도 달랐다. 아침으로 나온 미역국을 아내는 첫째와 나눠 먹었다.

육아의 공유 불가능성

그러나 조산원이 좋았다 해도 첫째를 그렇게 낳기엔 많은 불안과 결심이 뒤따른다. 아빠들의 결심이나 각오는 실제 상황과 전혀 관계가 없기에 그저 아내의 의견을 존중해 줘야 한다. 이건 다른 엄마들의 이야기를 들어도 마찬가지일 것이다. 아무리 수중분만이나 조산원의 경험이 좋다 해도 아내의 상황과 공유할 수 있는 부분은 아니기 때문이다. 누구 탓을 할 것 없이 그 결정과 실천은 나의 몫이다.

아내와 나는 아이를 낳게 되면 어떻게든 3년을 품에서 키워 보자고 했었지만, 결과적으로는 두 아이 모두 2년 남짓한 시간들을 겨우 함께했다. 그래서 아내의 육아휴직 기간이 끝나갈 즈음 나도 회사에 육아휴직을 신청했다. 마침 다니던 회사에 일부 구조조정이 있었고, 육아휴직은 어수선한 분위기를 빠져나갈 좋은 구실이 되었다. 그때 아내의 소개로 다니게 된 곳이 문탁네트워크였다(아내와의 이야기에서 좀더 밝히겠지만 늘 이런 식이다. 먼저 다니는 건 늘 아내였고, 바쁜 아내가 나간 빈자리를 메우며 붙박이로 남는 건 나였다).

보통 아빠들이 육아를 하게 되면 소외감을 종종 느끼곤 한다. 아빠들은 놀이터나 어린이집에서 다른 엄마들과 쉽게 섞이질 못한다. 그러다 보니 아이들끼리도 맘 편히 놀리지 못한다. 괜히 그 집 아이가 울기라도 한다면, 그저 주눅들 수밖에 없다. 하지만 나에게는 문탁네트워크가 사랑방이었다. 같이 놀 아이들은 없었지만, 같이 봐 줄 이모나 선생님들은 많았다. 고맙게도 첫째의 돌잔치도 문탁넷에서 마련해 주셨다. 그즈음 문탁(이희경) 선생님의 소개로 어느 웹진에 썼던 첫째의 육아일기는 또 다른 실험이었다.

하지만 지금 생각해 보니 그것은 아이를 위해서가 아니라 나의 욕망을 채우려고 했던 실험이었나. 뽀로로의 노래처럼 아이와 노는 게 제일 좋았지만, 한편으로 매일 아이와 어떻게 놀았는지 보여 주고 싶은 마음도 컸다. 그래서 아이에게 어떤 놀이가 좋을지 고민하면서도 때로는 웹진에 보여 주기 위해서 육아나 아이와 노는 장면을 다시 연출하기도 했다. 이제는 시간이 흘러 두 아이 모두 학교에 다니는 나이가 되니 그때의 욕망이 조금은 달리 보인다.

과연 내 아이의 육아를 다른 사람들과 공유할 수 있을까? 엄마·아빠는 물론이고 아이들의 기질도 다 다르다. 생활 환경이나 육아 조건도 집집마다 차이가 난다. 때문에 육아 문제는 다른 부모의 이야기를 통해 답을 얻기는 어려울 수밖에 없다. 물론 육아엔 정답도 없다.

그럼에도 수많은 육아서적은 계속 나오고 꾸준히 팔린다. 육아의 노하우도 궁금하겠지만 혹시 어쩌면 그보다는 육아를 어떻게 보여 주고 있는지를 알고 싶어서 육아서적을 보는 건 아닐까?

나는 심리상담이나 힐링 관련 에세이를 그다지 좋아하지 않는다. 우선 어떤 상황들이 일반화되는 느낌이 든다. 나의 상처와 고통은 굉장히 오랜 시간과 복잡한 사건들이 겹쳐 있는데 그게 단순화되어 정리되는 기분이 들기 때문이다. 그리고 책을 읽고 깊은 감동을 받고 심지어 눈물까지 흘린다 하더라도, 결국 현실의 문제는 내가 풀어야 하는 과제이기 때문이다. 그걸 책을 통해 잊을 수 있는 건 잠시뿐이다. 그럴 경우 책은 SNS의 대체수단에 불과하게 된다. SNS의 많은 장점이 있음에도 불구하고 염려되는 건 현실 속 나의 문제를 회피하려는 경향이 있다는 점이다.

나의 허접한 육아일기도 전자책으로 갈무리되어서 나온 적이 있다. 하지만 둘째아이를 키울 때 나도 그걸 다시 읽지는 않게 되었다. 왜냐하면 아내와 나의 상황이 그때와는 달라졌고, 첫째와 당연히 다른 기질을 가진 둘째는 노는 방법도 달랐기 때문이다. 육아서적으로 아이의 육아를 공유하는 건 그래서 불가능할지도 모른다. 각자의 아이가 처한 상황이나 기질이 모두 다르기 때문에 육아서적을 읽고 자책하거나 그대로 따라할 필요는 없어 보인다. 차라리 『삐뽀삐뽀 119 소아과』를 파고드는 게 나을 수도 있다. 그것도 막상 아이가 고열이 오르면 들춰 볼 경황이 없더라.

재현의 현장에 서다

그 육아일기를 보고 한 방송사에서 연락이 왔다. 아빠의 육아라는 내용으로 취재를 해도 되겠냐는 것이었다. 그때만 해도 재밌을 것 같았다. 게다가 방송 출연이라는 욕망이 꿈틀거렸다. 하지만 아내를 설득할 명분이 필요했다. 그때 방송국에서 제공한다는 사진앨범에 끌렸다. 집에서만 촬영을 하는 것이 아니라 가까운 곳에 가족여행도 보내준단다. 그리고 여행 가서 찍은 사진을 사진앨범으로 제작해서 주겠다는 것에 혹했다. 첫째가 태어나고 그야말로 정신없이 1년이 지났고, 그때까지 첫째와의 변변한 사진이 없었다. 그걸로 아내를 설득했고 우리는 출연하기로 결정했다. 그러나 그것이 쪽팔림의 시작이 될 줄은 몰랐다.

아내의 출근길에 첫째가 울지 않자 PD는 재차 연기를 요청했다. 아내가 현관문을 나갔다 들어오길 몇 번, 내가 보기엔 아이는 장난하는 거냐는 듯 짜증이 나서 울음을 터뜨렸다. 그 상황에서 PD는 출근길 뽀뽀 장면까지 요청했다. 평소엔 당연히 못 갖고 놀게 하는 갑티슈를 일부러 사 갖고 와서 아이 앞에 던져 주기도 했다. 아이가 신나게 뽑아 어지를 때까지 한참을 기다려야 했다. 세미나 반 육아 반으로 이제 막 드나들게 된 문탁넷까지 카메라가 동행했다. PD의 연출에 의해 생뚱맞은 정장 차림으로 첫째를 캐리어에 둘러매고 문탁넷에 갔다. 이 밖에도 거의 모든 장면이 의도된 연출에 의해 재현되었다.

가족여행을 남이섬으로 간 건 좋았다. 가서 오랜만에 아이와 재 있게 놀았고 동행한 사진가도 열심히 촬영해 주었다. 내심 앨범에 대 한 기대가 높아졌다. 그러나 결국 우리는 그 앨범을 받지 못했다. 몇 번이나 연락했으나 편집이나 이런저런 이유로 받지 못했다. 담당자도 방송국이 아닌 외주 프로덕션에 있는 사람이었다. 아마도 금전적인 이유가 아닐까 싶었다. 이럴 줄 알았으면 안 하는 건데. 이미 늦었다.

방송을 우리 둘 다 맨 정신으로는 볼 수가 없었다. 너무 민망하고 창피했다. 내용을 소개하는 MC들의 감탄과 멘트 때문에 더 그랬다. 보통의 경우처럼 방송 나왔으니 다른 사람들에게 보라고 말하지도 못했다. 우리의 육아가 거짓은 아니지만, 그것을 재현하는 과정은 분 명 거짓이었다는 걸 적어도 우리는 알기 때문이었다. 그 뒤로 〈인간극 장〉에서도 제안이 들어왔었다. 다른 방송과는 달리 연출이 없다고 강 조했으나 바로 거절했다. 하지만 그날 방송 파일은 아직도 갖고 있다. 앞으로 10년 후 아내와의 술안주로 삼기 딱 좋을 것 같다. 아니, 첫째 와 술 한잔을 해야 할까?

아빠가 되기 위한 조건

첫째의 육아휴직이 끝나고 얼마 지나지 않아 둘째가 태어났다. 하지 만 둘째 때는 내 일이 바빠져서 어린이집 가기 전까지 아내가 거의 육아를 담당했다. 우리 집과 옆집 이웃들이 사는 마을을 만드느라 몇 년의 시간이 정신없이 흘러갔다. 그러다 보니 벌써 둘째는 내년에 초등학교에 들어가게 되었다. 그리고 요즘의 일상은 다시 육아와 일이 뒤섞여 있다. 잠깐, 아직도 육아라니, 아이가 혼자서 밥 먹고 걸어 다니는데 육아가 필요하냐고?

아이의 기저귀를 갈아 주는 건 잠깐이었다. 그걸로 육아도 끝날 거라 생각했었다. 큰 착각이었다. 처음엔 전업주부처럼 아이와 일상을 보내고 기저귀를 갈아 주고 이유식을 먹이면 엄마처럼 될 줄 알았다. 하지만 아빠는 분명 엄마와 다르다. 성향도 신체도 취향도 말투도 다르다. 때문에 아빠가 엄마처럼 육아한다는 건 불가능하다. 오히려 아빠의 육아는, 아빠 되기는 아이가 혼자서 밥 먹고 걸어 다닐 때부터 해야 하는 건지도 모른다.

육아에 있어서 남녀의 구별은 없으나 어느 정도 시기의 구별은 있어 보인다. 아침에 일찍 출근하는 아내와 함께 첫째는 학교에 간다. 그러고 나면 난 둘째 밥 먹이고 머리 묶어 주고 옷 입히고 어린이집에 데려다 준다. 첫째를 수영장이나 초등방과후교실에 데려다 주는 거나, 회의나 연수가 있어서 아이들 저녁 먹이는 것도 아내와 내가 구별 없이 서로의 상황에 맞춰서 한다. 아이에게는 엄마 가슴이 꼭 필요할 때가 있다. 그 시기가 지나면 이제 아빠도 동등하게 엄마와 같이 육아를 할 수 있다. 아니, 조건이 허락하는 한 같이하는 게 맞는 듯하다.

예전 나의 아빠들은 직장에서 열심히 일하고 많은 돈 벌어 오는 것으로 아빠가 된다고 생각했다. 하지만 요즘의 나는 (어쩌면 결혼 후 지금까지 계속) 상대적으로 집에 있는 시간은 많고, 일로 버는 돈은 적다. 때문에 그런 기준으로 보자면 나는 아빠 되기는 진즉에 글렀는지도 모른다. 그러나 맞벌이 가정이 대부분이고 심지어 점점 아이 낳기를 포기하는 가정이 많아지는 요즘엔 아빠 되기의 기준이 달라져야할지도 모른다.

아이의 기질에 따라 육아가 달라야 하는 것처럼 엄마와 아빠의 상황과 조건에 따라 아빠 되기도 달라야 한다. 회의나 연수로 종종 집에 늦을 때 옆집 엄마들보다, 사실 우리에겐 아이를 돌봐 줄 할머니도 없기에, 내가 있을 때 더 안심이 된다는 게 아내의 말이다. 내년에 이런저런 이유로 아내가 육아휴직을 한다. 그로 인한 변화가, 그러나 어느 집에서는 일반적인 '전업주부+가장'이라는 상황이, 오히려 나에게는 두근거림이 된다. 흰머리가 많은 누군가가 신경을 쓰며 바라는 건 결국 흔한 검은 머리라고 했던가. 어떤 아빠들에겐 익숙한 '가장'의 일상이 내게는 새삼 낯선 상황으로 다가온다.

엊그제 오랜만에 찜질방에 다녀왔는데 둘째는 엄마랑 여탕으로 들어갔고, 첫째는 나의 등을 밀어 주었다. 나의 등을 밀어 주는 첫째가 더욱 고마웠고, 엄마가 심심하지 않게 함께 간 둘째가 있음에 감사했다. 두 아이의 탄생과 시작을 계획하고, 부부관계의 날을 잡아 준 아내도 훌륭했다. 아이들이 커서 친구가 되는 날, 나의 아빠 되기는 끝이날까?

3.
같이 사는 집,
함께 노는 아이

논이 있는 아파트

나는 집을 그리는 사람이다. 그려 주고 끝내는 게 아니라 다른 이들이 살 집을 처음 그리고, 지어지는 마지막 과정까지 함께한다. 그 사이 좋든 싫든 그들의 삶에 일부분 관여하게 된다. 이런 일을 하다 보니 느낀 점은 어떤 집에서 사느냐에 따라서 삶은 달라지기도 한다는 것이다.

결혼 후 아내의 학교 근처에 복도식 아파트를 얻었다. 요즘엔 복도식 아파트가 거의 없다. 사생활에 방해되는 구조이기 때문이다. 옆집 이웃을 만나기는 쉽지만 어쩌면 그 이유로 비교적 집값이 저렴하다. 신혼이고 아이도 없던 터라 이웃은 다소 형식적으로 대했다. 첫째를 가질 즈음 코어식(계단식) 아파트로 이사를 했다. 한 엘리베이터에 보통 두 세대인 흔히 볼 수 있는 아파트 구조이다. 그런데 그곳은 신기하게도 아파트 바로 뒤에 논이 있었다. 겨울이면 논바닥에 물을 얼려 무료 썰매장으로 이용하기도 했다. 다만 근처 골프장에서 뿌린 농약으로 그 논의 쌀은 안 좋을 거란 할머니들의 이야기가 있었다. 주변에 경기도박물관, 어린이박물관, 백남준아트센터, 지앤아트스페이스, 한국민속촌 등도 있어 맘에 들었지만, 무엇보다 가까운 이웃이 생긴 점이 좋았다. 전에 살던 곳보다 학교에서 멀어졌지만, 아내와 같은 학교 선생님들 세 가족이 함께 이사를 하면서 이웃이 되었다. 그것도 우연히 같은 동에. 더군다나 한 가족은 우리 위층에 살게 되었다. 자연스럽게 자주 모이게 되었다. 옆집 아이가 갓난아기 때부터 자라는 것도 보았다. 세 가족의 아이 중에 제일 먼저 태어난 그 아이는 어느 덧 열두 살이 되었고 이제 우리 옆집에 살고 있다.

난 그때 사회 초년생이었고 주말도 없이 야근을 했다. 육아는 오롯이 아내의 몫인 소위 독박육아였다. 첫째를 모유 수유하던 아내에게, 그리고 야근을 밥 먹듯이 하던 나에게도 세 이웃들이 있어 그나마 다행이지 않았을까.

식탁을 바꿨다고 해서 구경 가고, 치즈가 있다고 해서 와인을 사 들고 가고, 다들 식구가 적다 보니 음식을 나눠 먹는 것은 일상이었다. 그때의 기억 때문인지 아직도 그 동네에는 아련한 향수가 남아 있다. 최근에 다시 가 보니 그 사이 개발 소문만 무성하고 아직 논은 그대로였다.

아빠는 놀이터를 배회한다

아내의 복직으로 다시 학교 근처로 이사를 왔다. 같은 동에 살던 위아래 이웃들 없이 나의 육아가 시작되었다. 엄마들은 그나마 동네 커뮤니티라도 있지, 아빠들은 놀이터에서도 혼자다. 그래서 아빠들의 육아도 어떤 의미에서 독박육아인 셈이다. 첫째와 함께 다른 아이랑 놀아 주다가도 그 아이 엄마가 오면 괜히 머쓱해지고 긴장된다. 지금은 문탁넷에 드나든 덕분에 아줌마들이 더 편해졌지만, 그때는 놀이터에서 만난 엄마들이 낯설었다. 상대방도 그랬는지 "어머, 아이가 몇 살이에요?"라고 시작되는 대화는 거의 없었다.

최근 한 잡지사 기획으로 육아선배로서 아빠들의 육아토크에 초대된 적이 있다. 예전에도 그랬지만 여전히 아빠들은 엄마들의 커뮤니티를 배회하고 있었다. 다만 오프라인이 온라인으로 바뀌었을 뿐이었다. 누구는 〈알쓸신잡〉 같은 정보를 얻었고, 누구는 다른 엄마들의 공감을 필요로 했다. 아마도 아빠들은 전혀 안 볼 듯한 그 육아 잡지에서 아빠들의 육아는 어떻게 비춰지고 있을까.

첫째는 혼자 노는 데 집중력이 높은 편이다. 특히 뭘 먹으면서 혼자 책 보는 걸 취미로 한다. 어릴 적 놀이터에서 아빠랑 혼자 놀던 습관 때문은 아닌지, 그것이 아빠육아의 단점이었던 건 아닌지 종종 생각해 본다.

다행히 이즈음부터 아내의 인연으로 시작해서 문탁넷에 드나들었다. 문탁넷이 '엄마 커뮤니티'는 아니지만, 문탁넷 식구들 대부분 아이를 키웠던 엄마들이었다. 내가 세미나를 할 동안 첫째는 그들 품에서 잠이 들곤 했다. 놀이터를 배회하던 아빠의 독박육아는 그렇게 구원받았다. 그리고 문탁넷 식구들은 첫째의 돌잔치부터 초등학교 입학까지도 챙겨 주었다.

집 짓고 같이 살까

나의 육아가 끝날 즈음 둘째의 출산으로 우리는 다시 논이 있는 아파트로 돌아갔다. 마치 고향으로 돌아가듯. 이번에는 첫째가 다니는 아파트 가정어린이집의 엄마·아빠들 중 네 가족이 동네친구가 되었다. 동갑내기의 아이들에, 엄마·아빠들도 비슷비슷한 또래였다. 바닷가로 놀러 가서 트럭도 같이 타고, 강원도에 있는 펜션으로 같이 놀러 갔고, 휴가 때 시간을 맞춰 전북 고창에서 모이기도 했다. 아이들 핑계로 어른들이 신나게 놀러 다녔다. 우리가 이사를 안 갔다면 지금도 그들과 어디선가 맥주를 먹고 있지 않을까.

그렇게 어린이집 엄마·아빠들과 신나게 놀며 지내는 사이 새로운 제안을 받았다. 아내가 다니는 학교에서 몇몇 학부모들과 선생들이 작은 마을을 조성하려고 하는데, 그 마을에 들어오면 어떻겠냐는 것이다. 그 제안의 시작은 우리의 결혼식 때로 거슬러 올라간다. 결혼식 준비로 한창이던 때, 우리는 주례 선생님으로 아내가 다니던 학교에서 한 분을 모시기로 했다. 좋은 인품으로 후에도 여러 결혼식 자리에 모셔졌지만, 주례는 우리가 처음이었다. 마을 조성 초기 마음을 내어 추진하시던 그분은 몇 번의 상의 후에 그 일을 한번 해볼 생각이 있는지 나에게 물어 오셨다. 그 인연으로 내가 속해 있던 건축그룹은 4년여에 걸쳐 현재 내가 살고 있는 마을을 함께 만들었다.

같은 동에 살고 있는 학교 선생님 세 가족도 모여서 이야기를 나눴다. 생각보다 토지 및 건축 비용이 높아서 개별주택을 짓기 어려웠지만, 세 가구는 그 마을에 함께 들어가기로 했다. 그래서 같은 학교 선생님 한 분을 더 모아서 네 가구가 같이 사는 다가구주택을 계획했다.

일반적으로 다가구주택은 토지와 건물을 한 명의 건축주가 소유하고 그걸 다른 사람에게 임대하는 방식인 반면 다세대주택은 소유자가 여러 명인 집이다. 토지와 자금 등의 조건으로 우리는 소유자는 한 명의 형식이지만, 임대가 아닌 공유하는 개념으로 다가구주택을 계획했다. 사실 건축가 입장에서 보면 이런 경우는 매운 드문 사례이다(좀더 구체적인 이야기는 기회가 주어지면 다음에 하겠다). 그렇게 세 가구는 논이 있는 아파트에서 다시 다가구주택으로 모이게 되었다.

이렇게 네 가구가 함께 모이게 된 이유 중의 하나는 비슷한 또래의 아이들이 있기 때문이었다. 주차장과 마당을 공유하고 다른 집을 자유롭게 드나들 수 있는 구조로 된 집을 만들려고 했다. 그러면 우리는 자연스럽게 아이들의 삼촌과 이모가 될 것이다. 혼자 아이를 키우지 말고 같이 돌보면 좋겠다, 싶었다.

낯설지만 일반적인 경험

둘째가 아직 기저귀를 못 뗐을 때, 논이 있는 아파트를 팔아 공사대금으로 지출했다. 그리고 전세자금 대출을 받아 잠시 전셋집에 들어가야 했다. 그곳에서 낯설지만 일반적인 경험을 했다. 우리가 들어간 곳은 어느 다가구주택의 2층이었다.

일단 집 구조가 독특했다. 남쪽으로 거실을 배치하기 위해서였는지, 나머지 방 세 개는 복도식으로 나란히 붙어 있었다. 그러다 보니 방들이 다 고만고만했다. 그중에 가운데 방은 딱 창고 사이즈여서 방이라고 할 수도 없었다. 방들 맞은편으로 주방과 화장실이 마주하고 있었다. 거실 이외에는 햇빛이 들어오는 곳이 없었다. 달리 보면 하숙집에는 딱 맞는 구조였다.

문제는 집주인 아들이 1층에 살았는데 그 집 아이가 우리 집 아이들보다 어렸다는 것이다. 뒤꿈치에 슬슬 굳은살이 잡히는 사내아이와 기저귀 차고 돌아다니는 둘째가 있는 집이 조용할 리가 없었다. 똑똑똑. "저기요, 아랫집인데요. 너무 시끄러워서 아이가 잠을 못 자요." 놀이매트를 거실에 빈틈없이 깔았다. 똑똑똑. "저기요~" 저녁 이후엔 까치발로 돌아다녔다. 똑똑똑. "저기요~" 이건 말도 안 되는 부실공사거나 '소머즈'의 귀를 가진 분들이 틀림없었다. 아니다, 요즘같이 층간소음에 민감한 사회에서 그 정도로 참아 준 고마운 분들인지도 모른다.

집 건너편에 있는 두유대리점도, 근처에 있는 작은 동네도서관도, 거의 매일 다니시는 고물상 할아버지도, 겨울에 반바지로 갔다 올 수 있는 마트도, 거실에 붙어 있는 작은 발코니도, 그 위를 비춰 주던 가로등도, 둘째가 처음 변기에 똥을 눴던 기억도 좋았다. 그러나 아이들을 조심스럽게, 아내와 나 단둘이 키우고 있다는 느낌을 종종 받았다.

보통 전세계약 기간은 2년이다. 그 사이 집은 다 지어지겠지 싶었다. 하지만 이런 환경에서 아이를 키우는 건 쉬운 일은 아니었다. 지붕이 올라가고 도배가 마무리되자 마음이 급해졌다. 아직 마을은 도로포장도 안 됐고 사방이 공사현장 같았지만, 전세 기간이 끝나기 전에 우리는 서둘러 이사했다. 그동안 이사도 여러 번 했다. 거의 2년에 한 번꼴로 다섯 번 이사를 했다. 하지만 그 마을로 들어가면 당분간 이사는 안 할 듯싶다.

알아서 놀 수 있는 관계

같은 어린이집에 다니는 아이들이 마을에 여럿 살다 보니 둘째는 이집 저집 돌아다니는 게 자연스럽다. 마을의 아이들은 주말이면 '아점'을 챙겨 먹고 집 밖으로 나온다. 그렇게 모여서 자기 집들을 순례하며 놀기 시작한다. 그럴 때 아이들은 불쑥 현관문으로 우르르 들어온다. 적게는 한두 명이고 많게는 대여섯 명이 모여 논다. 조금만 커도 현관 비밀번호를 누르고 들어올 수 있기에 우리 집은 아예 잠금장치를 풀어 놓기도 한다.

네 가구가 모여 사는 다가구에서는 둘째 찾기가 더욱 어렵다. 네 집 중 어디에서 놀고 있는지를 모르기 때문이다. 아니, 요즘 같은 세상에 부모가 그래도 되냐고? 살아 보니 그렇더라. 이 마을에서는, 네 가구가 모여 사는 다가구에서는 되더라. 내가 아니어도 위·아랫집 누군가가 돌보고 있다는 생각이 든다. 아이와 일대일인 상황에 지속적으로 놓인다는 게 사실 독박육아의 한 단면이다. 그런 측면에서 모여 사는 다가구의 관계 속에서는 아이와의 관계가, 특히 주말에는, 일대일인 경우가 적은 편이다. 혼자서 아이를 돌보는 것도 아니고 내 아이만 돌보는 것도 아니게 된다.

초등학교에 들어간 첫째의 경우는 둘째와 비슷하지만 조금 다르다. 활동범위가 넓어지고 만나게 되는 부모의 관계도 다양해졌다. 초등방과후 모임을 시작하면서 동네에서 등하원을 같이하는 네 가족이 한 번 두 번 자연스럽게 모이게 되었다. 각자의 집에서 엄마·아빠들의 저녁모임도 하고, 주말이면 서로의 집으로 몰려다니며 어울리게 되었다. 마치 둘째가 다가구의 집들을 돌아다니는 것처럼 첫째는 동네의 집들을 찾아다녔다. 그러다 보니 주말에 집에 없는 경우가 많아졌다. 물론 그 집에서 잘 놀고 있겠거니 안심도 된다. 같은 아파트 단지에 사

는 것도 아닌데 동네에서 그렇게 아이들이 돌아다니며 노는 집들이
있다.

물론 다가구에 살면서 마냥 좋은 점만 있는 것은 아니다. 위·아랫
집의 민감한 층간소음 문제도 있고, 아이들 사이의 다툼이 부모의 감
정으로 이어지기도 하고, 아내의 경우 같은 학교에서 일하다 보니 문
제가 집으로 이어지는 경우도 있었다. 동네에서 등하원을 하면서 친
구가 된 네 가족도 늘 평온하지만은 않다. 놀이에 대한 서로의 관점이
다르기도 하고, 많은 아이들이 함께 어울리다 보니 통제가 안 되는 경
우도 있다. 아이 문제뿐만 아니라 사소했던 부부 사이의 문제가 모임
의 자리에서 크게 불거져서 서로 불편해지기도 했다.

그럼에도 불구하고 가족이 아닌 울타리에서 다른 아이들과 함께
한다는 것은 내 아이에게도, 그리고 아빠인 나에게도 어떤 의미가 있
다고 생각한다. 아빠가 아빠로만 있지 않게 되고, 시선이 내 아이에게
만 머물지 않고, 가족의 울타리에서 한발 떨어져 문제를 바라보게 된
다. 그 관계 속에서 누구의 말처럼 아이도 스스로 자라지만, 아빠도 같
이 커 가는 듯하다. 다가구 가족들과 동네 친구들에게 감사한 일이다.

아이를 키우는 태도

나는 아이를 키우는데도 공동육아를 하거나 대안교육에 적극적이지

않은 편이다. 맹모처럼 아이를 위해 집을 옮겨 다닐 수도 있겠지만, 일부러 집단으로 만들려 노력하진 않는다. 특별하게 아이를 어떻게 키워야겠다는 생각도 없었다.

오히려 아이가 초등방과후에 다니면서 어쩌다 보니 몇몇 가족이 모여 있게 되었고 함께 아이가 커 가는 걸 보게 되었다. 아내 덕분에 알게 된 선생님들과 같은 마을에서 집도 짓게 되었다. 공동육아를, 모여 사는 집을 바란 적은 없지만 어느새 아이도 나도 그 속에서 잘 지내고 있다. 놀이터를 배회하던 아빠의 육아 시절에도 문탁넷 식구들이 함께 아이를 키워 주었다. 그 이후로도 아이들은 아내와 나라는 울타리 속에만 있진 않았었다. 복도식 아파트에서 논이 있는 아파트로, 논이 있는 아파트에서 골목길 다가구주택으로, 그곳에서 다시 함께 사는 마을의 다가구주택으로, 그리고 동네에 사는 친구들과도 함께했다. 그런 만남 속에서 아이를 키우는 일에 대해서, 동네에서 함께 사는 것에 대해서 나도 모르게 조금씩 방향이 생기는 듯하다. 이렇게 해도 되는구나, 싶다. 아니, 이렇게 키우는 게 맞는 거구나, 싶다.

4.
나를 이끌어 주는
선발투수

'갑분싸' 사건의 전말

결혼한 지 10년 정도 지나고 나니 새삼 첫 만남이 어땠는지부터 쓰는
건 조금 쑥스럽고 어색하다. 연애의 기억이 가물가물하거니와 같은
고등학교 동갑내기에 같은 대학이라 '첫눈에 반했어요'와는 거리가
멀어 다시 끄집어내는 게 쑥스럽다. 만일 아내도 나와 같은 건축과였
다면 우린 〈건축학개론〉 같은 영화를 찍었을까? 음, 우리는 이제훈과
수지가 아니다. 게다가 아직 두런두런 추억을 곱씹을 만큼 일상이 느
리게 흘러가진 않기에 그 시간을 더듬거리는 것도 어색하다. 그래서
굳이 다락에 있는 사진첩을 들춰 보진 않았다. 아내와의 이야기는 나
의 '간증'으로부터 시작하려고 한다. 나는 인생에 큰 목표를 갖고 사는

스타일이 아니라서 지금까지 아내가 나를 여러 길로 이끌어 주었다.

3년 정도 연애가 이어지고 결혼에 대한 이야기가 오고 갔다. 그 즈음 그녀는, 전부터 다니고 있던 불교단체에서 주관하는 수행프로그램에 다녀오게 되었다. 갔다 오더니 그녀는 갑자기 분위기가 싸해졌다. 요즘말로 '갑분싸'다. 그러더니 나에게도 거길 다녀와야 한다고 했다. 종교에 관심은 없었으나 불교가 모태신앙인 터라 군이 안 갈 이유도 없었다. 가 보니 수행프로그램은 4박 5일 동안 오로지 자신을 들여다보는 자리였다. 그리고 마지막엔 올곧이 혼자가 되어 다시 일상으로 돌아오게 되는 시간이었다. 갔다 와 보니 이제야 그녀가 왜 '갑분싸'해졌는지 이해하게 되었고 지금도 우리 둘의 마음에 바탕이 되는 사건이기도 하다. 하지만 결혼 즈음에 있었던 '이벤트'(?)치고는 꽤 생뚱맞았다는 느낌은 여전히 든다.

그 사건 이후 아내보다 내가 그 불교단체 활동을 더 열심히 하게 되었고, 어느 순간 나도 모르게 저녁법회에서 법복을 입고 목탁을 두드리고 있었다. 하는 일이 집 그리는 일이라 그곳의 불사팀에도 조금 관여하게 되었고 그 인연으로 건축협동조합을 만들기도 했다. 모태신앙이었으나 초파일을 산에 가서 비빔밥 얻어먹는 날로만 생각했던 내가 목탁까지 두드리게 된 건 아내의 '인도'하심이 있었기 때문이다. 요즘은 돈을 벌겠다는 의지로 인해 나는 다시 초파일 신도가 된 반면, 거꾸로 그 사이 뜸했던 아내가 일요일마다 아침법회를 나가고 있다.

아내의 이런 전도 활동은 '종교'에 그치지 않았다. 앞에서도 썼듯이 나의 육아가 시작될 무렵 아내는 자신이 다니고 있던 '공부'로 또다시 나를 꽂아 넣었다. 그곳이 바로 문탁넷이다. 첫째를 낳고 부은 몸이 풀리기도 전에 병실 침대 위에 앉아 아내가 열심히 따져 보던 게 첫째의 사주였다. 당시 사주명리학을 공부하던 아내가 '그렇구나, 토(土)가 여섯 개야'라고 읊조리던 모습을 잊을 수가 없다. 그때는 그게 무슨 소리인지도 몰랐다. 나중에야 내가 신금(辛金)이라는 걸, 그리고 토가 금(金)을 생(生)한다는 사실을 알게 되었다. 그렇다면 토가 많은 첫째와 함께 나를 문탁넷에 보낸 것은 모두 그 병실 침대에서 만든 아내의 각본은 아니었을까? 앞에서 살펴본 바와 같이 아내의 계획적인 임신과 출산을 고려한다면, 가능하다. 아니, 확실에 가깝다.

육아휴직은 끝났지만, 퇴직을 거듭하면서 나의 문탁넷 출입은 아내의 복직에도 끝나질 않았고, 오히려 문탁넷 생활을 맛보고 나니 더 이상 반복적인 직장 생활로 돌아가는 것은 불가능해졌다. 자격증을 준비하면서 또 문탁넷에 드나들었고, 이후 사무실 주소를 아예 문탁넷으로 해두면서 지금까지 버티고 있는 중이다. 그 사이 10년이 흘렀고, 아내는 점점 학교 일에 바빠졌고 나는 점점 문탁넷 활동에 관여하게 되었다.

그러나 아내는 여기서 멈추지 않았다. 첫째가 초등학교에 들어가자 이번에는 '교육'으로 넘어갔다. 첫째가 알게 모르게 학교 생활에 적응하기 힘들어했고, 아내는 또 나름대로 엄마 모임에서 받은 충격과 당혹이 냉온탕 오가듯 반복되자 우리는 대안을 찾아야 했다. 아내가 여기저기 수소문해서 동네에 있는 '보물섬 초등방과후교실'을 만났다. 보물섬은 그냥 학원과는 달리 자연과 교감하는 놀이와 미술, 형과 동생들의 모둠활동으로 이뤄진 방과후교실이었다. 덕분에 첫째는 조금씩 분위기가 바뀌어 갔다. 셔틀버스도 없었고, 돌아가며 엄마·아빠들이 간식을 만들고 청소도 분담해야 하는 구조여서 처음엔 적응이 어려웠다. 하지만 덕분에 같은 동네에서 등하원을 하면서 아이들뿐만 아니라 우리 엄마·아빠들도 친구가 되었다. 같이 여행도 가고 만두도 빚고 김장도 하고.

디테일이 다른 우리

듬직한 선발투수처럼 방과후교실도 먼저 알아보고 겸서(첫째)도 먼저 데리고 다녔지만, 아내의 일상은 어쩔 수 없이 다시 바빠졌고 공은 나에게로 넘어왔다. 등하원팀에 자연스럽게 내가 들어갔고 간식도 전해 줬다(순대나 핫도그, 샌드위치 등을 사 간 적이 많아 차마 '만들었다'고는 못하겠다). 운영회의에도 들어가고 졸업식 행사에도 참석했다. 나는 아내에 비해 상대적으로 낮시간이 여유 있었고, 많은 행사가 낮에 치러졌다. 자연스럽게 아빠로서 엄마들과 홀로 섞이게 되었지만 쫄지 않았다. 이미 문탁넷에서 단련되었기에 엄마들과의 수다가 어색하지 않았다. 결혼하고 나서 지금까지 활동의 많은 부분이 아내로부터 시작되었다. 아내는 나를 잘 알아보았고 나하고 맞는 부분들과 만나게 해주었다. 하지만 아내와 나는 서로의 '디테일'을 살펴볼 시간적 여유가 없었다. 세상에 대해 같은 믿음을 갖고 있다고 생각했지만, 정작 아내와 난 우리 일상을 들여다보질 못했다. 서로 열심히 공부하고 있다고 느꼈지만, 아내와 난 그냥 각자의 공부만 하고 있었다. 첫째와 둘째의 대안적인 교육에 공통의 관심이 있다고 생각했지만, 서로 바쁘다는 핑계로 우린 그저 등하원을 반복하고 있었다.

얼마 전에 아내가 말했다. 처음에는 우리의 것이라고 생각되는 공통부분이 커 보였다고. 하지만 서로 바쁘게 지내면서 학교나 문탁넷 등을 각자 자신만의 활동이라고 생각하게 되면서 사실 공통부분은 굉장히 적어진 건 아닌지 물어 왔다. 최근 식탁에서 우리의 언성이 높아진 건 그 때문인 것은 아닌지 생각해 보게 된다고 했다. 틀린 말은 아닌 듯했다. 문탁넷에서 어설프게 공부하면서 공통개념 운운했지만 정작 아내하고는 함께하는 것들을 점점 줄여 온 셈이다.

문탁넷에서는 해마다 연말에 '인문학축제'를 연다. 축제를 통해 1년 동안 공부한 것들을 친구들과 함께 나누거나, 하나의 주제를 정해서 집중적으로 서로의 공통감각을 높인다. 아내 덕분에 문탁넷에 접속했던 그 해, 문탁넷 축제의 주제는 아이러니하게도 '가족을 흔들어라'였다. 그리고 주제에 맞는 한 권의 책으로 『우리가 알던 가족의 종말』(야마다 마사히로, 장화경 옮김, 그린비, 2010)을 읽고 세미나를 했었다. 돌이켜 생각해 보면 그 주제와 책의 제목을 지금까지도 제대로 알

지 못한 듯하다. 자신의 활동영역과 공부만이 자기 것이라고 생각한
다면 설령 지금의 가족이 흔들린다 해도 새로운 가족(공동체)을 이루
는 것은 어려워 보인다. 그리고 새로운 가족이나 가족의 종말이 꼭 다
른 구성원을 의미하는 것도 아니다. 결혼 이후 하게 된 공부와 생각들,
종교 활동들 그리고 동네 친구들과의 활동들이 대부분 처음이다 보
니 올곧이 내 것처럼 보였다. 게다가 처음에는 먼저 시작했고 같이하
다가 바쁘다는 핑계로 빠져 버리는 아내를 슬그머니 한쪽으로 치워
버렸다. 그러고는 기다렸다는 듯이 식탁에서 비난의 화살을 아내에게
날린 셈이다. 그동안 공부 헛했구나.

　하지만 아내의 욕심에 대해서는 짚고 넘어가야겠다. 우리 두 사
람 모두 하고 싶은 게 많아 여러 가지 일을 벌이는 점은 비슷하다. 다
만 내가 주로 호기심으로 잡다하게 여기저기 기웃거린다면, 아내는
종종 필요와 목표를 갖고 시작하는 경우가 많다. 또 어떤 점에서는 실
천을 하기 때문에 단순한 욕심이 아닌 것처럼 보이는 부분도 있다. 학
교에서는 잘 가르치고 아이들과 소통도 잘하고 생태적인 감성과 윤
리적인 삶을 살아가고 몸으로 표현하는 춤도 잘 추고 싶고 술이 세지
는 않지만 즐기고 싶고 모던하고 세련된 감각이지만 자연스럽고 손
때 묻은 흔적을 좋아하고 대체로 된장찌개를 좋아하지만 채워지지
않는 욕구의 스파게티를 마음속으로 돌돌 말고 있다 보니, 늘 아내의
몸과 마음에 무리가 간다. 언젠가 용하다는 어떤 보살님을 뵌 적이 있
는데, 아내를 보자마자 성질 죽이라는 말을 했다. 용하네, 난 10년 살

아 보니 알게 된 걸 한 번 보고 알아채셨다. 그분은 나에게도 한마디 하셨다. 옆에서 말 잘 들으라고. 네~.

그래도 다시 일상 나누기

이러한 아내의 성향에 혹시 학교 선생님이 아닌 다른 일이 더 적합한 것은 아닐까? 의사나 간호사가 되겠다고 한 걸 몇 번 들었던 것 같은데, 실험실 쥐나 개구리 잡는 걸 싫어하고 주사 놓기를 무서워하는 걸보면 안 하길 잘한 것 같다. 결혼 전 한번은 학교에서 연락이 왔다. 무슨 실험 도중 폭발사고가 났고 아내가 응급실에 실려 갔다고 했다. 잠깐만, 내 전화번호는 어떻게 알았지? 그 생각은 나중에 하고 병원으로 달려갔다. 얼굴 전체에 붕대를 칭칭 감고 있었다. 아주 심각하진 않았지만 폭발로 약품이 온 얼굴에 퍼져 버렸다. 결혼도 안 한 젊은 여교사가 얼굴에 붕대를 감고 병실에 누워 있는 모습은 안쓰러워 보였다. 많이 놀랐으나 다행히도 흔적은 별로 남지 않았다.

만일 이게 영화의 한 장면이라면 붕대가 풀리면서 제2의 인생이 시작되거나 새로운 얼굴을 갖게 될 타이밍이었다. 사고 후 얼굴이 바뀌진 않았으니 직업이라도 바뀔 만한 사건은 아니었을까? 하지만 영화는 영화일 뿐, 아내는 아이들과 만나는 걸 좋아하는 선생님 팔자인 모양이다. 교과목을 가르치는 것도 좋아하지만 아이들의 이야기를 들

어 주고 같이 고민하고 공감하는 걸 잘한다. 선생님이 아니었으면 상
담가를 하고 있지 않았을까, 아내는 말한다. 메인으로 앞에 나서기보
다는 옆에서 훈수 두는 걸 좋아하는지라, 그럴 땐 울면서 이야기하지
말라고 아내에게 종종 조언해 준다. 가끔 이게 오버해서 지적질로 나
아가면 식탁이 또 시끄러워진다. 또 공부 헛했군.

　어쩌면 공부한다는 건 내가 아는 걸 상대에게 말하기 위해 하는
게 아니라 나를 알기 위해 상대를 잘 듣는 게 아닐까. 때문에 들을 상
대가 있다는 건 좋은 공부가 된다. 그런 점에서 문탁넷이나 보물섬뿐
만 아니라 여전히 아내는 '일상'에서도 나를 이끌어 주는 셈이다. 다만
나의 경우 직장 동료나 협력업체와 톡으로 대화할 때가 거의 없는 것
에 비해 아내는 학교 동료들과 학생들과의 톡에 스마트폰을 내려놓
지 못한다. 아내의 일상이 바쁘고 스마트폰으로 톡 하느라 일상에서
나의 공부가 되는 시간이 적어졌다.

　아내와 나라는 관계는 결혼을 하면서 형성된 관계다. 그전부터
알던 사이지만 결혼이라는 과정을 통해 아내와 남편, 엄마와 아빠라
는 이름이 붙는다. 그리고 그 이름 사이에는 가족이라는 일상이 존재
한다. 물론 가족이라는 일상을 아내와 남편의 이름이 아닌 다른 형식
으로 만들어 갈 수도 있다. 하지만 우리는 이미 엄마와 아빠 사이에서
태어났고 그들은 대부분 아내와 남편이라는 형식을 갖고 있었다. 때
문에 우리가 알고 있는 가족을 형성하는 가장 일반적인 방법은 아내
와 남편의 관계를 맺는 것이리라. 보편성의 확고함과 상상력의 부족.

하지만 내가 부모 밑에 살면서 아내와 남편의 관계를 봐 왔고 그 가족 속에서 살아왔지만 나 자신이 남편으로서 아내와 만나는 일은 그리 익숙하지만은 않았다. 그리고 10년이 흘렀고 돌아보니 두 아이들이 초등학교에 다닐 나이가 되었다. 소소한 일들이 많았지만 문제는 앞으로 10년인 듯하다. 아이들의 발은 점점 아내와 나만큼 커져 가고 밥만 먹여 준다고 고마워하는 시기는 지나갔다. 아이들의 몸이 자라나는 속도에 따라 아내와 나는 정신없이 여기까지 달려왔다. 아내가 먼저 그 속도에 브레이크를 걸었다. 둘째의 초등학교 입학과 함께 1년 동안 다시 육아휴직을 하려는 것이다. 비단 둘째를 돌보기 위해서만은 아닐 것이다. 조금 여유를 갖고 아내는 자신을 돌보고 덕분에 나는 아내와의 관계를 돌보았으면 좋겠다. 그 시간이 앞으로의 10년에 어떤 변화가 된다면 좋겠다.

아내는 애교가 별로 많은 사람도 아니고 얼굴이 엄청 예쁜 미인형도 아니다. 처음 보는 사람도 아내의 직업을 맞힐 수 있는 전형적인 선생님상이다. 그런 게 있다면 말이다. 첫눈에 반했다는 소설 같은 이야기도 우리 사이에는 없는 듯하다. 게다가 바쁜 일상 속에서 셋째는 고사하고 예전처럼 계산적인 잠자리마저 맞추기 힘든 바람이 되어 버렸다. 애 낳은 40대 아줌마의 엄청난 성적 욕망을 기대하라던 아내의 장담은 새빨간 거짓말이었다. 그러나 그럼에도 앞으로의 10년이 기대되는 이유는 적어도 아내는 내가 살고 싶은 삶을 함께 나누고 서로 맞춰 갈 수 있는 그런 사람이기 때문이다.

5.
그저 지구 주위를
맴도는 달

나와 닮은꼴 찾기

EBS 방송 프로그램에서 재미있는 실험을 본 적이 있다. 남녀 실험자들이 어느 방에 들어가면 그곳엔 다른 이성의 얼굴 사진들이 크게 걸려 있다. 그중에서 가장 호감이 가는 사람을 고르고 그 이유를 인터뷰하는 실험이었다. 실험자들의 선택 이유는 다 달랐지만 결과는 흥미로웠다. 대부분 자신의 모습을 합성한 사진에 호감을 보였고 선호하는 이성으로 선택했었다. 즉, 우리는 자신과 닮은 사람을 좋아한다는 실험의 결과였다.

　내가 나로부터 떨어져서 다른 존재를 바라보는 게 얼마나 어려운지, 우리는 다른 존재에서도 자신의 모습을 찾으려 한다. 옛말에 부부가 같이 살면서 서로 닮는다는 말이 있는데, 사실 서로 닮은 사람들이 같이 부부로 사는 것은 아닐까? 그리고 부부는 그들이 낳은 아이에게서 발가락이 닮아 있음을 발견하려 한다. 결국 또 다른 존재에게 늘 자신의 모습을 찾으려는 '나'인 셈이다.

사실 어찌 보면 이러한 실험의 결과는 꽤 섬뜩하다. 실험의 결과대로라면 내가 나로부터 벗어나는 것은 어떤 의미에서는 불가능해 보이기 때문이다.

첫째와 둘째, 둘 다 엄마 뱃속에서 거의 열 달을 채우고 다행히 건강하게 태어났다. 엄마가 보고 듣고 먹는 것은 뱃속의 아이에게 그대로 전달되고 느껴진다. 사실 아빠로서는 뱃속에 다른 존재가 있다는 느낌을 상상하거나 체험할 수도 없고, 아이가 나올 때 엉덩이에 수박이 낀 느낌을 알기도 어렵다. 게다가 아이가 세상에 나온 뒤 제일 먼저 품는 것도 엄마 아닌가.

하지만, 아빠는 다르다. 눈에 보이지도 않는 뱃속의 아이를 알 수도 없고, 초음파 화면이 아니라 아이가 울음을 터뜨리며 눈앞에 보였을 때에 아빠는 비로소 그 존재를 실감한다. 자신의 일부를 덜어 내어 다른 존재로 낳는 엄마와는 달리, 아이가 다른 혹은 낯선 존재로 다가왔을 때에 비로소 아빠가 된다.

아내는 조산원에서 둘째를 낳았다. 첫째 아들과 나는 하마 같은 아내의 배를 걱정했고, 산파의 도움으로 겨우겨우 둘째가 (첫째의 표현에 의하면) 엉덩이에서 나오는 것을 같이 보았다. 그때 첫째는 세 살.

하지만 둘째라는 다른 존재를 만나는 데 있어서 그 애와 나 사이의 나이 차는 별 의미가 없었다. 그렇게 첫째는 여동생의 오빠가 되었고, 나는 딸아이의 아빠가 되었다. 첫째는 태어나면서 동생의 오빠가 된다고 생각했었을까? 나 역시 아내를 만나면서 둘째의 아빠가 될지 알지 못했다.

나와의 닮은꼴은 무의식적으로도 찾거나 혹은 아닌 것들을 외면하는 세상이다. 그 와중에 나와는 전혀 다른 존재가 다가오는 것은 분명 나의 인식을 흔들어 놓은 사건이다. 게다가 첫째 때도 마찬가지였지만, 아빠인 나는 그게 언제인지 알지도 못한다. 목줄이 풀려 어슬렁어슬렁 걸어오는 개 한 마리를 우연히 골목길에서 마주친다면, 열에 아홉은 외면하거나 불안해할 것이다. 나를 괴롭힐지 아닐지, 그저 지나갈지 아닐지 전혀 모르기 때문이다. 엄마의 뱃속에서 나온 아이들이라고 다를 게 있을까? 그 아이가 나중에 나를 괴롭힐지, 힘이 될지는 도저히 알 길이 없다.

어디서 감히, 버릇없이

이슈가 됐던 드라마 〈SKY 캐슬〉을 보면 엄마와 아빠가 자식을 대하는 모습의 차이가 적나라하게 드러난다. 거기에 나오는 엄마들의 자식에 대한 애착은 끝이 없다. 그들의 존재 이유가 마치 자식의 성공인

듯 엄마들은 무한한 에너지와 돈을 자식들의 성공에 쏟아붓는다. 아이들이 성적 때문에 낙담하면 같이 슬퍼하고, 학생회장 선거에 당선되면 자기 일처럼 기뻐한다.

반면 아빠들은 자식을 자신의 3D 아바타쯤으로 생각하는 듯하다. 다른 동료에게 받은 모욕감을 그 동료의 아이와 같은 학교에 다니는 자기 자식의 성공을 통해 복수하려 하거나, 자신의 지위나 명예에 흠이 나는 행동을 한 자식에게는 가차 없이 응징한다. 부부가 그들의 아이에게서 닮은 발가락을 찾으려는 건 같은데, 그 방법은 엄마와 아빠가 서로 다르다. 여기에는 애착과 동일시가 있다.

예전에 내 손가락에서 나는 담배 냄새는 마치 아버지의 손 같아서 좋았다. 문득 첫째 아이의 귀를 보니 그의 할아버지와 닮았고, 여치 같은 날씬한 다리도 닮았다. 평발이어서 잘 못 뛰던 할아버지와는 달리 달리기에서 1등 하는 걸 보고 놀랐다. 둘째가 나처럼 빈 박스로 집 만들기를 좋아하고, 나의 돌사진이 둘째 딸과 완전 닮았다고 느꼈을 때 재밌었다. 애착이 엄마가 맺는 아이와의 관계라면, 아빠들은 동일시를 통해 아이를 바라본다. 엄마가 아랫입술을 내밀어 머리 뒤로 까뒤집는 고통 속에 낳은 아이지만, 아빠는 그저 두 눈을 꿈쩍이며 신기하게 쳐다보는 것 말고는 특별히 할 일도 없다.

그래서 아이들의 반항에 엄마들은 "어떻게 네가 나한테 이럴 수 있어?"라고 묻는 반면, 아빠들은 "뭐라고? 어디서 감히, 버릇없이!"라며 화를 낸다. 아이들이 나와 동일시가 안 되는 상황이나 혹은 내가 싫어하는 나의 단점과 닮아 보이는 행동을 할 때, 종종 화가 난다. 동일시가 안 되는 건 아이가 내 말대로 안 할 때, 단점이 닮아 보일 때는 아이의 행동에 은근 짜증날 때다.

아직 둘째가 태어나기도 전, 말도 잘 못하는 아이를 돌보다가 엄청 화가 난 적이 있었다. 그때 주먹으로 있는 힘껏 책장을 내리쳐서 한쪽이 부서졌다. 다음 날 테이프로 붙여 놓았지만 원 상태로 회복되진 않았다. 당시 화가 난 이유는 기억이 안 나지만, 기울어진 그 책장을 볼 때마다 그 상황은 계속 상기된다. 또 한번은 혼자서 저녁에 아이들을 데리고 놀러 가서 함께 달리기 시합을 재밌게 했다. 그러다가 두 아이가 서로 떼를 부리며 놀리고 싸우는 상황이 계속되자 화가 나서, 나는 마시던 생수통을 땅바닥에 내던지며 아이들에게 소리를 크게 질렀다. 둘째는 깜짝 놀라 서럽게 울고, 첫째는 이 상황이 뭔지 수습이 안 된 채 멀뚱히 서 있었다. 아이 앞에서는 화 안 내려고 말없이 1층으로 내려와 주먹으로 벽을 쳤던 적도 꽤 많았다. 화가 났던 그 상황들은 '어떻게 나한테 이럴 수 있지'와 같은 배신감이라기보다는, '네가 감히 내 말을 안 들어!'라는 생각에 욱하는 거다. 나의 아바타라고 생각했던 존재들이 뭔가 내 마음대로 통제가 안 될 때 화가 난 것은 아닐까.

지금까지 알게 모르게 첫째에게 화를 더 많이 낸 건 사실이다. '아이'라는 다른 존재와 어떻게 만나야 할지 알지 못했다. 난 당연히 아이보다 세상도 많이 알고 논리적이고 합리적이다. 아이는 아직 미숙하고 세상이 뭔지도 모르고 아직 말도 잘 못하니, 당연히 내가 옳은 상황이야, 라고 생각했다. 하지만 그건 첫째아이와 만나는 방법을 헤매게 할 뿐이었다.

둘째아이와는 형평성이 문제로 드러났다. 대여섯 살 때부터 둘째에게는 '내가내가' 병과 '나도나도' 병이 있다고 농담하곤 했다. 무슨 일이든 자기가 하겠다는 '내가내가', 뭐든 첫째와 똑같이 하려는 '나도나도'. 그런 상황을 나의 통제를 벗어나 자꾸 떼를 부린다고 보고 아이에게 큰소리를 낸다. 서로 다른 존재로 만난 아이와 난 당연히 하고 싶은 행동과 순간이 다를 수밖에 없다는 건 그저 생각 속에만 머물고 있었다.

육아와 우주의 원리, 거리 두기

첫째 아들에게 스파링 상대가 되어 등을 뚜드려 맞으면 아프긴 하다. 가르쳐 준 수학 문제를 자꾸 틀릴 때면 답답하긴 하다. 아들과의 오목에서 지면 승부욕이 생기긴 한다. 둘째 딸이 자기가 그린 그림을 계속 보라고 하면 지치긴 한다. 사자놀이로 등에 올라타거나 비행기놀이로 다리에 매달리면 힘들긴 하다. 하지만 그렇다고 화가 나진 않는다. 아이들과 같이 놀고 있을 때는 나로부터, 아빠 역할로부터 조금은 '거리 두기'가 되기 때문이다. 그 놀이가 재밌을 때 아빠로서 아이와 노는 게 아니라 재밌기 때문에 아이와 놀고 있는 거다. 블로그에 첫째의 육아일기를 올릴 때 아이가 수박으로 온 식탁을 어지럽혀도 화가 나지 않았다. 오히려 그게 더 재밌기까지 했다. 화분의 흙을 모두 꺼내서 베란다를 어지럽혀도 소리를 지르지 않았다.

아빠 역할로부터 거리를 둔다는 의미는 아빠와 아이라는 거리에서 아빠를 지움으로써 아예 그 거리를 '0'으로 만든다는 뜻이기도 하다. 매번 아이와 놀 때마다 그렇지는 않지만, 순간 그럴 때가 있다. 영화 〈인터스텔라〉에 등장하는 수많은 명장면 중에 인듀어런스 호와의 도킹 장면이 있다. 쿠퍼 일행이 탄 착륙선이 반파된 채 빠른 속도로 돌고 있는 인듀어런스 호로 접근한다. 모선 아래에 도착하자 쿠퍼는 인듀어런스 호의 회전속도에 맞춰 착륙선도 강제로 회전시킨다. 화면에서 착륙선이 서서히 멈추는 듯 보이지만 실제로는 착륙선과 인듀어런스 호의 속도가 같아져서 그렇게 보이는 것뿐이다. 아이와 놀 때도 아이의 속도에 맞춰 도킹할 필요가 있다. 아빠 역할의 거리 두기는 어쩌면 아이의 속도에 맞춰 도킹하는 것과 같은 건지도 모른다. 어떤 아빠는 말할 것이다. 그건 '불가능'해요. 주인공 쿠퍼는 대답한다. 아니, 그건 '불가피'한 일이라고. 아빠들이 엄마들에 비해 잘할 수 있는 부분은 아마도 이 거리 두기가 아닐까. 이미 아빠가 될 때부터 아이들을 그렇게 만났으니 말이다.

두 아이를 데리고 시골에 계시는 부모님 댁에 왔다. 아이들이 심심하다고 해서 근처 논밭으로 산책을 나왔다. 논에 물을 대 놓은 걸 보고 첫째는 물수제비를 뜨자고 했다. 논바닥 물수제비, 그게 될까 싶었는데 해보니 된다. 납작한 돌멩이를 다 던지고 나니 던질 게 없었다. 살펴보니 대신 납작하고 단단한 흙덩이들이 보였다. 이미 더러워진 손이라 흙덩이를 뜯어서 아이들과 함께 던졌다. 신나게 노는데 둘째가 "아빠, 이상한 냄새가 나" 해서 맡아 보니 정말 똥 냄새가 난다. 아마도 소똥 거름과 흙이 뒤섞인 것이리라. 아빠가 되어서 아이들에게 똥을 쥐어 주다니. 미안하다, 너희들과 도킹하는 데 정신이 팔렸나 보다.

하지만 아이가 말하기 전부터, 움직이고 뛰고 혼자 밥 먹기 전부터, 내가 그 아이의 손과 발이 되었다. 기저귀를 갈아 주고 밥을 먹여 주고 옷을 입혀 왔기에 아이가 점점 나의 분신으로 생각되는 모양이다. 내 몸에선 젖도 나오지 않는데 말이다. 특히 육아휴직을 했던 나의 경험은 아빠의 입장에 엄마의 특권을 조금 덧붙이고 있는지도 모르겠다. 이건 위험하다. 아빠는 엄마가 아이와 만나는 방식과는 조금 다르게 만날 수 있고, 그렇게 만나야 한다고 본다. 이건 비단 아이를 위한 것은 아니다. 동일시의 과정이 전부 화로 나타는 것도 아니다. 하지만 거리 두기는 상대의 존재를 좀더 잘 들여다보는 과정인 것은 분명하다.

자라면서 그 아이가 말을 하고 걷고 뛰기 시작하면 이제 슬슬 통제의 대상이 된다. 치우는 게 힘들어지고 아이가 귀엽게만 보이던 때도 한때였나 싶다. 그런데 한발 떨어져 보면 그 아이는 그저 그 아이인 셈이다. 굳이 DNA를 들먹이며 유전자 중 일부가 나의 것이라고 주장해도 아빠에게 아이는, 그리고 아이에게 아빠는 광활한 우주 속의 그저 서로 다른 존재일 뿐이다.

우주에 일어난 거대한 폭발로 하나의 중심이 생겨났고 그것은 어머니의 태양이 되었다. 태양 주위를 맴돌던 우주의 부스러기 중 일부는 태양과 하나가 되어 점점 커졌다. 다른 부스러기들은 태양의 기운을 받아 지구를 비롯한 여러 아이들이 되었다. 지구와 그 아이들은 이제 태양 주위를 맴돈다. 지구가 생기자 여기저기 흩어져 있던 부스러기들은 지구를 맴돌며 하나의 위성이 되는데, 그 이름은 아빠의 달. 태양은 따뜻하게 지구를 비춰 주지만, 달은 그저 지구 주위를 돌 뿐이다.

6.
천직 대신
천 개의 직업으로

직업 유전자

팔순을 앞둔 아버지는 백 세까지 사는 세상에 새삼 놀라셨다. 그리고 사업을 정리한 지금, 다른 할 일을 미리 준비하지 못한 자신을 이따금 원망을 했다. 이리 오래 살 줄 낸들 알았나. 그러시면서 앞으로 인생은 '이모작'이라며 나에게도 미리미리 준비하라는 당부를 잊지 않으셨다. 괜찮아요. 제 직업은 정년이 없어서 능력이 된다면 늙어 죽을 때까지도 할 수 있어요.

꼬장꼬장했던 증조할아버지 밑에서 사과농사 짓다 대구에서 서울로 올라오면서 아버지는 돈을 벌기 위해 여러 일들을 하셨다. 동대문에서 옷장사도 하고 수학학원 선생도 하다가 몇 개의 자격증을 따서 어느 회사의 공장장까지 하셨다. 사과농사, 옷장사, 수학 선생, 공장장. 전혀 관련 없는 일들을 직업으로 삼으셨다. 생각해 보니 나에게도 아버지의 직업 유전자가 전해졌나 보다.

아버지는 그 시대의 아빠들처럼 한 직장을 평생 일할 곳으로 삼진 않으셨다. 아버지가 직장을 그만두고 잠시 집에 계실 때, 사내아이 둘의 육아가 힘들었던 어머니는 오히려 아버지에게 구직을 종용하진 않으셨다. 본의 아니게 아버지는 육아휴직을 하신 셈이었다. 물론 그렇다고 해서 어머니가 아버지에게 많은 기대를 했다거나 도움을 받은 건 아닌 걸로 드러났지만 말이다.

아버지는 직장 생활을 정리한 후 집안 거실에 작은 기계를 들여놓으시면서 작은 사업을 시작하셨다. '벤딩기'라고 하는 건데, 쇠로 만든 몰딩 위에 부품을 놓고 작은 훌라후프 모양의 쇠로 만든 손잡이를 돌린다. 그러면 촉이 내려오면서 홈 파인 부분을 따라 원하는 모양으로 부품을 접는 기계였다. 말 그대로 집에서 손으로 작업하는 '가내수공업'이었다. 차츰 일거리가 늘면서 마당과 옥상에 불법작업장을 만들고, 지하 보일러실에도 기계를 몇 대 놓았다. 결국 수원으로 이사하면서 가내수공업을 벗어나 작은 공장을 지었다. 그렇게 시작한 '누전차단기' 부품 만드는 공장을 30년 넘게 하셨다. 회사를 다니기보다는 일찌감치 사업을 시작하셨고 하나의 사업을 오랫동안 하셨다.

아버지와 나의 직업에는 몇 가지 공통점이 있다. 남 밑에서 일하는 직장 생활을 좋아하지 않았다는 점, 여러 가지 일들을 돈 버는 직업으로 삼았다는 점, 그리고 돈 버는 데 굉장한 재주가 있진 않다는 점도 비슷하다. 다른 게 있다면 아버지는 늘 경영을 공부하라고 말씀하셨고, 그럼에도 불구하고 난 동네에서 인문학 공부를 하고 있는 것이다.

직업이란 생활을 유지하기 위해 자신의 적성과 능력에 따라 지속해 나가는 사회 활동을 말한다. 졸업 전 조기 취업을 시작으로 20여 년 동안 여러 직업들을 거쳐 왔다. 그동안 한 가지 일에만 집중했다면 일가를 이루었을 텐데. 어쩌겠나, 앞으로 백 살까지 살아도 한 가지만 할 순 없는 나의 성질이 그러한걸. 아버지, 다행이죠? 전 '사모작'은 할 것 같네요.

지금까지 나의 직업군은 크게 세 가지로 나눌 수 있다. 첫째는 그나마 돈을 벌기에 유용한 직업군이다. 여기에 해당하는 것이 '건축 설계'다. 직장으로 활동했던 두 곳을 거쳐 지금도 작은 설계사무실을 운영하고 있다. 배운 게 도둑질인 것처럼 싫어도 할 줄 아는 게 이 일이다. 둘째는 돈보다는 당시의 호기심과 상황이 반반으로 작용한 직업군이다. 월간지 기자와 아버지의 프레스공장에서 일했던 경우다. 지나고 보니 다소 아쉬웠던 시간이기도 했지만, 살면서 언제 해보나 싶었던 일들이었다. 셋째는 그저 좋아서 돈과 상관없이 하는 직업군이다. 분명 그 일을 통해 금전적인 보상은 있었으나, 생활을 유지하는 데는 그다지 상관없는 일들이다. 영상과 홍보물을 디자인하는 스튜디오 지음(知音, 전신은 개소리 스튜디오), 처음 시작한 보험일처럼 아직은 친구와 가족에게만 팔고 있는 목공 작업이 여기에 해당한다.

마지막 직업

수학 과외선생이었던 아버지 덕분에 수학에 거부감은 없었고, 초등학교 미술시간에 더러 칭찬을 받았던 기억 덕분에 건축과에 진학했다. 단순히 '수학+미술=건축'이라 생각한 셈이다. 역사적인 서양건축물이 많은 이탈리아에서는 피자집 아저씨도 건축과 출신이라던데, 나의 꿈인 구멍가게 주인이 건축과라고 해서 이상할 건 없어 보인다.

첫 직장이었던 주택 관련 잡지사를 2년 조금 안 되게 다니다가 그만두고 작은 '아틀리에' 사무실에 들어갔다. 직원의 규모가 열 명 미만인 설계사무실을 통상 '아틀리에'라고 부른다. 졸업연도로 보자면 3년차 경력사원이어야 했겠지만, 잡지사 경력이 설계사무실에 통할 리가 없었다. 다시 신입으로 시작했다. 그곳은 나까지 직원이 모두 네 명인 사무실이었다. 직원 중 설계사무소 소장님의 아들이 있었는데, 그는 나와 나이가 같았다. 직원이 한두 명인 설계사무소에는 종종 아버지와 아들이 함께 근무하기도 한다. 그리고 나이는 어리지만 경력이 많은 여성 선배가 한 명, 그리고 나와 같이 입사했던 세 살 어린 동기가 있었다.

나와 나이가 같지만 먼저 들어온 한 명은 나에게 월급을 주는 소장님의 아들이고, 다른 한 명은 나보다 세 살 어리지만 입사동기인 남자들과의 관계. 서로 말을 놓지도 않았지만 존대도 별로 없었다. 재밌었다. 그러다 보니 학교 때가 많이 생각났다. 그리고 그만큼 긴장도 덜 됐다. 그래서였나? 그 사무실에서 3년 정도 있다 보니 소장님이 갖고 있던 장점이 단점으로 보이기 시작했다. 경리 없이 손수 직원들의 월급을 알뜰히 챙기는 것은 쪼잔하게 보였다. 아직까지 손으로 도면을 꼼꼼히 드로잉하는 것은 컴퓨터를 모르는 구닥다리로 느껴졌다. 점점 사무실이 뒤처져 있는 것처럼 보였고, 이제는 다른 사무실에 가더라도 기죽지는 않을 것 같았다. 물론 그게 큰 착각이었다는 걸 깨닫는 데 오래 걸리지 않았다.

그렇게 옮긴 두번째 설계사무실은 반대로 긴장의 연속이었다. 오자마자 적응 기간 없이 바로 실무에 투입됐다. 맡은 주택이 꽤 이름 있는 양반의 집이라 소장님도 더욱 신경을 썼다. 그러나 소장님한테는 할 줄 아는 게 뭐냐고 경력으로 까이고, 경력 사원이라 팀장으로 배치받았지만 밑에 직원에게 오히려 프로젝트 설명 듣기 바빴다. 안 되겠다 싶어서 회의 때마다 녹음기를 챙겨 갔고 전달사항이 뭔지 녹취를 해가며 받아 적었다. 사무실마다 각자 사용하는 디테일들이 다른데, 옮긴 사무실은 아직 적응이 안 돼서 선배들 자리를 찾아다니며 묻고 또 물었다. 물론 그때도 녹음기는 필수. 친절히 알려 주는 선배도 있는 반면, 단면상세도면 봐봐, 거기 다 나와 있잖아, 하고 핀잔을 주는 경우도 있었다. 쉬는 시간 옥상에서 줄담배를 피우다 보면 자리로 돌아가기 싫었다. 긴장감이 엄청난 스트레스로 몰려왔다. 많은 동료들은 당시 나의 첫인상에 대해 말수 적고 굉장히 날카롭고 신경질적인 사람이었다고 한다.

타운하우스 개발과 아파트 설계 의뢰가 들어오면서 사무실에서는 직원을 여럿 뽑았다. 그러나 당시 금융위기가 설계사무실까지 영향을 미쳤다. 불가피하게 정리해고당하는 직원과 남는 직원이 나뉘었다. 우리는 자주 술을 마셨고 불만과 억울함을 성토하거나 다른 대안이 없는지 논의했지만 우울했고 무기력했다. 몇몇은 운영에 대한 불만으로 스스로 퇴사했다. 때마침 첫째가 태어나자 나도 좀 쉬고 싶었다. 사무실 사정도 좋지 않았고 개인적인 근무 능력에도 특별할 것이 없던 터라, 나의 육아휴직은 어렵지 않게 받아들여졌다. 그리고 1년 뒤 자연스럽게 퇴사로 이어졌다.

몇 년 후 자격증을 취득하고 설계사무실을 차렸다고는 했지만, 사무실 등록은 문탁넷 주소로 하고 일은 카페에서 했다. 여러 인연으로 지금 살고 있는 마을을 짓게 되면서 건축협동조합을 만들었다. 협동조합 구성원으로서 양평, 용인, 광주, 남양주 등에 여러 주택들을 계획하고 지었다. 직장을 다닐 때는 만나게 되는 인연이 대부분 직장 동료들로 한정됐지만, 개인사업을 통해서는 그 범위가 엄청 넓어졌다. 하는 일은 크게 다르지 않지만 누군가들을 직접 상대해야 하는 점이 직장과 개인사업의 큰 차이였다.

여기 어떤 땅이 있다. 대지. 누군가 새롭게 어떤 건물을 짓고 싶어 한다. 건축주. 그리고 지어 줄 누군가도 있어야 한다. 시공자. 있는 땅에 없는 건물을 상상해야 하는 직업이 건축가다. 어떤 건축가는 공간에 분위기를 만든다고 하고 또 어떤 건축가는 공간에 흐름을 넣는다고도 한다. 공통점은 그 시작이 무엇이든, 공간을 채우는 게 무엇이든 건축에는 상상력이 필요하다는 거다. 그 상상력을 발휘하기 위해 건축가는 짓고 싶은 사람과도, 지어 줄 사람과도 연애를 해야 한다. 삼각 관계.

얼마 전 세계적인 건축가 페터 춤토르(Peter Zumthor)가 강연을 한다고 해서 연예인 만나러 가듯 대전으로 향했다. 다른 건 몰라도 그가 참 멋있게 늙었다고 생각했다. 청중에 대한 배려, 건축에 대한 이해, 자신의 직업에 대한 애정까지. 닮고 싶었다. 그런 건축가가 된다면 나의 수많은 직업들의 끝에 적힐 마지막 직업이 되지 않을까.

목표 없는 직업

학교를 졸업하기 전 우연히 '메신저'에서 만난 기자 분과의 인연으로 들어간 한 잡지사가 나의 첫 직장이었다. 졸업을 앞두고 당연히 설계 사무실 취업을 생각했으나, 돌연 잡지사에 들어간 이유는 어떤 효율성 때문이었다. 좋은 건물을 사람들에게 알리는 방법은 직접 짓는 것보다는 잡지가 훨씬 효과적으로 보였다. 건물을 잘 짓고 싶은 욕구도 있었으나 숨어 있는 좋은 건물을 잘 알리는 것도 중요한 일이라고 생각했다. 글을 써 본 적이 없던 신입기자인 터라 매일 빨간펜으로 첨삭 지도를 받았다. 마감 전까지 늘 바쁘고 정신없었지만 거꾸로 마감 덕분에 잡지사 생활이 재밌었던 것 같았다.

　우리 월간지팀은 편집장부터 선배기자들이 나 빼고 모두 여성이었다. 매월 마감이 끝나고 선배들과 회식하는 자리는 일종의 문화혁명의 시간이었다. 학교 다닐 때는 친구나 후배들과 같이 제도실에서 밤샘 작업하는 게 보통의 일상이었다. 방학에는 아예 침낭과 가스레인지, 밥솥을 갖다 놓고 숙식까지 해결하던 때였다. 그러다가 잡지사 선배들을 따라다니면서 패밀리레스토랑이라는 곳에도, 분위기 좋은 와인바에도, 크리스마스에 명동거리에도 가 보게 되었다. 세상은 넓었고 술 마실 곳도 많았다.

　2년이 조금 안 되었을 때, 편집장이 먼저 그만두었다. 우리 팀 선배들도 결국 급여 문제로 하나둘씩 퇴사하고 나니 나의 엉덩이도 슬슬 가벼워지기 시작했다. 새벽까지 술을 같이 마셨지만 퇴사 후 서로가 헤어질 때는 언제 그랬냐는 듯이 말이 없었다. 마치 첫사랑에 대한 애증처럼 첫 직장 선배들에게도 그런 마음이 들었다. 그러다 보니 내가 없어도 회사는 잘 굴러가겠다는 생각이 들었다.

　가끔 잡지사 다녔던 때를 이야기하면 아내는 종종 나의 태도를 지적한다. 앞으로의 비전이나 어떠한 목표 없이 단순한 호기심에 일을 시작하지 말라는 거다. 결국 건축설계 경력에 2년의 공백이 생긴 셈이다. 그렇다고 잡지사에 들어가 글쓰기가 늘었느냐 하면 그것도 아닌 것 같다. 그저 글쓰기에 거부감이 없었기 때문에 고민 없이 잡지사에 들어간 것인지도 모른다. 하지만 그때가 정말 나에게 무의미한 시간이었을까.

제대 후 1년을 아버지 공장에서 일했던 시간도 그랬었다. 어차피 나라 경제가 어려워 복학도 힘들 때 굳이 나가서 아르바이트를 할 필요가 있나 싶었다. 대신 아버지 손가락처럼 담배 냄새와 기름 냄새가 나게 되었다. 1년 동안 그라인더로 연마 치는 법, 불량 없이 프레스기계 돌리는 법, 물건 포장하는 법 등을 배웠다. 상황도 나름의 이유였지만, 무엇보다 공장에서 기름 만지는 일이 궁금했고 거부감도 없었다. 그때 설계사무실에서 알바를 했다면 지금보다 나아졌을까?

나의 삶 속엔 이런 무의미한 시간들이 종종 끼어든다. 흑백사진도 그중의 하나다. 잡지사를 그만두고 다른 구직 활동을 하는 대신 동대문에 사진을 배우러 다녔다. 사진도 제대로 배웠다고 말하긴 어렵고, 그저 흑백사진이 궁금했고 무료로 가르쳐 준다기에 부담 없이 다녔다. 사진 수업을 하는 선생님도 참 독특한 분이었다. 수업료를 안 내는 대신 자신과 한 약속은 꼭 지켜야 했다. 수업 시간에 지각도 허용하지 않았고 출사를 나갈 때도 시간과 장소를 꼭 엄수해야 했다. 그분 방식을 존중하고 따라야 했다. 노트에 조리개값이며 노출값을 적는 법이라든가, 그 노트를 출사할 때는 꼭 목에 걸고 다니는 것부터 현상·인화할 때도 자신의 방법에 철저했다. 돈도 안 되는 그 일을 그분은 왜 하셨을까.

본업이 아니라서 재밌는

첫째를 업고 문탁넷에 드나들고 얼마 안 되어서 첫 축제가 열렸다. 그때 축제포스터를 만든 게 개소리스튜디오(gae-sorry studio)의 시작이었다. 개소리스튜디오는 문탁넷 내 홍보물을 제작할 때 내가 사용한 이름, 그러니까 필명 같은 거였다. 그 뒤로 각종 포스터와 초대장, 웹자보 등을 만들었다. 그리고 사진들로 만드는 간단한 동영상 작업도 의뢰가 들어오면서 영상홍보물도 만들게 되었다. 청소년 단편영화도 편집하고, 어느 소박한 결혼식의 축하영상을 제작하기도 했다. 그 축하영상으로 개소리스튜디오는 처음으로 외주 제작비를 받았다.

최근에 아는 형이 스타트업 회사를 차린다고 홍보 작업을 할 수 있는지 물었다. 정부 지원을 받기 위해 급하게 구색 맞추는 용도로 명함, 브로셔, 홈페이지 등을 제작했다. 지원금 중 일부를 홍보비로 받기 위해 개인사업자를 냈다. 건축사사무소는 업종이 달라 안 된단다. 개소리스튜디오를 그대로 사용하긴 어려워서 개소리의 앞 글자를 따서 'G-sound'라고 지었고, '스튜디오 지음(知音)'이라고 읽는다.

2018년 가을, 마을영화제에서 준비한 영상워크숍에 참가한 후 스튜디오 지음에서는 1분 영상을 제작해서 상영을 했다. 그리고 청년예술프로젝트에서도 2분 정도의 짧은 단편영화를 제작했다. 본업도 아니고 '야매'로 주워들은 지식으로 만들어 가고 있지만, 가끔 돈도 번다. 재미 삼아 축제포스터 만든 게 여기까지 왔다. 재미가 없어지면 모를까 굳이 이 사업장을 접을 생각은 아직 없다.

재밌어서 시작한 건 목공일도 비슷하다. 연애할 때 아내에게 무슨 선물을 해주고 싶었는데 마침 동네 지하상가에 공방이 하나 있었다. 좌식책상을 하나 만들고 싶다고 했다. 나름 얕은 서랍도 있었지만, 정작 책상 다리를 잘못 만들어서 방석을 두 개 정도 깔고 앉아야 높이가 맞았다. 아내에게 선물은 해줬는데 잘 썼는지는 모르겠다. 생뚱맞게 좌식책상이라니. 결혼 후 다시 우리집으로 건너왔고 지금은 프린터 받침대로 잘 사용하고 있다.

마을작업장 월든이 생겼을 때 문탁넷 식구들 몇몇이 목공 수업을 들었다. 오랜만에 또다시 기초적인 원리와 실습으로 작은 서랍장을 만들었다. 그러고는 또 끝이었다. 한참 후에 선배 한 명이 공방을 차렸다고 해서 친구와 놀러 갔다. 같은 건축과 선배인데 더 이상 회사일에 비전을 못 느끼고 퇴사 후 목공 수업을 들었다고 한다. 세번째로는 그 선배에게 배웠다. 이번에는 그나마 조금 길게 다녔다. 그러나 여전히 수종은 헷갈리고 연장은 서툴다. 나무트레이는 어머니에게 팔렸고, 친구 분에게 주신다고 해서 제작의뢰도 별도로 받았다. 수납 스툴은 친구에게 넘어갔다. 선배는 나에게 목공을 직업으로 하겠다면 제대로 수업료 받고 가르쳐 주겠다고 했다. 아직은 망설여졌다. 그저 재미로 시작한 목공이었다. 나중에 선배처럼 공방을 차리고 싶기는 하지만 어차피 돈이 되는 직업은 아닐 것이다. 재미에 돈이 따라오는 경우는 있어도 돈에 재미가 붙는 경우는 드물다.

직업의 경계

건축과는 다르게 홍보, 영상과 목공일은 돈이 되는 일은 아니지만 그만두고 싶진 않다. 건축은 어쩌면 소위 '전문가'라는 타이틀에서 자유롭지 못하다. 설계를 잘하는 건 아니지만 건축주들에게 어필하기 위해서는, 또 그들을 찾아오게 하기 위해서는 직업의 전문성을 바라게된다. 건축일이 좋긴 하지만 그런 점에서는 쉽게 지치기도 하고 벗어나고 싶기도 하다.

하지만 스튜디오 지음이나 목공일은 하다 보니 뜻밖의 무엇이 만들어지는 경우가 많다. 물론 지난한 실습의 과정도 필요하지만 누가 시켜서 하는 것도 아니다. 지지자보다는 호지자가 낫고, 호지자보다는 낙지자가 낫다고(知之者不如好之者, 好之者不如樂之者) 공자님도 말씀하시지 않았나. 건축이 마지막 직업이라면 나머지는 늘 처음인 직업이 되지 않을까. 돈이 나의 직업을 결정하지 않았고, 건축으로 버는 적은 돈으로 살 수 있는 환경이었고, 틈틈이 재미를 느끼게 하는 일을 할 수 있는 조건이 주어진 건 너무나 감사한 일이다.

고레에다 히로카즈 영화에 단골로 출연하는 일본 배우 릴리 프랭키는 삽화가이자 수필가, 소설가, 그림책 작가, 디자이너, 음악가, 작사가, 작곡가, 방송 작가, 연출가, 라디오 DJ, 사진가, 그리고 배우이다. 그의 관심은 어디로 튈지 모른다. 어쩌면 직업은 무엇에 대한 관심사가 일상의 틈바구니 사이를 비집고 나오는 물엿 같은 것인지도 모르겠다.

우리 아버지 세대는 그러했으나 요즘은 아빠들만 직업을 갖는, 돈을 버는 시절은 지났다. 대부분의 가정에서는 맞벌이를 해야만 한다. 그러나 직업에 있어서 나는 어떤 경계에 있다. 돈 버는 일 대신 집안일을 도맡아 하는 것도 아니고, 그렇다고 맞벌이라 할 만큼의 경제 활동을 하는 것도 아니다. 이참에 아내에게 전업주부를 선언해 버릴까? 아니야, 밖에서 돈 버는 일이 차라리 속 편할지도 몰라. 그 와중에 드는 생각. 아빠는 꼭 밖에서 돈을 벌어야 하나, 아내보다 적게 버는 남편은 인정받지 못하나, 제대로 된 실력이 없으면 직업으로 삼질 말아야 하나. 아, 어느 한쪽을 선택하기 괴로워서 나는 줄타기를 한다. 돈으로 직업을 구별할 수도 있지만 그러면 돈이 나를 규정해 버릴까 봐 두렵다.

7.
그런 '아빠'에 대한
욕심

분노의 오뎅볶음

열심히 교사 생활을 하던 아내는 둘째 딸아이의 초등학교 입학과 함께 육아휴직을 했다. 아내의 휴직으로 인해 아이들의 하교 후 생활은 달라졌다. 1학년 때부터 '돌봄교실'과 학원을 전전하던 첫째와는 달리 둘째는 하교 후부터 엄마와 함께할 수 있게 되었다. 그래서 예전엔 저녁을 먹고 나야 공부나 숙제할 짬이 생겼지만, 요즘엔 아이들과 놀다 와도 저녁 먹기까지 2~3시간이 남았다. 엄마가 집에 있으니 둘째는 물론이고 첫째의 일상도 안정돼 보였다.

그런데 달라진 건 아이들만이 아니었다. 나의 육아휴직도 그랬지만, 아내도 육아와 살림만 하기 위해 쉬는 건 아니다. 문제는 그럼에도 불구하고, 집에 있는 아내를 보고 내가 달라지고 있다는 점이다. 얼마 전 냉동실을 정리하다 유통기한이 염려되는 오뎅 두 봉지를 꺼냈다. 출근길에 아내에게 오뎅볶음을 부탁했다. 그런데 퇴근 후 와 보니 오뎅볶음은 해놓지도 않고, 봉지 그대로 냉장고에 다시 모셔져 있는 모습을 보자 화가 났다. 그날따라 아내는 외출을 했고 저녁당번이었던 내가 결국 봉지를 뜯어서 오뎅볶음을 해 먹었다. 또 한번은 배출날짜가 지났는데도 싱크대 옆에 모셔져 있는 쓰레기봉투를 보고 욱했다. 그때 아내 앞에서는 둘러댔지만, '집에서 뭐하는 거냐'는 잔소리가 목구멍까지 올라왔다.

아내가 육아휴직하기 전에는 일주일에 몇 번 정도 방과후교실에 등하원이나 아이들의 저녁식사를 챙겼다. 서로가 바쁘니 일정 조정하고 시간되는 사람이 저녁당번을 하는 게 자연스러웠다. 게다가 아내에 비해 비교적 일정이 자유로운 회사 생활을 하는 나에겐, 가끔 저녁에 생기는 문탁넷 일정 외에, 특별한 어려움은 없었다. 요즘은 평일에도 엄마가 저녁밥상은 물론 수학이나 영어, 한글 공부까지 챙겨 준다. 비교적 내가 일찍 들어온 날에도 아이들은 엄마를 먼저 찾는다. 예전에는 수학은 아빠, 영어는 엄마였는데.

그러다가 일주일에 두어 번 아내가 저녁에 외출하게 되면 예전처럼 저녁 먹이고 아이들의 숙제나 공부를 봐 주게 되었다. 그런데 종종 그건 엄마랑 이미 한 거라든가, 엄마는 그렇게 안 가르친다는 말을 들을 때가 생겼다. 엄마는 밥 먹을 때나 공부할 때도 부드럽게 말하는데 아빠는 너무 탁탁 말한단다. 내가 무슨 마동탁, 독고탁도 아니고 가래가 낀 것도 아닌데 탁탁거린다니. 엄마는 집에 있고 아빠는 밖에서 일하다 온 거라는 변명이 또 목구멍까지 올라왔다가 들어갔다.

회사일이 그렇게 바빠진 것도 아니고 아이들에게 저녁을 처음 먹이는 것도 아닌데, 맞벌이할 때는 생각지도 못한 모습에 나 스스로도 조금 놀랐다. '아들과 딸, 전업주부인 엄마, 그리고 회사 다니는 아빠'라는 구성은 좀 올드하지만, 아직까지는 대한민국 4인 가족의 표준모델이라 생각된다. 그런데 집안일하는 엄마와 회사 다니는 아빠로서의 조건이 갖춰졌건만, 정작 오뎅볶음과 쓰레기봉투에 욱하는 걸 보며 오히려 나는 '아빠'라는 존재에 대해 더욱 혼란스러워졌다.

엄마와 아빠 사이

그동안 육아휴직하면서 나름 아빠의 역할을 잘 해왔다고 생각했다. 일하느라 얼굴도 못 보는 아빠가 아니라 아이들과 잘 노는 아빠라는 소리를 듣기도 했다. 하지만 요즘에는 저녁에 엄마 없을 때면 더 심심해서 그러는 건지, 아님 내가 탁탁거려서인지 만화영화를 보여 달라고 떼 부리는 눈치일 때가 있다.

강산도 변한다는 10년이 지났으니 지금의 아이들도 나의 육아휴직 때와는 많이 달라졌다. 상황에 따라 아이들과의 관계는 달라질 수 있는 건데, 그래도 그런 아이들의 반응에 아쉬움이 남는다. 아마도 여전히 자상하고, 부드럽고, 아이들과 잘 놀고, 아내가 하는 일을 이해하고, 집안일도 잘 도와 주는 '그런 아빠'가 되고 싶은 욕심이 있나 보다. 육아휴직 때도 '그런 아빠'가 되고자 했던 나의 욕심으로 첫째를 바라본 적은 없었을까?

걷지도 못하는 아이를 데리고 나가기 전, 여러 벌의 옷을 입혀 보며 고르는 건 아이를 위한 게 아니라 부모의 욕심인지도 모른다. 까꿍 놀이로도 아이와 충분히 공감할 수 있는데도 '그런 아빠'이고 싶은 욕심에 좀더 다른 재미를 위한 놀이를 찾는 경우도 있었다. 물론 실패할 때도 있어서 아빠가 보기에 재밌을 것 같은 놀이를 아이도 꼭 좋아하는 건 아니었다. 그러고 보니 마치 촬영을 위해 아이에게 일부러 티슈를 던져 준 PD와 비슷했구나. 결국 사달이 난 사건이 있었다.

어느 날, 땅콩을 프라이팬에 볶고 있었다. 이제 돌 지난 첫째가 먹을 건 아니고, 입이 심심한 내가 먹고 싶었다. 껍질이 살짝 타는 소리, 톡톡 땅콩이 튀어 오르는 모습을 아이도 재밌어할 것 같았다. 와, 이것 좀 볼래? 가스레인지 앞에 의자를 갖다 놓고 아빠 발밑에 매달려 있던 첫째를 앉혔다. 등받이를 잡고 일어선 첫째가 궁금해서 프라이팬 쪽으로 몸을 내미는 순간 의자도 가스레인지 쪽으로 기울었다. 불에 달궈진 프라이팬에 첫째의 손등이 닿았고 화상을 입었다. 곧바로 아파트 단지 내 가정의학과에 가서 치료를 받았지만 오른쪽 손등의 흉터는 없어지지 않았다.

그때 좀더 큰 병원으로 데리고 갈걸, 동네병원의 의사가 아직도 원망스러울 때가 있다. 하지만 그게 의사의 문제였을까. 흉터를 볼 때마다 저건 내 욕심이 만든 상처라는 생각이 든다. 아이를 위한 놀이가 아니라, 좀더 다른 재미를 위해 위험한데도 아이에게 보여 주려 했던 아빠의 욕심이 만든 사고였다.

『하류지향』으로 유명한 우치다 다쓰루는 이혼 후 딸아이를 혼자 키웠다. 겉보기에는 '부자 가정'이지만 진실은 '모자 가정'이었다고 그는 말한다. 아이를 키울 때는 누구든 '엄마' 역할을 할 수밖에 없기 때문이라고 설명한다. 아이의 생리적인 요구를 들어주고 아이의 일상을 유지하기 위해서는 누군가 '엄마'의 일을 해야 한다.

돌이켜보니 돌 지난 첫째와 잘 놀아 주는 아빠도 좋지만, 일상적인 '엄마' 역할에 좀더 충실했어야 하는 건 아닌가 싶다. 이건 실질적으로 아이의 기저귀를 몇 번 갈아 줬느냐와 상관없이 '아빠'로서의 태도 문제다. 그렇게 땡볕에 아이를 캐리어에 둘러매고 뭣 하러 남한산성까지 갔다 왔단 말인가. 첫째는 남한산성을 어떻게 기억하고 있을까, 아니 정말 기억은 할까?

아직 초등학생인 아이들에겐 엄마와 아빠의 구별이 크게 중요하지 않을 수도 있다. 자기에게 밥을 먹여 줄, 학용품을 사 주고 학교나 학원에 데려다 줄, 병원에 데려다 줄, 잘한 일이나 잘못한 일에 대해 이야기해 줄 누군가가 필요하다. 그게 엄마든 아빠든 말이다. 둘째는 자기가 좋아하는 만화영화 〈플라워링 하트〉와 〈레이디버그〉의 주인공 중에서 누가 더 예쁜지를 이야기하고 싶어 한다. 태권도 학원에 다니는 첫째는 자신의 팔뚝을 보여 주며 근육이 얼마나 단단해졌는지 묻는다. 그게 엄마든 아빠든 말이다.

얼마 전 내가 저녁당번이었던 날 탁탁거리며 양치질을 일찍 시키고 재우려고 셋이 자리에 누웠다. 오랜만에 이런저런 이야기를 했다. 엄마가 집에 있으니 좋으냐고 물었다. 그렇단다. 그러면서 아빠도 좀 달라졌다는 이야기를 덧붙인다. 아, 그래? 뭐가 달라졌는데?, 라고 물으니 계란볶음밥이란다. 뭐? 전에는 아빠가 이런저런 요리 실험을 했는데 요즘은 아니란다. 특히 예전에는 아빠표 계란볶음밥을 종종 맛볼 수 있어서 좋았는데 지금은 대부분 냉장고에 있는 반찬만 꺼내 먹는단다. 저녁 먹고 산책하는 시간도 줄었고, 강아지 '랑이'와 '유키'의 물과 밥도 잘 안 챙겨 주는 것도 좀 달라졌지만, 계란볶음밥에 대한 아쉬움을 제일 먼저 이야기했다. 의외였다. 아빠에 대해 요리를 아쉬워할 줄은 몰랐는걸.

내 품의 경계

원래 아이들은 손톱 자르는 걸 싫어하는 편인지, 아직도 종종 두 아이가 자고 있을 때 몰래 손톱을 잘라 준다. 그런데 아이들의 손이 점점 눈에서 멀어짐을 느낀다. 유아용 손톱 가위를 사용할 때는 아주 작은 손톱도 가깝게 들여다보면서 잘라 주었다. 작은아이가 초등학교에 들어갈 나이가 되니 아이의 손도 눈에서 자꾸만 멀어지려고 한다. 언제부터 혼자서 손톱을 자르게 될까? 나 역시 기억이 안 난다.

그래도 첫째는 제법 혼자 하는 게 많아졌다. 둘째는 오빠가 해주는 계란 프라이를 제일 좋아한다. 프라이팬에 기름을 두르고 계란을 톡 깨서 넣는다. 노른자는 꼭 풀어 줘야 한다. 설탕과 소금을 적당히 뿌린 후 참깨가 있다면 솔솔 얹어 준다. 마지막으로 고춧가루를 한 꼬집 넣으면 '첫째표 계란 프라이'가 완성된다. 첫째표 라면에는 건더기 수프가 안 들어간다. 수프에 들어 있는 파를 제일 싫어하지만 계란은 환영한다. 열 살 때까진 매운 맛 라면을 '인생라면'이라며 땀을 뻘뻘 흘리며 억지로 먹더니, 설사 한 번 하고는 '불닭' 종류는 이제 안 먹는다.

둘째도 머리 감는 것 말고는 제법 혼자서 잘한다. 혼자서 못 감는 머리를 단발로 확 자르면 속이 시원하겠는데 그러면 귀여워진다고 절대 못 자르게 한다. 핑크색을 좋아하지만 드레스 코드는 블랙 앤 화이트가 더 좋다고 생각하는 둘째는 이제 귀여운 것보다는 예쁜 게 좋단다. 둘째를 보면 잘하는 것과 잘하고 싶은 것의 경계를 보게 된다. 나도 할 수 있어 혹은 내가(할래), 내가(할래)라고 하는 건 자기도 할 수 있는지 어떤지 잘 모르는 경우다. 실제로 할 수 있을 때는 아무 말 안 하고 그냥 한다. 컵을 꺼내 물 마실 때는 아무 말 없지만, 냄비에 물을 끓일 때는 이제 자기도 할 수 있단다.

얼마 전 옆집에서 2층 침대를 받기 전까지 우리 집에는 침대가 없었다. 그래서 네 식구가 한 이불을 덮고 잤다. 엄마를 사이에 두고 첫째와 둘째가 오른쪽, 왼쪽 하나씩 차지하고 나는 양쪽 끝을 번갈아 가며 잤다. 작은 방에 2층 침대가 들어오고 나서는 위층에는 첫째가, 아래층에는 둘째가 자기로 했다. 각자의 자리에서 혼자 자는 조건으로 침대를 받아 왔으나 아직까지 좀처럼 지켜지지 않는다. 아직도 자기가 엄마 품에 있어야 한다는 것으로 실랑이를 한다. 품 안에서 아이들 재울 때면 보들보들하고 아늑해서 좋지만, 재우고 거실로 나와 밀린 영화를 보거나, 아내와 가끔 캔맥주 한잔하는 재미가 더 쏠쏠하다. 그러다 보면 슬슬 아이들도 혼자 잘 나이가 되어 있겠지. 품 안의 자식도 걱정이지만 요즘 같은 세상엔 자식이 품에서 벗어난다고 마냥 마음이 편치만은 않다.

앞서 이야기한 우치다 다쓰루는 이런 말도 했다. 부모-자식 관계는 원래부터가 소원한데 옛날에 비해 그 방식이 달라졌을 뿐이라고. 같은 밥상에 둘러앉아 밥을 먹지만, 겉으로 보기에 평화로울 뿐 식사 이후에는 각자가 원하는 '해방'된 시간을 갖고 싶어 한다는 것이다. 애정이 넘치는 부부 관계가 일상이 아닌 것처럼, 부모-자식 관계의 소통도 자연스럽게 되진 않는다.

어릴 때는 아이의 옹알이를 못 알아듣고 커서는 그들의 일상어를 따라가지 못한다. 하루 종일 들어야 겨우 자기 아이의 옹알이 정도 안다. 아내가 학교 다닐 때 주말마다 가요프로그램을 '공부'했던 이유는 아이들과 소통하기 위해서였다. 아이마다 시기는 다르겠지만, 동네 친구들의 이야기를 들어 봐도 초등학교 5학년을 넘어서면 부모로부터 방해받고 싶어 하지 않는단다. 아이도 점점 부모의 경계가 어딘지를 확인하려고 하겠지.

더 나중에는 아빠의 품이, 부모의 품이 넓어지거나 경계가 희미해지길 바란다. 이건 아이들과의 관계에 대한 바람이기도 하고, 앞으로 살고 싶은 곳에 대한 기대이기도 하다. 그래서 아이들이 찾아오는 곳을 '부모님 집'으로만 생각하지 않았으면 좋겠다. 왠지 아이들이 찾아오는 곳이 '부모님 집'이면 효도라든가, 명절인사라든가, 아니면 재산을 노리고 오는, 뭐 이런 식으로 '부모-자식'의 관계를 이어 갈 수밖에 없을 것 같다. 아직 이 부분에 대해 아내와 길게 이야기를 나누진 못해서 명확하진 않다. 하지만 아내와 내가 살고 있지만 우리 부부만 사는 곳은 아닌 집, 나를 보러 오지만 나만 볼 수는 없는 집, 집에 살고 있지만 꼭 집은 아닌 곳이면 좋겠다. 그래서 와서 신나게 수다나 떨고 가면 좋겠다.

첫째는 그다지 좋아하진 않지만 한문 공부를 하러 문탁넷에 드나든다. 나 역시 문탁넷에서 가끔 공부도 하고 영화도 본다. 상상해 본다. 언젠가 첫째와 내가 문탁넷에서 같이 『논어』를 배운다면, 스피노자를 배운다면, 니체를 배운다면 어떨까? 물론 첫째는 싫어하겠지. 그러나 적어도 그때만큼은 아빠에게 배울 필요가 없다. 아이나 나나 똑같이 모르는 걸 배우는 게 되니까 말이다. 부자 관계가 동학 관계로 바뀌는 게 어떤 건지 아직 잘 모르겠다. 문탁넷에도 그런 모자 관계 혹은 모녀 관계들이 몇몇 있다. 조금 어색하게 보일 때도 있지만 특별히 좋거나 나쁜 건 잘 모르겠다. 하지만 적어도 같은 책을 읽어서 통하는 뭔가는 생기지 않을까? 지금 아이들과 『비빔툰』의 개그를 따라하거나, 『나루토』 주인공의 필살기에 대해 논하듯이 말이다. 그렇게 부모 품의 경계가 열어졌으면 좋겠다. 그러면 '그런 아빠'에 대한 욕심도 사라지지 않을까?

아이, 아내, 나 모두의
자유로운 삶을 위해

글

우자룡

선천적으로 겁이 많다. 누군가가 또는 사회가 시키는 대로 별 반항 없이 살아왔다.
아빠가 되고 나서 반항이 시작되었다.
매일 생각거리를 던져 주는 아이 덕분일 수도, 새치가 나게 된 나이 탓일 수도 있다.
앞으로 10년, 나를 억압하고 있는 것들에 대한 반항을 즐기고자 한다.

1. 아기가 왔다

비좁았던 신혼집에서 태어난 찬결이의 10개월 무렵. 거실 겸 주방에서 눈에 보이는
사과를 향해 힘껏 기어가 손도 대지 않고 깨물어 먹는 장면 포착. 이 무렵부터
먹기를 좋아하는 특성을 보여 주기 시작했다. 식사 습관 교육을 잘 시켜서 잘 먹는
줄 알았지만, 찬결이의 식성은 타고난 것이었다. 지금도 그의 먹성은 계속 이어지고
있다.

2. 아빠는 육아 중

(왼쪽 사진) 찬결이의 네 살 생일. 올림픽 공원에 놀러 가 사진사 아저씨를 불러 기념사진을 촬영했다. 아이는 자연스럽게 비눗방울을 불고 있지만, 우리 부부는 어색하다. 특히 어색한 사진용 웃음을 연출하고 있는 내 모습이 안타깝다.

(아래 사진) 아빠 따라하기가 시작된 두 돌 무렵의 장면. 신문을 읽으며 메모를 하는 아빠를 보고 메모지에 자기도 끼적끼적하고 있다. 찬결이 뒤로 부부싸움 거리 중 하나가 되었던 동화책 전집의 일부가 보인다.

3. 아빠는 일하는 중

마이크를 들고 열심히 강의하고 있는 모습. 쿠바를 다녀온 뒤라 땀을 흘리지는 않고 있다. 하지만 여전히 엄청 긴장하고 있는 중. 미리 계산된 판서와 손가락 액션으로 아이들의 주의를 끌고자 열심히 노력하고 있다.

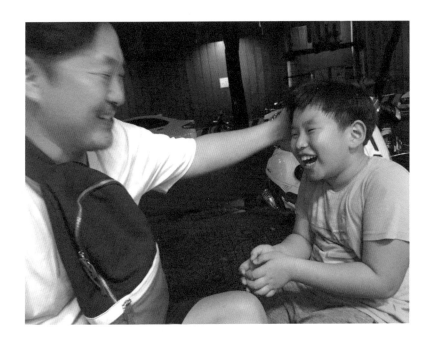

4. 아빠는 노는 중

함께 여행을 다니면 이동 중 소소한 게임을 계속하게 된다. 바둑이나 장기를
둔다거나 3·6·9, 묵찌빠 게임을 계속한다. 2018년 겨울 베트남 노점에서 맥주를
먹던 중 기다리기 지겨워하는 찬결이와 묵찌빠 게임을 했다. 아빠에게 지고 난 후
딱밤을 맞기 전 긴장하는 찬결이와 골려 주고 싶어 하는 나, 모두가 재미있어 보인다.

5. 아빠와 엄마

찬결이가 생기기 한 달 전 신혼부부였던 아내와 나 둘만 제주도로 휴가를 갔었다.
커플룩으로 검정고무신을 신고 우도를 돌아다녔다. 오토바이를 타고 우도를
돌아다니던 중 한 등대 앞에서.

6. 우리 가족

2016년 라오스에 여행갔을 때 루앙프라방의 산꼭대기에 올라 도시를 배경으로 한 컷 찍었다. 즐겁게 소리지르며 재미있는 표정을 짓자는 아내의 제안에 따라 포즈를 잡았다. 아빠의 표정이 제일 재미없어 보인다.

1.
용감한 아버지를 닮은
소심한 아들

어머니께서는 엄마 코끼리와 아기 코끼리의 다정한 모습이 나의 태몽에 등장했다고 하셨다. 코끼리 두 마리가 폭포가 있는 호수에서 코로 서로 물을 뿜어 주며 목욕하고 있는 장면이 너무나 평화로웠다고 한다. 태몽을 근거로 너는 사는 데 큰 걱정하지 말고, 여유롭게 살 수 있을 거라고 말씀하였다. 어머니의 태몽처럼 지금까지 평화롭게 큰 탈 없이 살아왔다. 아니다. 많은 큰일이 있었지만 그 일을 무던하게 넘겼던, 감정의 기복이 크지 않은 나의 성격 탓에 나 혼자 그렇게 생각하고 있는 것일지도 모른다. 이렇게 살아가고 있는 현재의 '나'는 어떻게 만들어졌을까? '나'라는 사람을 소개하기 위해 지금까지 살아왔던 삶을 더듬어 보았다. 정리를 하고 보니 참 모순이 많다. 내 안에 여러 '나'가 살고 있는 느낌이다.

두려움과 소심함

고향인 경상남도 진해에서 벚나무의 버찌를 따 먹느라 손과 입이 까맣게 되었던 일이 흐릿하게 남아 있는 가장 오래된 기억이다. 엄마가 네 살 차이 나는 남동생을 낳으러 이모와 함께 조산원으로 간다며 손을 흔들고 인사를 했다. 그러니 아마도 내 나이 다섯 살. 엄마가 없는 동안 할머니와 막내삼촌과 함께 일주일 정도 지냈었다. 동네의 '국민학생' 형들을 따라 돌아다니며 벚나무에 용감하게 오르는 큰 형들을 부러워했다. 지금도 그렇지만 어린 시절부터 겁이 많았던 나는 나무에 오르기는커녕 밑에서 형들이 떨어지면 어쩌지 하고 걱정하며 버찌를 받아먹고만 있었다. 나무에 올라가는 일이 너무 무서웠다. 고향에 대한 가장 먼 기억은 '겁쟁이' 꼬마다.

동네를 돌아다니는 강아지들과의 관계도 어린 나에게는 버거운 일이었다. 골목에 개가 있으면 담벼락에 바짝 붙어 게걸음으로 피해 다녔다. 뛰어서 도망치는 나를 따라온 작은 개가 바지 자락을 물었을 때의 뒷골이 뜨끔한 기억은 아직도 선명하다. 처음 강아지를 쓰다듬어 본 일이 아마도 '국민'학교 4학년 때로 기억된다. 게다가 울음이 많다. 중학교 1~2학년 때까지 학교에서 울었다. 선생님께서 조금이라도 꾸지람을 하시면 나도 모르게 눈물이 나왔다. 키 170cm의 덩치 좋은 중학교 1학년생이 선생님께 지적을 받았다고 눈물짓고 있는 장면을 상상해 보라.

고등학교에 진학한 후로는 달라졌지만 40대가 된 후에 다시 운다. 얼마 전 드라마 〈나의 아저씨〉를 보다가 주인공인 이선균에게 공감하며 엉엉 울었다. 한 청년의 삶에 진정으로 공감하며 자신이 할 수 있는 진심을 다하는 중년의 남성을 보며 내 자신이 너무 부끄러워 울컥했던 것이다. 사춘기 이후 감정의 기복이 크지 않다고 생각하고 있었지만 40대가 되고 나니 어린 시절의 소심함이 다시 살아나는 느낌이다.

여전히 빨간 불에는 어떤 일이 있어도 길을 건너지 않는다. 상급자가 시키는 일은 질책이 걱정되어 열심히 한다. 규칙과 규율은 꼭 지켜야 한다. 상급자가 규범에 어긋나는 행동을 하는 경우 정말 심각하고 진지하게 문제 제기를 한다. 그래서 아직도 개를 만지지 못하고, 고양이를 피해 다니며, 사소한 일에 눈물을 글썽이고, 학교 규칙을 잘 따르는 초등학교 2학년 아들을 볼 때면 아내는 이해가 되지 않는다고 하지만 나는 웃음이 난다. 유전자의 신비여!

'근자감'의 기초

하지만 비공식적 일상에서 사람들과 마주하는 일들에 대해서는 겁이 덜했다. 내가 태어나기 전에 돌아가신 할아버지를 대신해 장남인 아버지는 가장의 역할을 하셨다. 할머니, 우리 부모님, 결혼 안 한 세 명의 삼촌, 한 명의 고모와 함께 대가족을 이루고 살았다.

취직하여 서울에 간 큰삼촌과 군대에 간 둘째삼촌과의 기억은 많지 않지만 당시 고등학교를 다니던 막내삼촌과 시집 가기 전이었던 고모는 장조카인 나를 참 많이 좋아해 주셨다. 마당에 있던 무화과나무에 올라 무화과를 따 주곤 했던 막내삼촌은 친구들을 집으로 데려오면 항상 같이 놀아 줬다. 고등학교를 졸업하고 취직한 후에도 지금은 숙모님이신 당시 여자친구와 놀러 갈 때 자주 나를 데려갔었다. 고모도 마찬가지로 나를 많이 예뻐하고 여기저기 데리고 다녔다. 삼촌과 고모의 친구들은 사랑방처럼 우리 집을 이용했었고, 많은 사람들의 손을 탄 덕분에 소심한 내가 그나마 사람들과 소통할 수 있는 최소한의 용기를 가질 수 있었다.

할머니를 비롯한 대가족들은 나를 많이 사랑했고, 칭찬하고, 추켜세우고, 관심 어린 시선으로 바라봤다. 이런 가족들의 사랑은 내가 가진 모든 일에 대한 '근거 없는 자신감'의 기초가 되었다. 내가 대학에 진학한 후에도 이런 사랑들은 계속되었다. 할머니는 조금씩 모아둔 돈을 첫 대학 등록금으로 주셨고, 고모는 자식이 셋이나 되는데도 초등학교부터 대학까지 모든 나의 졸업식에 참석해 주셨다. 심지어 대학 입학 후 졸업하고 취직할 때까지 매달 30만원씩을 용돈으로 보내 주셨다. 모든 가족들에게 감사드린다.

무모하고 과감한 서울행

정의사회를 구현하겠다는 전두환이 대통령이 된 후 집안 사정은 어려워지기 시작했다. 고향에서 입시학원을 운영하시던 아버지는 과외금지조치로 인해 일을 계속할 수 없게 되었다. 그때나 지금이나 자영업에서 가장 만만한 것은 음식점. 진해 시내에 전 재산을 투자해 한식집을 차렸지만 별다른 소득 없이 문을 닫게 되었고, 아버지는 내가 일곱 살 때 과감하게 서울행을 감행했다.

　　이런 점에서 아버지와 나는 많이 다르다. 만약 내가 당시의 아버지였다면 지금까지 30여 년 이상을 살아왔던 고향을 떠나 새로운 공간에서 무언가를 도모하려는 결정을 내리지는 못했을 것이다. 겁을 내고 주저하면서 결정하지 못하는 것이 나의 방식이다. 아버지가 생존의 절박함으로 어쩔 수 없이 과감한 선택을 하셨던 것일 수도 있다. 하지만 나는 생존의 위기가 와도 최대한 현상을 유지하는 방법을 먼저 찾았을 것이다. 어쨌건 아버지는 서울로 와서 취직을 해 직장에 잠깐 다니셨지만 그만두고 다시 자영업의 길로 나섰다. 치킨 냄새가 고소하던 OB호프, 삼양 대관령우유 보급소와 쌀가게 등 몇 번의 자영업을 하면서 부모님 두 분은 매우 바쁘게 지내셨지만 결과는 그리 좋지 않았다.

혼자라서 좋아요

초등학교 3학년 때, 어머니께서 동생만 데리고 먼 외가로 도망(?)쳤다. 여쭤 보지는 않았지만, 두 분이 힘들게 일하면서 결과도 좋지 않아 경제적으로 어려우니 다툼이 많았을 것이라 짐작된다. 3개월가량으로 기억되는데, 사실 어머니의 부재가 좋았다. 나만의 시간이 주는 즐거움을 알아 버렸다. 집에 있는 빈 병들을 팔아 500원쯤 마련하고 버스 종점에 가서 서울 중심지로 가는 버스를 탄다. 서울 중심지까지는 약 두 시간 정도가 걸렸다. 개포동에서 출발한 288번 버스는 말죽거리를 지나 흑석동을 찍고 한강대교를 건너 남대문을 지나 서울을 일주했다. 창밖으로 풍경들을 바라보는 것이 좋았다. 남대문 시장에 내려 광화문 교보문고까지 걸어가 배가 고플 때까지 책을 봤다. 나와서는 붕어빵 몇 개를 사 먹고 다시 버스를 타고 집으로 돌아왔다. 나만의 비밀 여행은 어머니가 돌아오실 때까지 서너 번 계속되었다. 그렇다고 해서 엄청난 일탈은 아니었다. 나를 돌봐 주시는 할머니께는 친구 집에 놀러 간다고 말씀드리고, 정해진 시간에 집에 도착하는 치밀함도 가지고 있었다.

지금도 혼자서 무엇을 하는 것을 어려워하지 않는다. 오히려 편하고 재미있다. 혼밥, 혼술이라는 말이 나오기 훨씬 전부터 혼자서 밥 먹고 술 먹기의 재미를 알고 있었다. 여행도 혼자 하는 것이 좋다. 사람들은 혼자서 여행하면 뭔 재미가 있냐고 혼자는 심심하다고 하지만, 일정에 쫓기지 않는 느긋한 여행은 많은 것을 생각하고 많은 사람들을 만나 볼 계기가 된다. 2016년 겨울 멕시코와 쿠바를 20일간 혼자 여행한 적이 있다. 멕시코에서 공부하고 있던 친구와 동행을 하기도 했지만, 숙소에서 나와 각자 여행루트를 찾아가고 밤에 숙소에서 만나는 방식이 일반적이었다. 노천카페에서 모히토를 시켜 놓고 하루 종일 음악을 듣기도 하고, 센트로라 불리는 도시 중앙광장의 나무 그늘 아래에서 시가를 사라는 동네 아저씨와 잘 통하지도 않는 스페인어 단어 몇 개로 대화를 이어 가 보려고도 했다. 무작정 혼자 살사 학원에 찾아가 세 시간 동안 땀을 뻘뻘 흘리며 춤을 배우기도 했다. 나나름 쿠바 유학파 살사 댄서다.

뭐라도 좀 확실히 해야 하는데

나에겐 약간의 문자 중독증이 있다. 모든 어린이에게 아버지는 절대적인 진리이며 모방의 대상이다. 나도 아침마다 신문을 한 시간 정도 정독하시는 아버지를 따라 신문을 보기 시작했다. 초등학교 2학년 때부터 스포츠면에서 시작한 신문 읽기는 잡다한 사건 사고를 보도하는 사회면에 대한 관심으로 확장되었고, 1987년 노태우가 당선된 대통령 선거부터는 정치면으로까지도 확대되었다. 신문을 매일 한 시간씩 읽는 습관은 계속 이어져 시대의 변화를 따라가지 못하고 2018년

여름까지도 집에서 종이신문을 구독했었다. 신문을 읽으며 단어를 배웠고, 사회 이슈가 무엇인지 알게 되었다. 관심은 다른 쪽의 독서로도 이어져 도서관이나 1990년대 유행하던 책 대여점에서 닥치는 대로 여러 종류의 책을 읽었다. 읽을 거리가 없으면 청량음료 뒤에 붙어 있는 성분표라도 읽었다.

중학교에 진학한 후 학교에서 선생님 말씀은 잘 들었지만, 교과 공부에 크게 관심과 흥미를 가지지는 못했다. TV에 나오는 '공부의 신'처럼 계획을 세우고 몰입해서 공부해 본 적은 없다. 한 권의 참고서를 완벽하게 마스터한 적도 없었다. 하지만 성적을 잘 받아 칭찬받고 싶은 인정 욕망은 마음속에 크게 자리 잡고 있었고, 시험 기간이면 그나마 공부하는 흉내를 내며 도서관에 앉아 있었다. 공부는 안 하면서 꿈은 '법조인'이었다. 어린 시절 대가족 구성원들의 칭찬과 기대는 근거 없는 자신감에 더한 허세를 낳았다. 난 '훌륭한 사람'이 되어야만 하고, '훌륭한 사람'이 될 수 있는 능력이 있다고 믿었다. 하지만 공부를 안 하는데 성적이 잘 나올 수 있나. 그렇다고 마음 놓고 신나게 놀지도 못했다. 공부를 못하는 건 아닌데 잘하는 것도 아닌, 놀기는 하는데 그렇다고 그다지 재미있게 놀지도 못하는 어정쩡한 태도로 고등학교 때까지 지냈다.

다행이었다. 대학에 진학할 수 있었던 것은 어린 시절 신문을 비롯한 많은 글을 읽고 가지게 된 얕은 지식과 독해력 덕분이었다. 대입 시험이 학력고사에서 수능으로 바뀌면서 참 신기한 경험을 했다. 학력고사형 모의시험을 보면 성적이 잘 나오지 않았지만, 수능으로 대입시험이 바뀌면서 공부를 하지 않아도 어느 정도 성적이 나오기 시작했다. 문제와 자료를 대략 읽어 보면 문제 속에 답이 보이는 문제들이 많았다. 꾸준하게 암기하고 엉덩이를 붙이고 있지 않아도 풀 수 있는 문제들이 있었기에 정말 다행이었다. 그래서 절대적인 시간 투입이 필요한 영어 실력은 그때나 지금이나 형편없다. 파파고의 무궁한 발전을 기원할 수밖에. 열심히 하는 자세가 없다면 반짝이는 창의성이나 상상력이라도 있어야 하는데 그렇지도 못하다.

아버지와 나 — 평행이론

5년 전 돌아가신 아버지는 대학 공부를 마치지 못하셨다. 이유는 할아버지의 병환 때문이다. 초등학교 교사로 근무하시던 할아버지께서는 평소에 약주를 좋아하셨다. 할머니와 아버지에게 들은 이야기를 종합하자면, 점심 때 막걸리 반주를 한잔하시고 숙직실의 찬 다다미방에서 잠깐 주무시다가 뇌졸중이 와서 거동이 어렵게 되셨다. 아버지는 할머니와 함께 용하다는 한의원을 찾아다니며 할아버지께 침을 놓고 약을 처방받았지만 차도는 없었고, 할아버지는 오랜 시간 병석에 계시다 돌아가셨다. 아버지가 가장의 역할을 할 수밖에 없었고, 고향에서 입시학원 수학 강사를 하며 돈을 벌기 시작했다.

아버지는 대가족의 가부장 역할을 충실하게 수행하셨다. 삼촌들과 고모를 공부시키고 분가시키는 자신의 임무를 다했다. 그런 아버지는 할아버지 제사를 지낼 때마다 항상 신세 한탄을 하셨다. 할아버지 때문에 인생이 꼬였다고.

나는 크게 마음먹은 대학원 공부를 마치지 못했다. 이유는 아버지의 병환 때문이다. 여러 가지 자영업에 실패한 아버지는 공인중개사 자격증을 따서 부동산 관련 일을 하면서는 돈을 좀 벌기도 하셨다. 그러나 사기꾼들이 많은 곳이라며 10여 년을 채 못 채우시고 다시 식당을 시작하셨다. 대한민국에서 식당이 성공하기 얼마나 어려운가? 운영이 어려워졌고 스트레스를 많이 받으셨는지 갑자기 뇌졸중이 와서 거동이 어렵게 되셨다. 중환자실에 한 달 넘게 계셨고, 병원을 전전하며 재활치료를 받으셨지만 한쪽 손발을 쓰지 못하시고 10년 넘게 어머니의 수발을 받으며 병상에 계시다 돌아가셨다.

집에 모아 둔 돈이 없어 대학원을 포기하고 학원 강사 일을 시작했다. 가족의 생계를 유지하기 위한 어쩔 수 없는 선택이었다. 강사 일을 하면서 처음엔 혼자 침대에 누워 울면서 아버지를 원망하는 일도 많았다.

아버지와 나는 둘 다 인생이 꼬여 버린 사람일까? 아버지가 할아버지를 원망했던 것과 마찬가지로 나도 당신 때문에 꿈을 이루지 못했다고 아버지를 원망했다. 삶에 가정이란 없지만, 아버지가 대학을 무사히 마쳤다면 당신의 꿈을 이룰 수 있었을까? 마찬가지로 나도 무사히 공부를 마치고 학위를 받았으면 내가 꿈꾸던 삶을 살 수 있었을까? 내 의지대로 삶이 풀려 간다면 그것만큼 쉬운 일이 어디 있을까? 아버지와 내가 마주한 운명은 비슷했지만 이를 풀어 가는 방향은 많이 다르다.

지금 생각해 보면 아버지는 자신에게 주어진 상황과 운명에 주저하지 않았던 용기 있는 사람이었다. 낯선 도시에서 한 번도 해보지 않은 일에 도전하며 살아가려고 애썼다. 물론 사회적 기준에서 볼 때 성공한 삶을 살았다고 할 수 없다. 하지만 성공과 실패에 상관없이 아버지는 두려움 없이 무언가를 계속 도모했다. 할아버지에 대한 원망을 계속하시긴 했지만 그것에 그치지 않았다.

하지만 난 조금 다르다. 학원 강사 일을 시작한 후 인생의 3분의 1에 해당하는 15년간 원망만을 계속해 왔다. 내가 살아가고 있는 삶이 내가 살고 싶고 살아야만 하는 삶이 아니라고 애써 현실을 부정했다. 난 학원 바닥에 있을 사람이 아니라고 생각하니 일도, 일을 하면서 만나는 사람들과의 관계도 재미가 없었다. 어쩔 수 없이 하루하루 살아가고 있다. 원망을 하면서도 아버지의 모습을 닮아 있는 나를 발견하기도 한다. 대가족을 모두 책임지려는 아버지의 모습을 보고 자랐기 때문에 내 안 저 깊숙이 숨겨져 있는 가부장적 사고가 만들어진 것은 아닌지 생각해 본다. 사실 입으로는 '리버럴'을 말하지만 내 안에는 경상도 특유의 보수성과 '사나이'성이 남아 있다.

다람쥐 쳇바퀴를 도는 소비요정

아버지의 병환을 계기로 강사 일을 시작한 지 벌써 햇수로 15년이나 되었다. 아침 6시. '오리 꽥꽥' 알람소리를 들으며 일어난다. 10분만 더 자고 싶다. 아니다. 10분 늦게 나가면 30분이 지체된다. 힘겹게 일어나 출근 준비를 한다. 회사의 위치는 서울역이다. 용인에 살기 때문에 아침 6시 30분 이전에 출발하면 45분 정도 걸리지만 7시 전후로 출발하면 막히는 경부고속도로 때문에 1시간 이상이 걸린다. 7시가 조금 넘어 회사에 도착해 커피를 한잔 마시고, 오늘 수업 진행을 점검해 본다.

나는 재수생 종합반 학원에서 논술을 강의한다. 종합반 학원 강사의 생활은 일반적인 회사원의 그것과 크게 다르지 않다. 아침 8시 10분에 1교시를 시작하니 그 전에 출근해야 하고, 점심시간은 12시 30분부터, 마지막 교시와 질의응답을 모두 마치면 오후 5시에서 6시 정도. 욕심을 부려 저녁 특강을 하면 밤 10시가 되어야 끝난다. 다람쥐 쳇바퀴 돌듯 매년 2월부터 11월까지 일한다.

딱히 일이 재미있는 건 아니다. 좀더 좋은 대학에 가겠다는 욕망을 가지고 지불한 수강료만큼의 지식을 내놓으라는 노골적 태도를 보이는 아이들과 인간적 관계를 맺을 수 있는 것도 아니다. 동료 사이의 우정? 그런 것도 없다. 강사라는 직업이 팀워크가 필요하지 않고 고독하게 혼자 해야 하는 일이라 그런지 각자의 개성이 강하다. 그렇다고 해서 내가 해야 할 일을 대충하는 것은 아니다. 학생들을 만나는 순간에는 그들에게 최대한 충실하게 신경 쓴다.

그러면 나는 별로 재미도 없는 일을 왜 15년씩이나 하고 있을까? 몇 해 전 겨울 이틀 동안 제주 올레길을 혼자 걸으면서 내린 결론은 의외로 간략했다. 쉽게 돈을 벌 수 있어서였다. 툴툴거리면서도 일을 계속하고 있는 이유는 쉽게 돈을 벌어 물질적 욕망을 충족시키는 소비에 충실할 수 있었기 때문이다.

돈을 버는 맛과 재미? 물질적 욕망에 충실하게 살아가기? 자본주의 사회에서 소비에 매몰될 때 느끼는 변태적 쾌락? 딱히 정확한 표현이 떠오르지는 않지만 돈 벌고 쓰는 재미로 10년 이상을 버텼다. 좋은 집, 차, 음식 등을 소비하는 것이 힘들게 일하는 나에게 주는 보상이라 생각했다. 학원 강사 일이 나의 꿈을 실현하는 것이 아니라 어쩔 수 없이 돈을 벌기 위한 선택이었다고 스스로에게 이야기했었다. 하지만 난 그냥 다른 일보다 쉽게 돈 벌고 쓰기 쉬운 이 직업을 사랑하고 있었다. 입으로는 자본주의 시스템을 벗어나는 대안적인 삶이 나의 꿈이라고 말했지만, 실제로는 소비요정이 꿈이었다. 대안적 삶을 찾아 무모하게 도전하는 건 어린 시절 골목에서 만난 으르렁거리는 강아지보다 만 배는 두렵다.

이제는 다르게 살아야 할 때―변화의 바람은 밖에서 불어온다

어영부영 살다 보니 벌써 40대 중반이 되었다. 지금까지는 크게 '다른 삶'을 살아오지 않았다. 학교 결석하지 않고 착실하게 다니고, 운 좋게 대학에 입학했다. 졸업해서 한 가지 직업을 15년이나 이어 가면서 물질적·정신적으로 폭포 아래에서 목욕하는 코끼리 모자처럼 편안하게 살아왔다. 타고난 겁은 나의 삶을 스펙터클하게 만들지 않았다. 그냥 이렇게 굴러가도 크게 나쁘지 않겠다는 생각도 든다.

하지만 이제 내 삶에 변화를 줄 수밖에 없는 상황이다. 조만간 업계를 떠나야 할 일이 생길 수도 있겠다는 생각이 든다. 학벌체제가 공고하게 유지되는 한 사교육이 망하는 일이야 없겠지만, 입시 환경의 변화는 내가 일하고 있는 종합반의 존립을 어렵게 한다. 내가 종사하고 있는 업계가 더 이상 쉽게 돈을 벌 수 있는 곳이 아닌 상황이 되어버렸다. 심지어 교육부에서는 각 대학의 논술 전형을 재정 지원과 연계해 '폐지 유도'한다고 한다.

이제 조만간 어쩔 수 없이 조금은 다른 삶을 살 수밖에 없다. 앞으로 몇 년간은 내가 의도하지 않은 변화의 흐름에 몸을 맡겨야 할 것 같다. 입시 정책의 방향을 내가 원하는 대로 바꿀 수는 없다. 받아들이는 수밖에. 그렇다고 20대 이후 그랬던 것처럼 겁에 질려 흘러가는 대로 내 삶을 내버려 둘 수는 없다. 내 주변의 많은 사람들이 직간접적으로 나의 삶의 흐름에 긍정적인 영향과 용기를 줄 것이라 믿는다. 허세

와 힘을 빼고 내 삶의 모순점들을 있는 그대로 인정하면서, 부끄럽지
않게 용감한 태도로 주어진 운명에 부딪힌다면 정말 있어 보이는 '다
른 삶'을 사는 것이 아닐까 생각해 본다.

2.
'아빠'는
처음이라

2008년 아내와 결혼했다. 첫 결혼이라 아무것도 모른 채 어리바리하게 지나갔고, 정신을 차려 보니 난 누군가의 남편이 되어 있었다. 결혼을 꼭 해야만 한다고 생각한 것도 아니었는데 어느 순간 여자친구에게 결혼은 참 좋은 것이라 말하며 꼬시고 있었다. 지리산 종주 중 벽소령대피소에서의 프러포즈부터 시작해 양가 부모님 상견례, 성당에서의 결혼식을 위한 혼인교리 수료, 집 구하기, 살림 장만하기, 결혼식 성당 찾기 등등의 과정을 거쳐 결국 아내와 나는 결혼했고 함께 살게 되었다. 이렇게 말하면 아내가 섭섭하게 생각할지는 몰라도 결혼이 사랑의 결과물이 아님은 분명하다. 아내를 너무나 사랑해서 결혼한 것이 아니다. 오히려 사랑한다면 그냥 같이 재미있게 살면 된다. 두 사람이 서로에게 집중하고 살피며 사랑을 나누고 살아가는 일에 결혼제도는 방해만 될 뿐이다. 아마도 겁이 많은 나는 사랑하는 아내와 살기 위해서는 결혼이라는 제도 속에 들어가야만 한다고 생각했었던 것 같다. 일련의 '표준화'된 결혼 과정을 거치며 결혼을 통해 누군가의 남편이 된다는 것이 결코 두 사람만의 관계가 아님을 알게 되었다.

결혼 후 '남편'이라는 역할도 처음이었지만, '아빠' 또한 마찬가지로 처음이었다. 설명하지 않아도 모두 알겠지만, 우리 사회에는 아버지 혹은 아빠라는 이름이 붙은 가부장적 남성의 역할이 존재한다. 여우 같은 마누라와 토끼 같은 자식들을 '먹여 살리기 위해' 열심히 바깥일을 해야만 하는 남성. 아이가 태어나지 않았을 때는 여우 같은 마누라를 먹여 살려야 한다는 생각을 결코 하지 않았다. 이기적인 나는 오히려 남편과 아빠의 역할을 하기 싫었다. 열심히 일하는 것을 좋아하고 벌이가 좋던 아내가 '날 먹여 살려 주겠구나'라고 생각했었다. 하지만 느닷없이 아들이 태어난 후 표준화된 '아빠'의 모습을 고민하기 시작했다. 보다 정확하게 이야기하면 '아빠'와 '나' 사이의 갈등이 시작되었다.

표준화의 기억 1—'스드메'를 아시나요?

2008년 여름 무렵 결혼을 본격적으로 준비하기 시작했다. 모아 둔 돈도 별로 없어 간소하게 식을 치르고 싶었지만 생각대로 되지 않았다.

지금 돌이켜 생각해 보니 '결혼식'은 이미 표준화된 상품이 되어 있었고, 우리는 거기에 비용을 지불하고 소비하고 있었다. '스드메'라는 말을 들어 본 적이 있는지? 내가 결혼하던 2008년경 식을 올리려고 알아보면 웨딩업체들이 맥도날드의 무슨 세트메뉴처럼 스튜디오촬영+드레스+메이크업이 결합된 상품을 신나게 팔고 있었다. 상담을 받고 나면 최면에 걸린 듯 세 가지 모두를 꼭 하지 않으면 안 될 것 같은 생각이 들었다. 게다가 맥도날드에 가서 불고기버거보다는 빅맥세트에 치즈를 추가해서 주문하고 싶은 기분처럼 '스드메'세트의 기본상품보다는 판매자들이 추천하는, 그들에게 수익이 많은 중상급 세트메뉴에 눈길을 주고 있었다. 지금 생각해 보면 결혼식이 아니라 소비를 하고 있었다. 지금이야 다양한 형태의 결혼식들이 등장했지만(아니다, 스몰웨딩도 하나의 소비 트렌드 또는 웨딩업체의 수익 높은 신상품일 수도 있다), 당시 아내와 나는 청담동의 웨딩업체들을 돌아다니며 가성비 높은 상품을 찾아내 성공적인 결혼식을 올리기 위해 동분서주했다.

결혼식뿐만 아니라 과거부터 계속되어 오던 결혼과 관련된 관습에서도 벗어나지 못했다. 새로운 결혼의 모습을 만들고 싶은 마음만 있었다. 정신을 차리고 보니 아내와 내가 서로 하지 말자고 이야기했던 함·예단·예물 등을 모두 하고 있었다. 결혼 준비로 바쁘던 중 아내가 조심스럽게 "결혼하면 화장품 세트도 받고, 다이아몬드 반지 목걸이 세트도 받고 그런다고 친구들이 알려 주네"라고 말했다. 운전 중이었는데 바로 차를 멈추고 준엄한(?) 목소리로 "결혼이 그런 물질적인 걸로 평가되는 건 아닌 것 같아. 그따위 이야기를 하는 친구들이 누구야?"라며 화를 냈다. 정말 코미디가 아닐 수 없다. 아내에게는 결혼이 물질적인 것이 되어선 안 된다고 가르치듯 말하고, 함·예단 등등은 어쩔 수 없이 해야 하는 것 아닌가, 라고 생각하고 있었다. 지금도 아내는 급브레이크를 밟아 차를 멈춘 그때의 이야기를 하곤 한다. 사실 당시 너무 가난해서 둘이 모은 돈을 합쳐 봐야 서울 외곽에 전셋집 하나 얻을 수 없었다. 은행에서 신혼부부 전세자금 대출을 받기 위해 구청에 가서 혼인신고부터 먼저 해야만 하는 상황이었다. 부모님에게 보탬을 받는 여유는 기대할 수 없었고, 대출을 받아 겨우 서울 외곽에 13평 전셋집을 구하고 살림살이를 마련하고 있었다. 그런데도 소위 '결혼'이라면 '이런 것들은 해야 하지 않니?'라는 요구에 주체적으로 명확하게 답하지 못하고 끌려다녔다. 당시 결혼 기념으로 샀던 비싼 시계는 이제 장롱 속에서 잠자고 있다.

우리 둘만이 아니었다. 항상 도움을 주시던 고모님께서는 집안의 맏며느리에게 예물을 해줘야 한다고 말씀하시며 다이아몬드 보석 세트를 마련해 주셨다. 결혼할 때 다이아몬드를 안 맞추면 사랑하는 조카가 평생 아내에게 구박받는다는 말씀과 함께. 고모님의 마음은 정말 고맙지만 당시는 그냥 돈으로 주시면 좋겠다는 생각을 했다. 어머님께서는 며느리로부터 반상기, 이불세트 등등을 예단으로 받고 싶어 하셨다. 사실 이건 나중에 안 일이다. 이건 정말 아니라 생각해 처음부터 예단 등등을 단호하게 안 하겠다고 어머니께 말씀드렸고, 어머니도 수긍하셨는데 속마음은 아니었다. 2년 후 동생 결혼을 준비하던 중 어머니는 제수씨에게 "큰아이 때는 형편이 안 되어서 예단을 못 받았는데, 이번에는 하고 싶다"라는 의향을 밝히셨고 결국 여러 가지 예단을 받으셨다. 이것이 고부 갈등의 촉매제가 되기도 했다.

결국, 진보적인 척하면서 살고 있었던 나는 결혼도 진보적으로 하고 싶었지만 실패했다. 철저하게 표준화된 '소비'의 틀 안에서, 철저하게 관습화된 '가부장제'의 틀 안에서 결혼했다. '아빠'가 되기 위한 전 단계인 '남편'이 되는 과정은 머릿속으로는 벗어나야 한다고 생각하면서도 철저하게 정해진 틀 안에서 사고하고 행동하는 모습의 연속이었다.

벗어나 보자─40대가 되면 세계 일주 여행을

아파트 복도와 현관 쪽에 두 명이 누우면 꽉 차는 작은 방. 베란다 쪽으로 미닫이 문을 열면 나오는 거실 겸 큰 방. 그 사이에 작은 주방과 욕실. 지어진 지 20여 년이 된 낡은 아파트였지만 다행히 살 집을 찾았고, 복작거리는 신혼 생활이 시작되었다. 결혼 초반 싸우기도 많이 했지만 매일 밤 맛있는 안주를 만들어 집에서 함께 술을 먹고 이야기를 나누는 재미가 더 좋았다. 잠자는 시간을 제외하고 주로 머물렀던 거실 겸 방에는 커다란 세계지도를 걸어 놓았다. 목표는 '자유롭게 벗어나기' 정도의 느낌이었던 것 같다. 매일 세계지도를 보며 여기저기를 돌아다녀야겠다고 생각했다. 다음카페의 세계 일주 카페에도 가입해 웹상으로 세계를 돌아다녔다. 지금은 세 시간 이상 비행기를 타는게 힘들어 여행을 못 다니겠다고 하는 아내는 당시만 해도 혼자서 한달 넘게 인도 여행을 다녀온 고수였다. 둘 다 배낭여행식으로 다니는 것을 좋아하는지라 신혼여행도 보름 정도의 일정으로 터키를 돌아다녔다. 야간버스를 타고 이동하고, 2~3만원 정도의 저렴한 숙소에서자면서도 재미있었다.

매일 집에서 술잔을 기울이며, 아이는 낳아서 뭐하나, 이명박이 대통령이 되고 용산에서 사람이 죽어 가는 이 암울한 땅에서 아이를 낳는다는 건 아이에게 미안한 일이 아니냐며, 그냥 지금 하는 일 하면서 돈 좀 모아서, 세계 일주나 다녀오자. 그래 40살이 되면 모든 것들을 다 버리고 떠나자. 지구에 태어났으니 지구가 어떻게 생겼는지는 알아야 하지 않을까? 지구 곳곳에 사는 사람들이 어떻게 사는지 알아보는 것도 재미있지 않을까? 매일 밤 술을 먹으며 아이를 낳지 않고 둘이 살다가 40대가 되는 시점에 세계여행을 떠나는 것으로 우리의 미래를 결정했다. 결정은 했지만 그렇게 행동하기가 쉽지 않으리라는 것은 느끼고 있었다. 비겁하고 겁 많음이 어디 가겠는가? 아이는 언제 생기냐는 양가 부모님의 질문에 아이를 안 낳고 살다가 세계여행을 가겠다는 이야기는 확실하게 하지 못하고, 헤헤거리며 웃고만 있었다. 벌써 아이가 생길 것이라는 미래를 직감하고 있었는지도 모른다.

당황스럽게도 그가 왔다

나름 피임을 잘 해오고 있었다. 준비가 부족했던 건 딱 한 번이었다. 피임 도구가 없어 불안해하는 아내에게 개념없게도 나는 "아이는 그렇게 쉽게 생기지 않아. 삼신할매가 점지해 줘야 해. 걱정 마"라고 이야기했다. 하지만 쉽게 아이가 생겨 버렸다. 아이고, 삼신할매여.

계획에 없는 아이가 생긴 이후로 아내와 내가 술 먹으며 떠들던 '자유로운' 삶의 방향은 폐기되어야 했다. 임신테스터로 확인하고 산부인과에서 임신을 확진(?)받은 후 어떠한 감정의 흐름이 있었는지 정확하게 기억이 나지 않는다. 아내는 분명 아직도 그때의 감정을 기억하고 있을 것이다. 아마도 자신의 신체에 변화가 생긴 아내보다는 나의 충격과 공포가 덜하기 때문이었을 것이다. 출산과 육아에 대해 '엄마'라는 이름의 여성에게 대부분의 부담과 책임이 지워지기 때문이기도 할 것이다. 아내는 이때부터 깊은 우울의 터널로 들어가기 시작했을 것이다.

아내는 나와 같은 일을 했었다. 당시 나는 여러 학원을 떠돌이처럼 돌아다니며 일하고 있었고, 아내는 그중 한 학원에서 일하고 있었다. 아내는 재미를 찾아볼 수 없는 나와는 달리 학생들을 정말로 즐겁게 해주며, 때로는 엄하게 꾸짖기도 하는, 아이들에게 사랑받는 선생님이었다. 범생이처럼 재미없이 진지한 표정으로 수업시간 내내 나도 잘 모르는 현학적인 이야기를 늘어놓는 나와는 달랐다. 나보다 훨

썬 뛰어난 강사였다. 내가 보기에도 그렇고, 본인도 그렇게 생각했겠지만, 소위 말하는 집에서 애 키우며 살림만 할 수 없는 뛰어난 능력을 가진 사람이었다. 육아와 가사노동의 가치가 금전적으로 폄하되어 환산되고, 돈을 벌러 나가는 일만이 가치 있다고 여겨지는 상황에서 아내는 자아의 상실로 인해 우울함의 극단으로 빠질 수밖에 없었을 것이다. 게다가 핵가족이 일반화된 요즈음은 육아와 가사노동을 함께할 수 있는 사람들도 없다. 아내는 오롯이 혼자 삶의 새로운 국면을 맞아야만 했다.

때마침 나는 대형학원에 전임강사 자리를 얻게 되어 여기저기 돌아다니면서 일할 때보다 시간을 자율적으로 쓸 수 없는 상황이 되었다. 아침 일찍 출근해 저녁 늦게 퇴근하는 일이 계속되었다. 새롭게 들어간 직장에서 적응하느라 정신이 없었다고 변명해 본다. 1년에 두 번 학생들을 대상으로 실시하는 강의 평가에서 일정 점수 이하면 그만두어야 하는 살벌한 상황에서 살아남아야 한다는 긴장감에 아내를 살피지 못했었다. 지금 생각해 보면 강의 평가에 신경 쓰지 않고 내 할 일만 충실하게 하면 될 일이었는데. 혼자서 패배감을 느끼며 고군분투하는 아내의 마음을 헤아리지 못하고, 출산과 육아는 아내의 몫, 경제 활동은 나의 몫으로 구분되었다 생각하고 돈 버는 사람으로서의 삶에 충실했다.

사실 임신 중에는 아내와 나 사이에 큰 문제가 발생하지 않았다. 임신 중에도 아내는 계속 일을 하고 있었고, 일주일에 한 번씩 파주에서 결혼이민자들과의 활동도 하고 있었다. 아이를 낳고 나서 벌어질 일들을 그저 낙관적으로만 바라보고 있었다. 갑자기 생긴 아이가 당황스럽기도 했지만, 이왕 생겼으니 잘 낳아서 열심히 키워 보자며 서로를 격려했었다. 겨울에 먹고 싶어 하는 딸기를 못 사 주고 새콤달콤 캔디로 대체한 일은 두고두고 욕을 먹고 있지만 여러 사회적 활동을 하던 시기라 아내가 크게 상실감에 시달리지는 않았다. 그러나 아이가 세상으로 나오고, 돌봄이 필요한 시기가 되자 아침에 준비해서 출근하면 그만인 나와 달리 아내는 홀로 남겨져 사회적으로 고립된 채 매일을 보내야 했다. 아내가 정말 과격하게 '엄마'라는 임무에 내던져진 것과는 다르게, 나는 '아빠'라는 이름을 얻었지만 아무것도 하지 않았고, 아무런 책임을 지지 않아도 큰 문제가 없었다. 잠깐 안아 주고, 기저귀 갈고, 목욕시키는 일만 하면 '훌륭한' 남편이자 아빠가 될 수 있었다.

표준화의 기억 2—육아서와 소비 천국 육아박람회

나중에 아이가 이 글을 본다면 '계획하지 않고' 낳았다고 섭섭해할지도 모르겠다. 하지만 태어난 아이를 지켜보는 일은(단, 예쁘게 방긋 웃고 있을 때만) 절로 미소가 나올 만큼 행복을 준다. 부성애란 이런 것인가? 내가 아이에게 모든 것을 해줄 수 있다는 오만한 생각을 가지고,

돈을 열심히 벌어야겠다고 생각했다. 그리고 훌륭한 인물로 키워야겠다고 다짐하며 책으로 육아를 공부하기 시작했다. 아이를 키우는 사람들이라면 누구나 가지고 있는 『삐뽀삐뽀 119 소아과』라는 성경과 같은 반열의 책이 있다. 아마 지금도 판을 거듭하며 육아라는 새로운 세계의 허허벌판에 서 있는 부모들에게 길잡이를 해주고 있을 것이다. 틈날 때마다 이 책을 읽었고, 『성문종합영어』도 완벽하게 한 번 못 읽었음에도 불구하고 이 책은 두 번 이상을 통독했다. 아이의 성장단계별 행동 및 질병, 대처 방법, 훈육법 등이 초등학교 시절 『동아전과』처럼 총망라되어 있었다. 책에서 시키는 대로 했다. 수유, 수면, 표준 발육치에 대한 점검 등. 당시에는 그것이 아이를 위한 최고라고 생각했었다.

그러나 과연 그럴까? 책에 나온 대로 아이가 몇 시간 간격으로 넙죽넙죽 모유를 받아먹고, 트림을 시키고 나면 잠들고, 책의 그래프처럼 키가 크고 몸무게가 자란다면, 이건 뭐 옛날 다마고치 캐릭터를 키우는 것도 아니고 너무 쉽지 않은가? 사실 아이의 특성을 모르고 나와 아내가 정말 책에 나온 대로 아이를 잘 키운다고 생각하기도 했었다. 모유수유 시기를 지나 이유식을 할 때였는데, 책에서 가르쳐 준 대로 유기농 재료들을 사다 잘게 다져서 죽을 만들어 주니 너무 잘 먹는 것이었다. '아! 우리의 이런 노력이 아이에게 통해서 다른 아이들과 달리 잘 먹는구나'라고 생각했었다. 하지만 아니었다. 그냥 우리 아이는 먹는 것을 원래 좋아하는 성향을 가지고 있었다. 사실 육아서마다 말하는 것도 다 다르다. 서양 사람들은 아이들을 어린 시절부터 따로 재우고 단호하게 육아한다고 알고 있었지만, 미국인이 쓴 『베이비 위스퍼』라는 책은 아이를 존중하고 따뜻하게 대해 주라고 했던 것 같다. 오히려 우리나라의 육아서들이 더 단호한 육아 태도를 가져야 한다고 이야기하고 있었다. 대체 어쩌란 말이냐? 육아서대로 해도 안 되는 일도 많았다. 대표적으로 수면. 정말 징하게도 잠을 안 잤다. 육아서의 지침에 따라 애착인형 만들어 주고, 매일 정해진 규칙대로 잠자리에 들고 등등을 해봤지만 별수 없었다. 아홉 살인 지금도 아이는 잠들기 싫어한다. 그의 타고난 특성이다. 아마도 밀린 잠은 사춘기나 고등학교 때 교실에서 자겠지.

육아서를 꼼꼼하게 읽고 도움을 받긴 했지만, 돌이켜 생각해 보면 내가 가 보지 않은 길에 대한 두려움이 육아서에 대한 집착을 낳았다. 아내와 나처럼 주변에 함께할 사람이 없이 아이를 키우는 모두가 같은 마음이었을 것이다. 하지만 육아서가 무엇을 이야기해 줄 수 있을까? 새롭게 아내와 나의 삶에 등장한 존재가 있다. 서로 낯설다. 낯설 수밖에 없지 않은가? 아이를 '키운다'는 일은 결국 한 존재를 어떠한 지향점을 향해 가도록 만드는 일이 아니다. 세상에서 처음 만나 서로 낯선 부모와 자식이 상대를 파악하고 삶의 리듬을 맞추는 것이 아닐까? 사실 지금도 '해야 한다'는 당위로 아이에게 나의 리듬을 맞추라고 강요하는 부분이 없지는 않다. 오히려 내가 아니라고 생각하는 가치들에 대해서는 이유를 막론하고 당연히 안 되는 것이라 단호하게 금지한다. 나도 잘 못하는 일이지만 공동체적 가치와 타인에 대한 존중, 물질적 가치에 대한 집착으로부터 벗어나기 등이 아이에게 '강요'하고 있는 가치다. 어찌하겠는가, 아이도 부모의 이런 생각의 리듬을 알아 가야지. 언젠가 부모의 이런 리듬에 반항할 날이 올 것이다. 그때는 또 그 나름대로의 재미가 있지 않을까?

우리 사회에서 아이를 정말 '잘 키운다'는 것은 무엇일까? 윗세대가 가진 경험과의 단절 속에서 결국은 소비문화로 이어질 수밖에 없는 것이 현실이다. 아내와 나도 마찬가지였다. 아이가 태어나자마자 아내는 어린이 그림책 전집을 200만원어치 구매했다. 헉! 좁은 집에 동화책 300여 권이 굴러다녔다. 아이에게 전집을 사 주는 건 좋지 않다, 아이가 직접 책을 고르도록 해야 하지 않겠냐 등의 핀잔은 아내의 분노를 불러 왔고, 왕창 부부싸움을 했다. 하지만, 전집을 거부했을 뿐이지 아이를 훌륭한 사람으로 키우려면 책을 사 줘야 한다는 생각은 같았다.

육아 소비의 끝판왕은 육아박람회라 하겠다. 박람회장에 가 보면 정말 정신을 차릴 수가 없다. '출산부터 육아까지'라는 박람회의 표어처럼 성장 시기별로 아이에게 필요한 의/식/교육/완구에 이르기까지 관련한 상품이 총망라되어 있다. 거의 모든 유아동 상품들이 나와 있기 때문에 '내 아이'를 위해서라면 이것도 사고 저것도 사야겠다는 결연한 소비 의지가 생긴다. 이것만 사면 아이가 교육적인 기능을 누리며 놀이하고 '정상적' 발육을 할 수 있을 것 같다. 하지만 아이를 키우는 것이 무언가를 소비한다고 해결될 수 있을까? 그것이 정말 아이를 '위한' 것일까? 소비를 하고 싶은 내 만족이 아닐까? 초보 아빠가 되고 나서 내 역할을 하는 방법은 소비였다. 표준화된 아빠의 삶을 살기 위해선 열심히 돈을 벌어 소비를 통해 아이를 훌륭한 상품으로 만들어야 했다.

대안학교 출신의 명문대 학생

실제로는 표준화된 '소비 육아'를 하고 있었지만, 입으로는 또 진보적인 척하고 있었다. 아이가 뱃속에 있을 때 아내와 대화를 나누다가 앞으로 태어나는 아이가 "대안학교를 다녀서 자유로운 영혼이 되었으면 좋겠어, 그런데 공부를 잘해서 명문대를 간다면 참 좋겠다"고 말했다. 아내는 대뜸 "하나만 똑바로 하자!"라며 일침을 놓았다. 맞다. 아이가 태어나기도 전에 난 김칫국을 마시고 있었다. 아이의 존재를 만나기도 전에 그의 길을 정해 버렸다. 심지어 '아이를 대안학교에 보내는 의식 있고 진보적인 아빠'로 보이고 싶은 마음이 있었다. 하지만 뛰어난 능력으로 명문대에도 합격하는 만능인을 뱃속의 아이에게 기대했었다.

아이를 낳고 나서 교육에 대한 잡다한 생각을 한 후 '중산층 이상 자녀에게 울타리 쳐 주기'라고 대안학교에 대해 결론을 내렸다. 어떤 학교에 가든 그것이 무슨 소용이겠는가? 내가 학교 수업에서 배운 것이 무엇이 있을까? 사실 학교는 친구들이랑 밥 먹고 놀기 위해 다녔고, 공부는 알아서 하는 것이었다. 대안학교를 보내야겠다는 나의 생각은 또 하나의 소비였고, 대안학교를 문화자본을 지닌 사람들의 상징으로 여기는 마음에서 나왔다. 아내의 일침에 뜨끔하며 다시 한번 내 생각을 되돌아보고 반성했다. 그래, 정말 대안적 삶을 살든가, 아니면 체제에 순응적으로 살든가 둘 중 하나만 하자. 그리고 그 선택의 주체도 내가 되어서는 안 된다. 아이는 앞으로 삶을 살아가며 수많은 삶을 마주치고 그 속에서 자신의 미래를 결정할 수 있을 것이다. 아이를 키우려 하지 말고, 그가 만들어 가는 삶의 방향을 존중하고, 고민이 있을 때 듣고 함께 이야기를 나누는 사람이 되어야 하겠다.

내 욕망에 충실한 아빠이자 남편

이제 아빠로 9년차가 되었다. 초보 아빠라고는 할 수 없는 경륜(?)을 갖추었지만, 아빠는 매 순간 새로운 존재가 되어야만 한다. 고정된 아빠의 틀이란 없다. 나와 아이 그리고 아내의 구체적 관계가 있을 뿐이다. 아이가 여섯 살 때까지는 돈 버는 아빠의 역할에 충실했다. 누구를 위해서 일한 것이 아니라 돈 벌어 돈 쓰는 것이 좋아서 일했다. 하지만 어느 순간 내가 무엇을 하고 있는가에 대한 회한이 몰려왔다. 이대로 더 하다가는 정말 없어 보이게도 "내가 처자식을 먹여 살리느라 청춘을 다 바쳤다"라는 말이 나올 것만 같았다. 금전적 보상 이외에는 보람이 없는 일을 계속하는 것은 나를 갉아먹는 일이었다. 그래서 '에라 모르겠다' 하며 처자식을 버리고(?) 한 달여간 혼자 해외 여행도 다녀왔다.

하지만 순간순간 나에게 주어진 아빠와 남편의 역할을 부정하는 것은 아니다. 아이가 먼저 다가와 야구를 하러 가자고 하면 함께 신나게 논다. 아이는 신기하게도 잠을 잘 때는 엄마를 찾지만 신체적으로 놀고 싶을 때는 나를 찾는다. 나는 그 역할에 내 신체가 가능한 한에서 부응해 주면 된다. 좀더 나아가 공동육아로 다니던 어린이집에서는 재정이사를 담당했고, 지금 방과후 공동육아에는 적극 참여하지 못하지만 가끔 간식을 만들고, 일일 선생님으로 참여하기도 한다. 딱 여기까지가 내가 할 수 있는 아빠의 역할인 것 같다. 아이에게 목표와 로드맵을 설정해 주고, 학원 계획을 짜서 효율적으로 학습을 시키는 등의 일은 내가 감당할 수 없다. 아들에게 도덕적이고 올바른 삶의 표본이 되는 아빠는 나도 그렇게 살지 못하고 있기 때문에 더욱더 감당할 수 없다.

나도 나의 삶이 있다. 40대에 접어들었지만 여전히 하고 싶은 일이 많다. 내가 행복해야 아들과 아내도 행복을 느낄 수 있지 않을까? 남편과 아빠의 역할을 하기 이전에 난 나의 행복과 삶을 먼저 찾으려 한다. 말초적 쾌락을 주는 술·담배와 무분별한 소비 이외에 의미를 부여할 일은 무엇일까? 여기에 대한 답이 명쾌하게 내려질 수는 없겠지만, 계속 고민을 해 나가고 답의 윤곽을 찾는다면 변화무쌍한 모습의 유연한 '아빠'와 '남편'이 될 수 있지 않을까?

3.
한발 물러나야 할 때를
아는 아빠가 되자

나에게 아버지는 어린 시절 추종과 숭배의 대상, 사춘기 시절 가능하면 피해야 하는 사람, 돌아가시고 난 후 가끔 보고 싶지만 원망을 하기도 하는 애증의 대상이다. 아마 아들도 이와 비슷하게 나를 생각할 것이다. 아직은 추종과 피하기의 중간 단계에 있지만 어느 순간 자신의 자아를 찾기 위해 나를 극복의 대상으로 여길 것이다.

우리 아빠는 엄청 많이 먹는다!

나의 아버지는 어린 시절 고관절염을 앓았었다. 하지만 적시에 치료하지 못해 왼쪽 다리가 오른쪽보다 약 7~8cm 정도 짧았다. 4급 정도의 장애 등급을 받았고, 걸을 때 한쪽 다리를 절뚝거릴 수밖에 없었다. 진해에 살았을 때 기억이니 아마도 대여섯 살 무렵일 것이다. 어린 내 눈에는 아버지의 모든 것이 멋있고 좋아 보였나 보다. 한쪽 다리가 불편한 아버지의 걸음걸이를 흉내 내면서 걷기 위해 연습을 했던 것 같다. 여기서부터는 너무나 뚜렷한 기억인데, 엉덩이를 맞아 가며 아버지와 어머니께 무척이나 크게 혼났다. 억울한 마음이 들었다. 아버지의 멋있는 걷는 폼을 따라해 아버지처럼 되고 싶은 마음에 연습했는데, 욕을 듣고 파리채로 맞기까지 하다니! 왜? 아버지는 나의 롤모델이자 우상인데. 부모님이 화를 내셨던 이유를 얼마 지나지 않아 깨닫게 되었고, 사춘기가 되어서는 장애를 가진 아버지를 부끄러워하는 마음도 가지고 있었다.

아들이 여섯 살 때 동네 놀이터에서 다른 아이들과 함께 놀던 중 하던 '아빠 자랑 배틀'을 듣다가 배꼽을 잡고 웃었던 일이 있다. 아이들이 미끄럼틀 밑에 모여 서로 자기네 아빠가 어쩌고저쩌고해서 최고라는 식의 이야기를 늘어놓고 있었는데, 아들의 말이 걸작이었다. "우리 아빠는 엄청 많이 먹는다! 그래서 엄청 키도 크고 뚱뚱해!" 그래 난 많이 먹고, 그래서 뚱뚱하다. 이걸 자랑이라고 동네 친구들에게 늘어놓다니. 평소 음식을 가리지 않고 잘 먹어 칭찬을 많이 하고, 밥을 많이 먹어야 아빠처럼 키가 클 수 있다고 이야기해 준 결과가 아빠의 비만을 친구들에게 자랑하는 것이었다. 어린 시절 아버지의 걸음걸이를 따라하려 했던 기억이 떠올랐다. 아들에게 직접 물어보지는 않았지만, 아들도 나처럼 아버지를 정말 멋있는 사람이라 생각할 것이라 기대한다. 그러니까 그렇게 큰 소리로 동네가 떠나가라 자랑했겠지.

조금 더 크면 아빠가 그리 위대한 사람이 아니라는 것을 깨닫겠지만, 아직까지는 아빠를 따라하고 흉내 내고 싶어 하는 아들에게 난 어떠한 모습을 보여야 할까? 근엄하고 고귀한 삶의 태도를 가지며 열심히 돈 벌어 가족의 생계를 넉넉하게 책임지면서도 자상하며 친구 같은 모습도 보이는 사회가 원하는 만능아빠가 될 자신은 없다. 하지만 나는 그의 아빠이기 때문에 내가 원하지 않더라도 나의 행동과 발언들은 그의 삶에 영향을 미치게 될 것이다.

오리처럼

5월 늦봄에 태어난 아들은 날이 추워지기 시작하자 펴 놓은 이불 위를 벗어나 꼬물대며 기어 다니기 시작했다. 한겨울을 지나고 다시 봄이 찾아왔을 때 웅얼거림 사이에 '아빠', '엄마'를 말하며 걸음마를 시작했다. 갓난아기 시절 잠을 안 자고 보채던 아들이라 시간이 지나서 조금 크면 편해지겠다고 생각했었다. 오판이었다. 기어 다니기 시작하면서 집 안의 온갖 물건에 관심을 보이기 시작했다. 걸음마를 시작하면서부터는 관심 가는 물건에 접근하는 시간마저 빨라졌다. 잠깐 한눈을 팔 시간이 없었다. 아들을 돌보기 위해선 갓난아기 시절과는 다르게 지속적으로 지켜봐야 하는 상황이 되었다. 이 무렵이었을 것이다. 첫돌이 지나고 이제 걸음마도 안정되어 가던 시기, 아들은 주변의 사물을 물고 뜯고 부수는 일을 넘어서서 일상의 내 행동을 조금씩 따라하기 시작했다. 18개월 무렵부터 신문 읽기, 목욕하기, TV 보며 앉아 있기 등의 내 모습을 그대로 따라하려고 애썼다. 정말 신기했다. 아침에 신문을 양손에 펼쳐서 보고 있으면 글자도 모르는 무지렁이 녀석이 신문을 거꾸로 양손에 펼치고 읽는 척을 했다. 샤워기를 고정시켜 놓고 머리부터 감는 모습을 보고 자기도 아빠처럼 하겠다며 눈에 샴푸가 들어가도 울지 않고 선 채로 샤워를 마쳤다. 자기 눈에 처음 들어온 두 명의 어른 중 하나인 아빠를 따라하는 모습에서 태어나자마자 처음 본 대상을 따라다니며 살아가기 위한 여러 행동들을 습득하는 오리가 생각났다. 아들은 오리보다 늦었지만 걸음마를 시작하면서부터 아빠를 졸졸 따라다니며 흉내 내기 시작했다. 나는 그의 생물학적 아빠다. 아들도 오리처럼 처음 본 대상에 대한 각인으로 나를 따라했을 것이다. 하지만 나와 아들은 오리가 아니지 않은가? 아들의 아빠에 대한 각인은 생물학적 생존에만 영향을 주지 않을 것이다. 아들이 관찰하며 따라하는 아빠의 모습은 아들의 사회적 생존에 분명 영향을 미치게 될 것이다. 아빠를 믿고 따르는 아들에게 나는 어떠한 존재여야 할까? 죽을 때까지 계속될 질문이자 답이 없지만 아빠가 된 이상 해야만 하는 고민이다. 집에 들어와 아무 일도 하기 싫어 다리를 꼰 채로 TV를 보고 있는 나를 보고 옆에 앉아 똑같은 자세를 취하고 있는 아들을 보면 두렵기도 하다. 나의 일거수일투족을 그는 보고 있다. 삼십 년이 지난 후 아들이 나와 같은 자세로 앉아서 게으르게 TV를 보는 사람이 아니었으면 좋겠다. 하지만 이런 생각도 나의 착각일 수 있다. 시간이 지나면 아들은 내가 그랬듯이 아빠가 세상의 최고가 아니라는 것을 알게 될 것이다.

아들아 고맙다

내 직업인 학원 강사는 일반 직장인과 다르게 내가 얼마나 많은 시간을 투입하느냐에 정확하게 비례해 수입이 결정된다. 부모님에게 물려받은 재산이 거의 없던 나는 열심히 일을 해서 돈을 모아야 한다는 생각에 월요일부터 일요일까지 쉬는 날 없이 강의를 계속했다. 소위 '독박육아'를 아내에게 강요하며, 물이 들어올 때 노를 저어야 한다며 열심히 돈 벌러 다녔다. 아들과 함께할 수 있는 시간은 입시 시즌이 어느 정도 끝난 12월과 1월 두 달 정도였다. 지금 열심히 돈을 버는 것이 내가 할 수 있는 최선이라고 생각했다. 아들과 재미있게 두 달 정도를 지낸 후인 2월 중순, 아침부터 같이 놀다가 저녁에 강사 총회와 회식이 잡혀 나가려고 하자 평소에 떼쓰고 우는 일이 거의 없던 아들이 대성통곡을 하며 현관에 드러누웠다. 아빠랑 같이 놀고 싶다며 나가지 말라고 소리쳤다. 겨우 아들을 떼어 놓고 나오던 발걸음이 너무도 무거웠다. 버스를 타고 약속 장소로 나가면서 아들의 외침이 계속 생각났다. 그리고 결심했다. '그래, 아들이 나와 같이, 함께 시간을 보내고 싶은 마음을 그대로 받아들이자.' '아들과 함께하는 시간은 결코 돈으로 살 수 없다. 지금 여섯 살부터 초등학교 고학년이 되어 친구들을 만나는 게 더 좋은 나이가 될 때까지 아빠를 원하는 시간은 얼마 남지 않았다.' 바로 종합반 수업 이외에 단과로 진행되던 주말 수업을 없애고, 주 5일 근무만 하기로 결심했다. 종합반 수업도 후배와 동료 강사에게 많은 부분을 넘겼다. 주말은 온전하게 가족과 함께하기로 결정했고, 함께 야구하고 레고 조립하고 부루마불 주사위를 던지며 주말을 보냈다.

강의를 덜 하기로 결정한 후 줄어드는 수입에 대해 걱정했었다. 그러나 기우였다. 버는 돈은 3분의 1 정도 줄었지만 쪼들리지는 않았다. 세밀하게 가계부를 쓰지는 않지만, 수입이 줄어든다는 생각에 불필요한 사치를 줄이니 가계 수지에는 큰 영향이 없었다. 오히려 가족과 함께하는 시간이 늘어나면서 아들과 소소한 재미를 찾는 일이 너무 좋았다. 독박육아를 하던 아내와의 관계도 좋아졌다. 심지어 내 강의를 듣는 학생들에게도 힘 있게 에너지를 전달해 줄 수 있어 더 좋았다. 아들의 요구에 완전하지는 못하지만 어느 정도 부응한 결과 내 자신이 오히려 좋은 기운을 얻고 만족스러운 생활을 할 수 있었다. 나아가 40대가 된 내가 어떻게 살아야 할지 고민해 볼 수 있는 계기를 마련할 수 있었다. 가족을 위해서라는 명분으로 나를 갉아먹는다는 느낌이 들 정도로 일했던 나에서 벗어나, 세 식구의 독립적인 관계를 정립하고 서로의 삶을 인정하며 살아갈 수 있도록 고민하는 계기가 아들의 요구로부터 가능해졌다. 아들에게 감사하다고 말하고 싶다. 아들이 나를 원하지 않았으면, 나는 아직까지도 수업 한 시간을 하면 얼마의 돈을 벌고, 단과 수강생 몇 명이 수강해서 벌어들이는 수입이 얼마인지 계산하며 살았을 것이다. 그리고 벌어들인 돈으로 소비를 하며 나에게 주는 보상 내지 선물이라고 스스로를 위로하는 정신승리를 하고 있었을 것이다. 아들의 가지 말라는 외침으로부터 시작된 내 삶의 고민은 스스로 주 40시간 이상은 일하지 않는다는 원칙을 세우는 것으로 이어졌다.

아마도 물러나야 할 시기

아들은 초등학교 1학년에 들어가면서 방과후 공동육아에 다니고 있다. 공동육아라고 하니 거창하게 들리겠지만, 매주 세 번씩 학교가 끝난 후 모여 동네를 돌아다니며 놀고, 도서관에 가고, 그림 그리는 정도의 활동을 한다. 부모들은 당번을 정해 같은 학교 아이들을 모아 모임 장소에 데려다주고 집으로 데려오는 일을 담당하고, 1년에 대여섯 번 정도 아이들의 간식을 마련한다. 외아들이라 형, 동생들과 함께 어울리는 경험을 해보는 좋은 기회라 생각해 참여하게 되었고, 다행히 잘 적응해 친구, 형, 동생들과 재미있게 놀고 있다.

나도 방과후 모임을 계기로 동네 친구들이 생겼다. 같은 초등학교들 다니며 함께 당번을 정해 등하원을 시키는 세 가족을 만나 즐겁게 놀고 있다. 우리 가족을 포함해 네 가족이 모이면 어른 여덟 명에 여섯 살부터 시작해 초등학교 5학년까지 아이들 여덟 명, 총 열여섯 명이 된다. 재미있게도 네 가족 모두 부모들의 생활 패턴이나 아이들을 양육하는 방식이 모두 다르다. 하지만 매 주말 모여서 함께 식사하고 밤 늦게까지 맥주도 먹으면서 이런저런 이야기를 나누다 보니 아이들끼리 많이 친해졌고, 부모들도 많이 친해졌다. 아빠들끼리 아이들을 데리고 캠핑, 자전거 라이딩을 다니기도 한다.

2학년인 지금 아들은 3, 4, 5학년인 세 명의 형들과 노는 재미에 흠뻑 빠져 있다. 작년까지만 해도 뜨거운 8월 한여름에도 아빠와 야구하러 나가자고 난리였는데, 이제는 평일 주말을 불문하고 형들부터 먼저 찾는다. 나를 원하던 아들이 내 품을 떠나가려는 모습이 당연하고 좋아 보이지만 내가 예상했던 시기보다 너무 빠른 것 같아 약간 섭섭하기도 하다. 하지만 어쩌겠는가? 아빠·엄마와 노는 것보다는 또래와 노는 것이 더 재미있을 수밖에 없다. 2~3년 차이 나는 형들을 따라다니며 놀려면 힘들기도 할 것이다. 하지만 자신이 재미를 느끼고 있다면 힘든 일도 견디고 쉽게 이겨 낼 수 있을 것이라 믿고 있다. 이제는 아들의 일상과 놀이에서 살짝은 물러날 때가 되었다는 생각을 해 본다. 이미 형성된 친구들과의 관계에 내가 개입한다면 그들의 놀이는 정말 재미없을 것이다. 아이들이 서로 관계를 형성하는 과정을 조용하게 지켜보면서, 때로는 모르는 척하기도 하고, 선을 넘었을때는 단호하게 혼내기도 하면서 점점 아들의 일상에서 관심을 줄여 나가 보려 한다.

우리 좀 평범하게 지내요

2018년 겨울 결혼 10주년 기념으로 캄보디아와 베트남 여행을 하기로 했다. 연초부터 고민하다가 앙코르와트를 보고, 베트남을 거쳐서 동남아의 분위기를 느껴 보기로 했다. 10주년 기념이라는 핑계로 계획된 2주일이 넘는 장기 여정이었다. 이전에도 세 식구가 장기로 여행을 많이 다녔었다. 12월과 1월에 바쁜 일이 없는 직업의 특성 때문에 열흘 이상의 여행이 가능했다. 아내와 나 모두 럭셔리한 여행보다는 좀 저렴한 숙소를 잡고, 현지인들이 주로 다니는 식당이나 길거리 노점을 이용하는 것을 선호한다. 아들이 다섯 살 때부터 본격적으로 험한 여행에 데리고 다니기 시작했고, 다행히 별 불만 없이 따라다녀서 크게 걱정하지 않았다. 하지만 이번 여행을 결정하고 나서 아들에게 캄보디아와 베트남에 갈 거라 이야기했더니 의외의 반응을 보였다. "아빠, 저희 좀 평범하게 살면 안 되나요?"라고 일갈하는 아들의 반응에 할 말을 잃었다. 왜 그러냐고 물어봤더니 학교에도 빠지기 싫고, 집에서 편하게 밥 먹고 싶고, 친구들과 학교 끝난 후에 그냥 놀고 싶다고 한다. 엄마 아빠랑 같이 여행 가는 게 싫으냐는 질문에는 머뭇거리더니 싫은 건 아니지만 힘들게 돌아다니기보다는 편안하게 집에 있는 게 더 좋다고 한다. 그래, 너무 힘들게 끌고 다녔나 보다. 한편으로는 세계 방방곡곡을 같이 여행하는데 배부른 소리를 하고 있다는 생각도 든다. 여권에 도장 찍힌다고 좋아하던 녀석이었는데 여행이 힘들고 싫다니. 아주 어렸을 때는 잘 따라다니더니 이제 좀 머리가 굵어졌다고 자기 의견이 생겼다. 먹을 것, 숙소, 장거리 버스 타고 이동하기 등 힘든 게 많았다고 이야기한다. 그래, 다음부턴 안 데리고 다닐게. 아들도 좋아하는 줄로만 알고 있었다. 여행 첫날부터 "지금 여행 오지 않았다면 동네에서 친구들과 재미있게 놀고 있을 텐데"라며 한숨을 쉰다. 최근 들어 자신만의 세계가 조금씩 생겨나고 있는 것 같다. 이제 올바름에 관한 문제가 아닌 취향과 선택의 문제에 있어서는 아들의 의견을 최대한 존중하고 나의 의견을 내세우지 말아야겠다고 다시 한번 생각해 본다. 여행은 이제 혼자 다녀야지. 나도 너랑 다니는 게 너무 좋아 미칠 것 같아 같이 여행한 거 아니야!

언젠가의 강한 반란을 기대한다

내 품을 벗어나려는 아들의 모습을 보면서 부질없는 상상과 고민을 해본다. 점점 자신의 자아를 찾아가는 아들이 아빠의 삶을 부정하고 비난하는 일이 생기면 슬프겠다는 생각이 들었다. 아빠를 부정해야 아들도 진정한 한 사람의 독립된 개체가 될 수 있다. 당연히 벌어질 것이고 벌어져야만 하는 아들의 반란과 독립을 슬픈 기분으로 상상하고 있다니. 아직 난 멀었다는 생각이 든다. 사실 난 마흔 살이 될 때까지 독립된 개체로 살지 못했다. 어린 시절부터 '착한 아들'이 되어야 한다는 생각에 사로잡혀 있었다. 결혼해 한 가정을 이룬 독립적인 존재가 되었다는 생각을 하지 못했다. 누군가의 남편과 아빠라는 생각을 하지 못하고, '아들'이라는 익숙한 역할에 머물러 있었다. 5년 전 아버지가 돌아가셨을 때 아들의 도리를 다하지 못했다는 생각에 장례를 다 치르고 난 후 집에 와서 소리 내어 엉엉 울었다. 어머니가 집을 사야겠다고 많은 돈을 보태 달라고 했을 때도 단호하게 아니라고 말씀드리지 못하고 어머니와 아내 둘 모두의 눈치를 보며 흐지부지 좋게 넘어가려고 했다. 하지만 이제 조금씩 '아들'이라는 지위에서 벗어나려 하고 있다. 내 아들은 나보다 좀더 빨랐으면 좋겠다. 어서 나를 밟고 떠나라. 난 쉽게 물러날 수 있다. 너가 독립적인 개체로 세상을 사는 것이 너와 나 엄마 모두가 진정한 삶을 살 수 있는 계기가 될 것이다. 우리 세 식구 모두 삶의 승자가 되자.

4.
우리는 무엇을
함께할 수 있을까

잘 모르는 누군가가 둘이 하나가 되는 것을 부부라고 한다며 가정의
달 중 하루인 5월 21일을 부부의 날로 만들어 놓았다. 과연 부부의 날
의 취지처럼 아내와 나는 하나일까? 아니 하나가 될 수 있을까? 최근
2~3년간 아내와 나의 일과를 대략적으로 정리해 보자. 나는 2월 중순
부터 11월 말까지 평일에는 새벽 6시에 일어나 출근한다. 퇴근은 빠
르면 오후 5~6시 늦으면 밤 11시. 수업 준비와 진행, 학생 상담의 쳇
바퀴를 돈다. 주말은 9~10시경 일어나 아점을 먹고 청소, 장보기, 아
이와 놀기, 멍 때리기를 한다. 아내의 일과는 크게 세 가지로 구분되는
것 같다(겹치지 않는 일상이 많기 때문에 그녀의 동선을 정확히 모른다!).
먼저 인문학 세미나, 마을공유지 큐레이터 역할 등 문탁네트워크에서
이루어지는 여러 활동들. 그다음 청소, 빨래 등 가족의 의식주 생활을

유지하기 위해 필요한 여러 노동들. 마지막 매일 오전 여기저기가 아픈 몸을 달래기 위한 요가 클래스. 한 집에 살고 있지만 함께하는 일은 거의 없다. 주말에 잠깐 아내의 진두지휘 아래 청소하기 정도? 각자의 영역에서 각자가 할 일을 열심히 하고 있다. 내가 하루 일을 끝내고 늦게 집에 돌아오면 아내는 세미나를 준비하며 책을 읽거나, 세미나 후기를 쓰고 있고, 아이는 자고 있다. 일찍 들어오는 날에도 같이 저녁을 먹고 치운 후 자기 전까지 나는 아이와 목욕을 가거나 알까기, 오목, 부루마불 등을 하고 아내는 세미나를 위한 책을 읽는다. 10시 정도가 되면 아내는 잠들기 어려워하는 아이를 재우러 간다. 나는 멍 때리며 TV를 보거나 휴대폰을 뒤적거린다.

술로 다져진 우리—음주 부부

그렇다고 서로 대화도 없고 무관심한 것은 아니다. 아내가 아이를 재우고 나오면 둘만의 시간이 시작된다. 밤 11시경 아내가 코를 적극적으로 사용하면서 말한다. "맥주 딱~ 한 캔만 할까?" 대답은 필요 없다. 나는 네 캔에 만 원짜리 맥주를 사러 집 앞 편의점으로 간다. 아내는 오징어나 쥐포를 굽는다. 한 시간 정도의 대화가 시작된다. 요즘 학생들의 태도, 함께 일하는 사람들의 모습 등을 이야기하며 세상에서 제일 재미있다는 뒷담화를 이어 간다. 아내가 많은 시간을 할애하는 문탁네트워크 생활에 대해서도 이 시간에 많이 듣는다. 다음 날이 휴일이라면 대화는 오랜 시간 계속된다. 편의점에도 한 번 더 가야 한다. 이야기가 길어지면 술에 취해 아내는『루쉰 전집』을 꺼내 낭송하다가 눈물을 흘리며 '감동이야'를 연발하고 나에게도 낭송을 시킨다. 나는 문탁네트워크를 드나들며 스쳐 지나가듯 읽은 스피노자의『에티카』한 구절을 펴서 읽어 주며 현재 너는 이러저러한 정념에 빠져 있는 상태라고 놀리며 논다. 아내는 내 직장 생활의 모든 것을 알 수 없고, 나도 아내의 문탁네트워크 생활의 모든 것을 알 수 없다. 뭐랄까, 서로가 하는 말을 들어 주는 척하고는 있지만 각자의 이야기만을 하고 있는 심야토론이나 백분토론의 느낌이다. 우리는 심야의 소소한 술자리로 서로의 삶을 공유한다고 생각하고 있지만, 사실 그냥 술을 좋아해서 매일 밤 취한다. 서로 친한 척 재미있게 놀기도 하고, 과음 후 멱살 잡고 두드려 패고 맞으며 싸우기도 한다. 다음 날 잘 기억이 나지는 않지만 잘못한 것 같아 서로 사과하기도 하고 싸움과 냉전이 일주일 이상 계속되기도 한다. 건강을 위해 금주를 하고 차를 마셨던 적이 있는데, 술자리의 재미와 다툼이 없어져서 조금은 심심했다. 차를 마시니 싸울 일도 없었다. 이때의 경험 때문일까? 최근에는 술을 먹고 전처럼 격렬하게 싸우지 않는다. 즐겁게 이야기 나누고 음악을 듣는다.

무언가 함께해 보려고 결혼하고 부부가 되었는데 10년이 지나고 보니 함께하는 일은 별로 없다. 우리는 이제 정말 무엇을 함께할 수 있을까? 아내가 좋아하는 탱고? 내가 좋아하는 여행? 내가 처음 아내를 만나고 결혼해 남편이 되면서 생각했던 '함께'란 무엇이었을까? 그리고 10년간 결혼 생활을 한 지금 우리는 '함께' 무엇을 했고 앞으로 '함께' 무엇을 할 수 있을까?

어쩌다 보니 결혼

서른 살이 넘어 내 인생은 이제 다 끝났다며 김광석의 '서른 즈음에'와 전인권의 '그것만이 내 세상'을 목 놓아 부르며 울고 있었다. 그 무렵 아내를 만났다. 새로 출강하게 된 학원에서 배꼽티와 스키니진을 입고, 하이힐을 또각거리며 자신감 있게 복도를 걸어가던 아내의 모습이 10년도 훨씬 지난 일인데 선명하다. 뭐라고 정확히 묘사하기는 어렵지만 턱을 약간 들고 '비틀비틀'일 수도 있고, '엉덩이를 흔들며'일 수도 있는 자세로 걸어가던 서른 살 갓 넘은 아내의 모습에 호감을 느꼈다. 일주일에 두 번 수업을 하러 가는 학원이었지만, 다른 학원 수업이 끝나면 지금의 아내인 '이 선생'이 있는 학원으로 달려가 재미없는 농담을 던지며 어떻게 한번 썸을 타 볼까 기회를 엿보고 있었다. 이 선생은 내가 던진 밑밥인 농담들에 관심과 반응을 보였다. 함께 소주나 한잔하자고 나에게 제안했다. 난 밀당을 시도했다. 모의고사 출제 마감을 앞두고 있어 힘들다고 튕겼다. 그러면서 소개팅을 시켜 주겠다느니, 그쪽 친구들과 내 친구들과의 3:3 미팅을 하자는 둥 또 밑밥을 던졌다.

결국 서로 처음 얼굴을 보고 한 달쯤 지났을 때 소주에 주꾸미와 꼼장어를 먹으며 '오늘부터 1일'이 시작되었다. 내숭 없이 솔직하고 자유분방하면서도 대화에 재치와 애교가 넘치는(참고로 아내는 술을 먹으면 말할 때 혀보다는 코를 쓴다) 모습에 반해 버렸다. 이때만 해도 결혼을 생각하지 않았다. 무엇을 함께 '하기'보다는 그냥 함께 '있으면' 좋은 여자친구였다. 1년 정도 만난 후 큰 결심이나 각오 없이 결혼을 하기로 했다. 서른 살 넘은 남녀가 1년 이상 만나면서 결혼에 이르는 것이 자연스럽게 여겨지기도 했고, 아내가 가지고 있는 털털한 성격과 소박한 꿈이 좋았다. 한창 연애를 하던 시절 아내의 집에 놀러 가서 본 아내의 방은 내가 본 최고의 무질서가 구현된 곳이었다. 바닥에 벗어 놓은 청바지들은 여러 마리 뱀이 벗어 놓은 허물처럼 방 안 곳곳에 뚜리를 틀고 있었다. 화장대 위에는 화장품들이 뒹굴고 있었다. 그래 이런 털털함이라면 청소를 싫어하고 게으른 나와 살아도 별 문제가 없겠구나, 생각했다. 인천에서 나고 자란 아내는 결혼을 하며 서울 남자를 만나 고향을 떠나는 것이 꿈이었다. 연애 시절 아내는 결혼을 위한 두 가지 귀여운 조건으로 서울에 살 것과 냉장고에 맥주 여섯 캔을 항상 대기시킬 것을 요구했다. 이런 소박한 사람이라면 함께 살 수 있겠다는 생각이 들었고 나와의 결혼 생활에 의문을 품는 아내를 이리 저리 꾀어 결국 결혼하게 되었다. 그냥 함께 '있으면' 좋을 거란 막연한 생각에.

페미니스트가 되고 싶은 가부장

큰 결심과 각오를 하지 않은 채 남편이 되었지만 스스로가 잘났다고 생각하며 근거 없는 자신감에 차 있던 나는 결혼을 하게 되자 대안적인 가족을 이루고 살 수 있을 것이라고 스스로에 대해 착각했다. 대학 시절 총여학생회장이었던 페미니스트 여친을 따라다니며 여성학 세미나 몇 번 했다고 스스로를 페미니스트라 착각하며 살았고, 양성평등을 구현하는 이상적인 부부의 모습을 만들 수 있다고 생각했다. 하지만 결혼을 하기로 결심하고 준비하는 과정에서부터 나의 이러한 생각은 아주 순진한 착각에 불과하다는 것을 알았다. 나는 사회의 기존 관습을 거부하지 못하는 존재로 가부장적 질서에 매우 충실한 인간이었다. 앞에서 말했듯 전형적인 경상도 대가족 안에서 어린 시절을 보낸 나는 가부장적 남성의 역할을 내면화하고 있었고, 그건 몇 권의 책을 읽고 글을 끼적거린다고 사라지는 것이 아니었다. 결혼 후 180도 바뀌어 무질서의 아름다움을 추구하던 결혼 전의 자신을 버리고 정리청소 대마왕이 되어 버린 아내와 '어느 정도 더러워진 시점에 청소를 할 것인가?'를 논쟁한 것은 아내와의 본격적인 다툼 전 몸풀기에 불과했다. 지난 30년간 다르게 살아왔던 서로의 방식이 충돌하는 다툼은 격렬하게 이어졌다.

할아버지가 일찍 돌아가시고 가장 역할을 수행하며 동생들을 결혼시킨 아버지는 근엄한 가부장의 모습을 항상 보였다. 삼촌들과 고모들도 아버지의 지시라면 군소리 없이 따랐다. 명절이 되면 세 명의 삼촌들은 처가에도 가지 않고 3~4일간 우리 집에 머무르며 즐겼다. 명절 전날 모여 전야제를 한 후, 명절 당일 아침 일찍 남성들을 중심으로 당숙 댁과 재종숙 댁 순회를 마치고 열 시 전후로 할아버지의 차례를 모신다. 점심을 먹고 나면 술상이 차려지고 저녁 때까지 계속 이어진다. 고모가 저녁 늦게 도착하면 또다시 술상이 차려지고, 다음 날 아침에도 손님이 오면 또 술상이 차려지는 무한 술상 반복이 이어진다. 어서 마치고 집에 가서 부모님과 형제들의 얼굴을 뵙고 싶은 숙모님들의 마음은 아무도 챙기지 않았던 것 같다. 어머니도 서울로 이사 온 후 10여 년 가까이 친정에 가 보지 못했었다. 어머니는 명절이 다가오면 집에 있는 이불을 다 꺼내 세탁하고, 스무 명가량 되는 식구들 먹일 음식을 장만하느라 정신이 없었다. 사실 어릴 때는 그냥 집에 사람들이 많이 와서 북적거리는 상황이 용돈도 많이 받고 흥청망청한 기분에 마냥 좋았다. 이런 상황에서 '장남인 아버지의 장남'이라는 타이틀로 여러 가지 특별대우를 받으며 자랐다. 지금도 농담처럼 이야기하지만 난 사촌동생들과 겸상하지 않고 어렸을 때부터 성인 남성들이 모여 밥을 먹는 곳에 한자리를 차지했다. 몇 년 전부터 이러한 나의 역할에서 벗어나려 하고 있지만, 내 마음속에는 난 장남이고, 최소한 사촌들까지는 내가 책임져야 한다는 말도 안 되는 생각이 자리 잡고 있었다.

장남이 아니라 아빠가 되어야 하는데

나와 다른 경험을 하며 살아온 아내는 나의 이러한 생각을 이해하지 못했다. 부모님과 동생을 넘어서서 사촌들까지 내가 책임져야 할 가족이라 생각하고 있던 나는, 없는 돈에도 집안에 일이 생기면 흥청망청 돈을 쓰며 과시하고 싶었다. '깔끔하게 모든 문제를 단번에 해결하는 가부장'이 멋있다고 생각했었다. 내가 과시적 행동을 하려고 할 때마다 아내는 이해가 되지 않는다며 '가족―나, 너, 아들'을 생각하라고 했고, 나는 내가 지금까지 얼마나 많은 것들을 받았는지 아냐고 되물으면서 '가족―할머니부터 아들까지 4대에 걸친 모두들'을 위해서 무엇인가를 하려는 내 모습을 이해 못하는 아내를 속으로 답답하게 생각했다.

나의 결정적인 오버액션은 아버지가 돌아가시고 난 뒤였다. 아버지가 돌아가셨으니 이제 내가 그 역할을 해야겠다고 생각했다. 아내와 자세하게 상의하지도 않고 사촌들까지 모두 우리 집에 불러 명절을 쇠겠다고 선언했다. 난 당연히 그래야 한다고 생각했으니까. 지금 돌이켜 생각해 보면 아내의 황당함이 이해된다. 나에겐 30년 넘게 함께한 역사가 있는 삼촌들과 사촌들이지만 아내에게 그들은 나 때문에 관계를 맺게 된 낯선 사람들일 뿐이다. 함께 '있으면' 좋을 것 같다고 생각해 결혼했으면서, 그건 까맣게 잊고 어린 시절부터 켜켜이 쌓인 나의 경험을 함께 '하자고' 강요하고 있었다. 같이할 수 있는 성격의 일이 아니었다. 나만의 생각으로 당연히 그래야만 한다고 어이없는 일을 아내에게 시켰다. 게다가 어머니는 '장남'과 '맏며느리'에 대한 큰 기대를 가지고 계셨던 것 같다. 고부관계는 원만하지 못한 방향으로 흘러가게 되었고, 여기에 애매한 태도를 보이며 가부장이 되어야 한다고 생각하던 나의 태도로 인해 아내와 나의 관계도 마찬가지로 원만하지 못했다. 아내와 나의 의사소통방식 차이는 다툼을 극단의 상황으로 치닫게 했다.

싸움은 화끈하게

아내와 나는 대화의 방식이 서로 다르다. 아내는 매우 솔직하고 직설적이다. 가끔 욕을 하기도 하고, 감정이 북받치면 소리 내어 우는 경우도 많다. 나의 잘못된 지점도 정확하게 집어내고 말해 준다. 시간이 지나면서 결혼 전과는 다르게 점점 그 강도가 강해진다. 결혼 후 가족 문제를 이야기하다가 아내에게 처음으로 욕을 배부르게 먹고 나를 향해 날아오는 안주가 담긴 그릇을 가까스로 피했을 때(지금 생각해 보면 욕먹을 만한 짓거리를 하긴 했다) 많이 당황스러웠다. 30분 만에 돌아오기는 했지만 아내의 행동에 대한 충격에 휩싸여, 자고 있던 어린 아들을 안고 가출을 시도했었다. 하지만 아내에게 뒤끝은 없다. 자신이 잘못한 일은 깔끔하게 인정한다. 내가 잘못을 인정하고 진심으로 사과하면 따뜻하게 이해해 준다.

　나는 아내와의 관계에서 감정의 동기화가 잘 되지 않는다. 좋아도 싫어도 감정 표현을 적극적으로 하지 못한다. 특히 싫다는 감정을 정확하게 드러내는 일이 어렵다. 그렇다고 감정을 계속 억누르고 있는 것도 아니다. 쌓아 두었던 감정을 맥락 없이 갑자기 아무런 관계도 없는 시점에 한꺼번에 분출한다. 난 뒤끝이 있는 사람이라 아내와 싸운 일이 있을 때 감정이 상하면 드러내 놓고 이야기하지 않고, 폰 메모장에 간략하게 적어 둔다. 얼마 전 폰을 동기화하지 않고 있다가 분실해 복구할 수는 없지만 가끔 아내가 술에 취해 감정을 상하는 말을 할 때는 녹음을 하거나 영상을 찍어 놓기도 했다. 감정을 스스로 제어하지도 못하고 해결하지도 못한 채 쌓아 두고만 있다가 갑자기 쏟아 놓으니 아내도 많이 당황스럽고 답답할 것이다. 아내가 별다른 이야기도 아닌데 조금 톤을 높여 이야기했다고 캐리어에 짐을 싸서 아들에게 "아빠 이제 집에 안 들어온다!" 한마디를 남기고 2박 3일 동안 가출해 호텔에서 출퇴근한 적도 있다.

　계속 다툼이 이어지며 이제 아내와 같이 못 살겠다고 생각했다. 하지만 아내 다음으로 나를 잘 아는 20년 지기를 불러 한탄하던 중 깨달음을 얻었다. 이러저러해 고부관계도 좋지 않고, 나도 처신하기 힘들고, 아내도 힘들다고, 소주 병나발을 불고 있는 나에게 친구는 이렇게 말해 주었다. "네가 왜 아내를 결혼 상대로 결정했는지 생각해 봐. 고분고분 말 잘 듣는 현모양처를 바란 것이 아니잖아. 자유분방하고 주체적인 모습을 좋아해서 결혼한 거 아니야? 이제 와서 가부장제에 순응적인 아내를 바라는 건 모순이다." 아, 그래. 난 리버럴하고 솔직한 아내의 모습과 함께하기 위해서 결혼했었다. 그런데 이제는 내 안의 가부장성을 이해해 주길 바라고 있다니. 친구의 지적처럼 난 모순 덩어리였다.

나를 드러내는 것이 이해의 시작

아내의 직설적 화법을 쿨하게 인정하는 척하지만 사실은 아직도 적응이 잘 되지 않는다. 어느 날은 혼자 아무 말 없이 아내가 나에게 어떠한 유형의 말을 하는지 속으로 세어 본 일도 있다. 질책과 지시가 90% 이상이었다. 회사에서 일어났던 억울한 일을 이야기하면 콕 집어서 내가 잘못한 부분을 질책한다. 매우 속이 상하고 가끔은 속에서 천불이 날 때도 있다. "남편! 힘들어도 난 당신을 믿어!"라고 한마디 하는 게 그렇게 어려울까? 나이가 들어 가면서 감정을 다스릴 줄 알아야 하는데, 아내와의 관계뿐만 아니라 다른 관계에서도 아직 감정 조절은 미숙하다. 오죽하면 내 안의 '화'를 잠재우고자 모두를 용서하는 마음에서 『용서에 대하여』라는 책을 사 보기까지 했겠는가. 문제는 내 안에 있는데 실질적인 관계 속에서 해결하려 하지 않고 누군가가 쓴 책에서 답을 찾으려는 어리석음이여! 그래서 잘 되지는 않지만 요새는 나도 가끔 아내의 잘못을 콕콕 질책하기도 하고, 장난스럽게 목소리를 높이기도 한다. 한의원 원장님이 진맥 후 나에게 꼭 필요한 처방이라고 알려 준 노래방에서 노래 크게 틀어 놓고 마음껏 욕하고 소리치기도 해보려 한다.

이렇게 이야기를 하고 보니 아내가 무슨 욕쟁이 할머니 같다. 하지만 나는 아내의 속마음에 여러 명의 아내들이 모여 다투고 있을 것이라 생각한다. 아내는 가부장적인 권력 행사를 부당하다고 느끼면서도 명절에 친척들이 모이면 무엇을 해 먹일까 고민한다. 가부장적 가족구조에 매몰되어 있는 남편을 보며 화가 솟구치다가도 불쌍하다는 마음에 나에게 위로의 말을 던지기도 한다. 가사노동을 싫어하지만 한편으로는 남편의 아침식사를 챙겨 주려는 전통적인 주부의 마음도 있다.

내 속마음에도 여러 명의 내가 다투고 있다. 명절에 친척들을 불러 모아야겠다는 생각을 하면서도 평소에 잘 못 보고 멀리 떨어져 지내는 사촌동생들을 불러 봐야 모두가 부담만 되겠다는 현실적인 생각도 해본다. 예전과는 달리 아내의 언성이 높아질 때 메모와 녹음을 하지 않고 내 목소리를 크게 해보거나 아내의 감정을 이해하려는 마음도 있다. 곤히 잠자는 아내를 깨우지 않고 조심스레 다림질을 하고 도시락을 싸서 출근하는 나와, 아들을 포함한 모든 가족들을 깨워 아침 출근인사를 받고 싶은 생각을 가진 나도 마음속에 함께 있다. 아내도 나도 양극단적인 생각 가운데 어딘가를 헤매고 있을 것이다. 결국 아내와 나 '우리'가 함께할 수 있는 것은 무엇일까? 식상한 말이지만 초심을 살려 상대방과 그냥 함께 '있는 것'을 목표로 해야 하지 않을까? '내가 너한테 어떻게 해줬는데'라고 소리치는 교환관계에서 벗어나, 무언가를 바라지 말고, 있는 존재 그대로를 인정하면서 사는 것이 최선이라 생각한다. 결혼 생활 중 절반을 무엇인가를 함께 '해야' 한다는 생각에 매몰되어 내 생각을 강요하고 치고받고 싸웠다. 완벽하지는 않겠지만 양극단 가운데 어디인가를 함께 헤매고 있는 서로의 마음을 인정하고 읽어 줄 수 있는 존재가 된다면 아내와 나는 불완전한 불혹을 지나 서로의 존재를 뒷배로 여기며 사는 지천명을 맞을 수 있겠지. 앞으로 함께 사는 동안 아내에게 욕심 내지 말고 욕도 먹고 때로는 두드려 맞으면서 그냥 함께 '있는' 것으로 만족하며 살고자 한다.

5.
아들을 위해,
하지만 아빠인 나를 위한

난 매우 이기적인 사람이다. 타인을 진심으로 배려하는 것이 힘들다. 내 일신의 편안함과 이익이 무엇보다 먼저다. 이타적인 척하면서 남을 도우려 하지만, 속마음에서는 '찌질한' 계산을 하고 있다. 내가 이만큼 했으니 저 사람에게 이러저러한 보답이 돌아올 것이라고 기대한다. 아니면 저 사람은 과거에 나를 많이 도와주었는데, 이에 상응하는 보답은 어느 정도가 적당할까를 고민한다. 술자리에서 호탕하게 '내가 쏜다!'고 이야기하지만, 속으로는 돈 계산을 하는 '나'란 사람은 참 저급하면서도 없어 보이게 이기적이다.

마음의 준비를 하지 못하고 갑자기 아빠가 되었지만, 아이를 처음 품에 안았을 때의 벅차오르던 감정은 아직도 잊을 수가 없다. 나도 모르게 눈물을 흘렸고, 이 아이가 아름답게 클 수 있도록 '아비'의 역할을 다해야겠다고 다짐했다. 이기적인 나의 모습은 사라진 듯했다. 아이의 건강을 위해 10여 년 넘게 피우던 담배도(지금은 다시 피우지만) 끊었었다. 아이의 탄생을 기념하기 위해 당일 발행된 주요 신문과 주간 시사잡지를 사 모았다. 육아 서적들도 열심히 읽었다. 아이를 안고 '우리 아들~'이란 말을 달고 살았다. 또 나를 희생(?)해서 아이에게 무엇인가를 해주고 싶은 마음이 드는 걸 보면 소위 '부성'이라는 것이 사전적 의미처럼 강력한 '본성'이라 생각이 들기도 한다. 하지만 아이에 대해서도 이렇게 생각하면 안 될 텐데, 라는 생각이 들 정도로 내 한 몸의 편안함을 생각하기도 한다. 아이와 함께 있는 것이 너무나 행복했지만, 한편으로는 아이와 노는 일이 힘들고 귀찮을 때도 자주 있었다.

아이와 함께하는 시간이 부담과 귀찮음으로 다가올 때는 자괴감을 느끼기도 한다. 많은 사람들이 자신이 낳은 아이를 위해 자신을 희생하면서 살아가는데, 나는 왜 '나'만을 생각하며 살고 있을까? 표준 대국어사전의 정의처럼 '남성이 아버지로서 가지는 정신적·육체적 성질. 또는 그런 본능'인 부성을 가지지 못한 내가 많이 부족해 보였다. 내 아버지는 그렇지 않았던 것 같기도 한데. 하지만 내 아버지와 나의 관계, 나와 내 아들의 관계를 다시 한번 되돌아보니 결론적으로는 아버지와 내가 크게 다르지 않았다.

아버지와 단둘이서, 처음이자 마지막 여행

때는 1994년 여름방학, 김일성이 사망했고, 기록적인 폭염이 기승을 부리고 있었다. 고3이었던 나는 단과학원 새벽반에 갔다가, 학교 보충수업을 듣고, 저녁에 독서실을 다니며 열심히 공부하는 척하고 있었다. 주말 아침을 먹던 중 아버지는 대뜸 "짐 싸라!" 한마디를 하셨다. 더운데 공부해 봐야 잘 되지도 않는다고 말씀하시며, 어색하게도 처음으로 부자끼리만, 일정도 확실하지 않은 강원도 여행을 가자고 하셨다. 아, 이런 오늘 오후에 독서실 땡땡이 치고 친구들과 잠실야구장 가려고 했는데 망했다. 어쩔 수 없이 아버지를 따라 나섰다. 아버지와 춘천 닭갈비로 시작해 소양강, 청평사, 홍천, 인제, 오색약수, 양양, 강릉을 거쳐 집으로 돌아오는 한 편의 로드무비를 찍었다. 집으로 돌아와서는 마무리로 몸보신하라며 비싼 개고기 수육까지 사 주셨다.

사실 아버지와의 여행은 많이 불편했다. 둘이 무엇을 함께해 본 적이 없었기 때문에 둘이 함께 터미널에서 버스를 타고 가면서 대화다운 대화를 하지 않았다. 〈개그 콘서트〉의 경상도 부자가 나오는 코너처럼, '가자', '타자', '내리자', '밥 먹자' 등 3음절 이내의 짧은 질문 내지 지시와 '네'라는 1음절 답변만 계속되었다. 하지만 3박 4일 내내 썰렁하게 지내지는 않았다. 첫날 저녁 소양호 청평사 부근 민박집의 간이 샤워장에서 "여름엔 겨드랑이를 잘 씻어야 냄새가 나지 않는다. 이제 대학 가면 여자친구도 만나야 하니 항상 깨끗하게 잘 씻어라" 하시며 손수 비누칠을 벅벅 해주신 장면은 아직도 생생하다. 성수기라 이동할 때 버스에 자리가 없는 경우도 많았는데 다리가 불편하시면서도 자꾸 나에게 자리를 양보해 주시던 기억도 난다. 심지어 양양 산골에서는 체력을 위해 먹어야 한다며 사냥꾼이 밀렵한 노루피를 술에 타서 주시기도 했다.

아버지는 나를 왜 강원도로 3박 4일간이나 데려갔을까? 별다르게 애틋한 부자 사이도 아니었는데 말이다. 수험 생활에 지친 아들을 위로하고 힘내라고 이야기해 주고 싶은 마음이었을까? 그전까지는 아들의 성적표에도 별 관심이 없었는데, 왜 갑자기 여행을 데려가고 싶은 마음이 생겼을까? 내가 아빠가 되기 전까지는 아버지의 마음을 이해하지 못했었다. 아이가 태어나고 산부인과에 있으면서, '아버지도 나를 얻었을 때 이런 기분이 들었겠구나'라는 생각에 아버지의 마음을 조금이나마 알 수 있었다. 자신의 생물학적 자손인 아이를 위해서 무엇이라도 해주고 싶은 사전적 의미의 '부성'을 아버지는 발휘했고, 아들을 낳은 나도 아들에게 좋은 것들을 해주고 싶은 '부성'을 발휘하려 했다.

첼로와 수학 사이

아이는 초등학교에 입학한 후, 학교는 일찍 끝나고 방과후 공동육아는 주 3일 격일로 운영해 심심해했다. 방과후에 무엇을 할지 같이 고민해 보기로 했다. 내가 아이에게 제안한 것은 '첼로'였다. 멋있지 않은가? 덩치 큰 남성이 굵직한 소리를 내는 악기를 부여안고 눈을 감은 채 연주하는 모습. 바이올린처럼 많은 사람들이 연주하는 악기도 아니고, 소리도 경박하지 않다. 흠, 완전 멋있어 보이는군. 지금까지 아이는 내가 추천해 주는 것을 크게 거부하지 않았기에, 내 제안을 흔쾌히 받아들여 멋있는 첼로 연주를 배우리라 생각했다. 그러나 이는 나의 착각. 아이는 애매한 표정을 하더니 첼로는 여자애들이나 하는 것이라며 거부했다. 이런! 충격 두 가지. 먼저, 비싼 돈을 들여 '고급' 문화 취향을 만들어 주겠다는데 거부하다니. 하나 더, 집에서 최대한 성차별적 발언과 행동을 안 하려 애썼는데 아이가 어떻게 성별에 따른 이미지 구별을 배웠을까?

어쨌건 이런 생각은 접어 두고 아이의 이야기를 들어 보자는 생각에 그럼 배우고 싶은 것은 따로 있냐고 물어봤다. 아이의 대답은 기대와 달리 "수학학원에 보내 주세요"였다. 아, 이런 젠장! 고급진 취미 첼로를 가르쳐 주겠다고 했는데 아이는 정말 없어 보이게도 수학을 가르쳐 달라고 한다. 초등학교 1학년이 수학학원에 가서 배울 게 뭐가 있나. 아이에게 이유를 물어보니 '수학을 잘해서 우등생이 되고 싶다'는 간단명료한 답변이 돌아왔다. 마음을 차분하게 가다듬고 아이에게 '수학은 학교 수업 시간에 배우면 된단다. 그딴 걸 학원에서까지 배울 필요는 없어'라고 말해 주었다. 아이는 이해가 안 된다는 표정을 지었다. 학원에 가서 공부하는 다른 친구들이 부러웠나 보다. 아이는 가끔 친구들 집에 놀러 갔다 와서 학원에 가기 싫다고 투정 부리는 친구들이 한심스럽다고 이야기한 적이 있다. 아! 이런 마음은 나중에 커서 가져야지. 초등학생은 학원을 보낸다 해도 가기 싫다 해야 하는 것 아닌가? 아마도 만고불변의 진리인 지랄총량의 법칙에 따르면, 분명 나중에 커서는 부모와 사회가 하라는 대로 하지 않고 엇나가는 지랄 같은 삶을 살리라. 결국 수학학원을 보내는 최악의 불상사를 막기 위해 나는 첼로 제안을 철회했고, 피아노를 배우는 것으로 적당하게 타협했다. 타협과 함께 한번 배우면 3년 이상 계속해 완전히 숙달해야 한다는 조건도 달았다. 만약 3년 이내에 그만두면 다른 것을 배우는 일은 앞으로 없을 것이라는 협박도 함께 했다.

아빠의 욕망

나는 아이의 요구를 어처구니가 없다며 쓸데없는 일로 무시해 버리고 내가 생각하는 '좋은 일'을 아이에게 강요했다. 나는 왜 아이에게 첼로를 강요했을까? 정말 아이를 '위한' 일이었을까? 나름대로 아이에게 좋은 길을 제시해 주고 싶었고, 교양을 지닌 멋있는 아이로 키우고 싶은 바람이 있어서 결연한 마음에 없는 돈에 최대한 아이에게 투자하려 했었다. 아버지로서 아이가 잘 성장하기를 바라는 본능인

'부성'을 극대화해 표출한 것이다.

사전적 정의의 '부성'에 충실한 나의 행동을 비난하기 어렵다. 하지만 아이가 교양인으로 자라기를 바라는 마음은 정말 아이를 위한 것이었을까? 그렇지 않다는 생각이 든다. 결국 아이에게 무엇인가 시키고자 하는 마음은 아들을 위해서가 아닌 나 자신의 부족함과 열등감을 채우기 위한 것이었다. 빈약한 문화자본 속에서 자라 다룰 줄 아는 악기도 대학 시절 학생회실에서 뚱땅거리던 기타밖에 없고, 문학적인 감수성도 제로에 수렴하는, 하지만 항상 풍부한 문화적 감수성을 가지고 싶은 열등감이 가득 차 있었다. 난 아이가 열등감을 극복하고 싶은 내 욕망을 대신 이뤄 주기를 바라고 있었다. '아, 그 집 아이는 첼로를 하는구나'라는 부러운 시선을 받아 보고 싶은, 아이를 '위한다'고 말하고 있지만 결국은 나를 위한 행동이었다.

아마도 1994년의 아버지도 나처럼 자신의 채워지지 못한 욕망을 나에게 투영했으리라는 생각이 든다. 앞서 이야기했지만, 아버지는 할아버지의 오랜 병환으로 대학 공부를 마치지 못하고 고향에 돌아와 지내야 했다. 자신의 과거 처지에 대한 울분과 아쉬움을 항상 가지고 있었고, 아마도 당신의 자식만큼은 무난하게 대학에 입학해 졸업하기를 바라고 계셨으리라. 사춘기가 지난 아들을 데리고 강원도를 돌아다니며 아버지도 별 재미가 없었을 것이다. 지금의 내 모습에 비추어 볼 때 아버지도 자기를 희생하고 아버지로서 아들을 '위한' 역할에 충실해야 한다고 생각하셨을 테고, 하지만 그것은 결론적으로 자기 자신을 위한 것이었다.

엄격한 아빠

아내와 나는 생각이 다른 많은 부분에서 격렬하게 싸우며 결혼 생활을 해왔다. 하지만 의견이 일치하는 분야 중 하나가 자녀 양육 방식이다. 간단하게 정리하면 '주체성'과 '엄격함'이다. 이유식이 어느 정도 끝나고 돌 무렵부터 밥을 스스로 먹도록 했다. 온 식탁에 음식물이 너저분하게 날아다녔지만 떠먹여 주지 않았다. 정해 놓은 일정 시간에 다 먹지 않으면 밥상을 치워 버렸다. 다행히 아이는 먹기를 좋아하는 성향을 타고나서 그런지 부모의 양육 방식에 잘 따라 주면서 스스로 식사를 해결했다. 좀 과한 측면도 있다. 세 살 정도였을 때 목욕탕에서 장난을 치던 아이를 심하게 체벌한 적이 있다. 숫자에 관심을 보이며, 체중계에 계속 오르락내리락 했다. 두 번의 경고 후 엉덩이를 내 손바닥으로 세게 때렸다. 우는 아이에게 뭘 잘했다고 울고 있냐며, 빨리 가서 옷 입으라고 소리쳤지만, 엉덩이에 난 선명한 손자국 두 개는 아직도 잊히지 않는다. 마음이 아파서 그 이후로 물리적 체벌은 절대 하지 않는다. 비슷한 시기 쇼핑몰에서 레고를 사 달라며 드러누운 아이를 내버려 둔 채 아내와 나는 다른 곳으로 쇼핑을 하러 갔다. 다행히 칭찬과 인정을 받고 싶은 욕구가 강한 아이는 부모가 안 된다고 단호하게 이야기하면, 더 이상 보채지 않고 별 반항과 불만 없이(아들은 그렇지 않은데, 아빠와 엄마만 그렇게 생각하는지도 모른다) 잘 따라 주고 있다. 최근 다른 아이들은 엄마와 아빠에게 반말을 하는데 자기도 그러면 안 되냐고 물어본 적이 있었다. 단호하게 '너가 성인이 될 때까지 밥해 주고 보호해 주는 나는 너에게 존중받을 자격이 있다고 생각한다'며 존대를 요구했다.

나는 아이에게 왜 주체성을 강조하고 엄격한 태도를 취하고 있을까? 아이가 한 사람의 올바른 사회 구성원이 되기 바라는 '부성'의 발현이라 볼 수도 있다. 하지만 첼로를 가르치려던 나, 강원도 여행을 시켜 주시던 아버지의 모습처럼 결국은 모두 '나'를 위한 것이다. 미시적으로는 육체적 편안함을 위해서, 더 나아가 밥을 들고 쫓아다니면서 떠먹이거나, 공공장소에서 소란을 피우는 아이를 방치하거나, 장난감을 사 달라고 떼쓰는 아이의 요구를 받아 주는 개념 없는 부모가 되기 싫었기 때문에 엄격한 아빠가 되었다. 친구들과 이야기해 보면 '아이와 소통하고 친구처럼 지내며 원하는 것을 잘 들어주어야 한다', '아이가 하고 싶은 것을 충분히 뒷받침해 주지 않으면 나중에 원망을 듣는다'는 소리를 많이 듣게 된다. 그렇다면 나는 아이가 '훌륭한 인재'로 성장하기 위해, 그리고 미래의 '아름답고', '화목한' 가족 관계를 위해 물심양면 뒷받침하는 아빠의 임무를 열심히 수행해야 하는 걸까? 앞으로 어떻게 될지 모르겠지만, 그러고 싶은 마음이 현재로는 없다. 나 자신을 포함한 인간은 자신 스스로보다는 외부에서 문제의 원인을 찾는다. 내 아이가 자라서 성인군자가 되지 않는 이상 원망은 필연적으로 들을 수밖에 없다. 내가 아이와 친구처럼 지내거나 충분히 그의 욕망을 뒷받침하는 것과는 별개의 문제로 아이는 어느 순간 나를 넘어서고 극복하려 할 것이다. 그전까지는 아이의 눈치를 보기보다는 차라리 엄격한 아빠의 모습이 나와 아이의 관계에서 더 좋을 것이다. 너무 아이와 가까우면 아이가 나를 넘어서지 않고 아스팔트의 껌처럼 붙어 있으려 하지 않을까?

미완의 문제─나와 아이가 가진 욕망의 정체

나를 포함한 아빠들은 아이와 '놀아 준다'는 표현을 많이 쓴다. 난 이 말이 매우 거북하다. 같이 놀아야지 왜 같이 놀아 주는 걸까? 놀아 준다는 말의 이면에는 하기 싫은 일이지만 아빠의 역할을 다하기 위해 어쩔 수 없이 한다는 의미가 내포되어 있다. 심지어 아빠들은 자신의 '부성'을 사회적 기준에 맞추기 위해 놀아 주는 방법을 알려 주는 책을 읽기도 한다. 무슨 의미가 있을까? 아이의 '정상적인 성장'을 위해 의무적으로 아이와 놀아 주는 것이 과연 아이와 아빠 모두의 삶에 도움이 될 수 있을까? 사회적으로 형성된 '아버지 상'을 자신이 추구해야 할 이상이라 생각하는 일은 너무도 허무하지 않은가?

하지만 본능적인 '부성'에서 벗어나 '나를 위해 살겠다'는 나도 다른 아빠들과 별로 다르지 않다. 나를 위한다고 했을 때의 이상도 결국은 사회적 기준에 따르고 있기 때문이다. 문화적 열등감의 기준은 내가 만든 것이 아니다. 클래식 음악이 대중문화보다 우월하다는 사회적 기준을 철저하게 학습하고 내면화한 결과다. 엄격하고 단호한 부모의 모습도 내가 만든 것이 아니다. 어떤 유형의 부모가 사회적 비난을 받는지 알고, 그것을 따르지 않으려는 것뿐이다.

마찬가지로 공부를 열심히 해보겠다며 수학학원에 보내 달라는 아이의 바람도 학교 공부를 더 잘해 우등생으로 인정받고 싶은 마음에서 비롯된 것으로 비난할 것은 아니다. 하지만 아이는 정말 자신의 욕구가 무엇인지 알고 있을까? 아직은 어렵겠지만, 사회가 만들어 놓은 기준에서 벗어나 재미있게 자신의 욕망을 추구하는 모습이 좋은 삶이다. 정해진 기준을 따르는 것은 편하기야 하겠지만, 재미는 포기해야 한다.

나와 아들 모두 '나를 위해' 살아야 한다. 하지만 '나를 위한' 것이 결코 사회가 정해 놓은 하나의 방향성을 따라가는 것이어서는 안 된다. 무엇이 '나'를 위한 것일까? 결코 쉬운 질문이 아니다. 나, 아내, 아이 모두가 함께이면서도 각자 당당한 삶을 살기 위해서는 이 질문이 해결되어야만 한다. 앞으로의 10년은 이 질문에 대한 답을 찾아가는 과정이 되지 않을까?

6.
유해업종에서 일하며
유용함 찾기

나는 입시학원에서 재수생들을 가르치고 있다. 학원 강사로 일하며 인생의 3분의 1 이상을 보냈지만, 시작부터 지금까지 계속 탈출만을 생각했다. 그러니 이 분야에서 열심히 노력해 최고가 되겠다거나 이 일을 나의 천직으로 생각하는 소위 소명의식이라는 것도 있을 리가 없다. 꾸역꾸역 주어진 수업을 문제없이 하자는 생각으로 지낼 뿐이다. 그렇다고 일을 대충 하는 것은 아니다. 효율적인 내용 전달과 재미있는 수업 방식에 대한 고민은 끝이 없다. 하고 싶어서 선택한 일은 아니었지만 대충 하고 싶지는 않았기 때문에 생기는 묘한 내적 불일치로 인해 일상이 즐겁지 않았다. 나에게 주어진 현실에 불만이 가득한 모습으로 지내다 보니 '일'을 통한 재미는 없었고, 매일 밤 스트레스를 핑계로 술만 퍼 마셨다. 하지만 만 40세를 넘어가는 시점에, 다양한 만남과 환경의 변화로 인해 직업과 관련한 나의 생각과 태도는 많은 변화를 겪게 되었다.

비 오듯 흐르는 땀

수업에 들어가는 일은 정말 피하고 싶은 일이다. 수업 시간 5분 전이면 가슴이 마구 뛰기 시작한다. 기대되어서가 아니다. 수십 명의 학생들을 상대로 한 시간 동안 수업을 이어 가야 하는 부담 때문이다. 강사 휴게실에 들어가 담배를 한 대 피운다. 도살장에 끌려 가는 소처럼 수업에 들어가기 싫어서 종이 친 후에도 물 한잔 먹고 스트레칭도 해 본다. 수업에 억지로 들어가서 설명을 시작하면 땀이 흐르기 시작한다. 학생들은 이러한 나의 모습을 보고 '열강'하는 것으로 착각하기도 한다. 하지만 나도 모르게 마구 땀이 난다. 1년에 두 번 실시하는 강사 평가에서 학생들은 '땀을 뻘뻘 흘리며 열강하는 모습에 감사해요'라 거나, '선생님의 열정이 멋져요'라고 의견을 적는다. 학생들의 오해다. 난 긴장과 부담 때문에 땀을 흘린다. 50분 동안 수업을 하고 나면 셔츠가 흠뻑 젖는다. 얼굴은 땀투성이가 된다. 셔츠의 가슴 부분은 반달 곰처럼, 양쪽 겨드랑이 부분은 분무기로 물을 뿌려 놓은 것처럼 색깔이 변한다.

처음엔 살이 쪄서 땀을 많이 흘린다고 생각했다. 학생들이 많은 교실에서 수업을 하게 되니 땀을 흘릴 수밖에 없다고 생각했다. 하지만 체중 변화 없이 몇 년 전 어느 순간부터 더 이상 땀을 흘리지 않게 되었다. 신기했다. 그토록 많은 땀을 흘리며 수업을 했었는데 어느 순간 갑자기 신체의 변화가 찾아왔다. 어떻게 나는 신체적 안정을 찾을 수 있었을까? 내 주변 사람들이 나에게 긍정적 기운을 불어넣어 주는 상황이 가장 중요한 요인이었다. 때문에 나의 마음가짐에도 변화가 생겨날 수 있었다. 타고난 재주, 꿈꾸는 이상과 불일치하는 직업을 선택했지만 남들보다 더 잘하고 싶었던 마음을 가지고 있었다. 거의 매일 싸우지만 가장 친한 친구인 아내의 변화와 그로 인해 알게 된 낯선 사람들의 영향이 스스로를 새롭게 보는 계기가 되었고 마음을 바꿔 먹을 수 있게 했다.

강사에게 필요한 재능

강사라는 직업에 요구되는 자질이 나에게는 부족하다. 하나를 알더라도 열을 말할 수 있어야 하는데, 열을 알고 있어도 기껏해야 둘, 셋밖에 전달하지 못한다. 그것도 정리되지 않은 채로. 어떤 이야기든 상관없이 듣는 사람들에게 참 맛깔나고 재미있게 이야기하는 사람들이 있다. 아버지와 삼촌들이 그랬다. 하지만 아쉽게도 나에게는 그런 재능이 없다. 참 재미없게 이야기한다. 재미만 없으면 다행이다. 많은 사람들 앞에서 말하는 일이 항상 두렵다. 긴장되고 떨려서 제대로 이야기하는 것도 힘들다. 아마도 어린 시절부터 겁이 많았던 성격이 쉽게 바뀌지는 않는 듯하다.

TV 예능프로그램에 나와서 말하는 강사들을 보면 두 가지 의미에서 부럽고 대단하다는 생각도 든다. 하나는 타고난 입담으로 좌중을 휘어잡는 능력에 대한 부러움이다. 또 하나는 정말 습자지처럼 얄팍한 지식을 대단한 것인 양, 심지어는 편향되고 오류가 있는 지식조차도 자신 있게 전달하는 무모함이다. 난 타고난 입담을 가지지도 못했고, 항상 내가 전달하는 내용이 과연 정확한 것인지에 대해 의문이 들어서 자신 있게 단정적으로 설명하지 못한다. 모르더라도 정확하게 아는 척을 하며 아이들을 휘어잡아야 할 텐데, 이럴 수도 저럴 수도 있다고 설명하니 먹히겠는가? 소위 '일타강사'가 되지 못한 이유가 여기에 있을 것이다.

그래도 강사 경력이 10년을 넘어선 요 몇 년간 초창기보다는 아이들 앞에서 자연스러운 척 이야기를 풀어 갈 수 있었지만, 학생들에게 내용을 '이해하기 쉽고 재미있게' 전달하는 일은 아직도 어렵다. 이번 시간에 전달해야 할 내용을 다시 한번 연습장에 적어 보고, 머릿속에서 몇 번이고 반복하지만 수업이 끝나고 나면 전달하지 못한 내용을 발견한다. 나조차도 내가 말할 내용에 의문을 가지고 있으니 버벅거림은 어쩔 수 없다. 수업 진행은 10여 년 이상 반복해 왔으니 그나마 나은 편이다. 1년에 한두 번 나를 정말로 곤란하게 하는 일이 생긴다. 몇 년 전 코엑스 대강당에서 입시설명회 연사로 논술전형에 대해 20여 분간 강연한 적이 있었는데 수천 명 사람들 앞에서 이야기를 해야 하는 상황의 아찔함과 긴장감은 아직도 꿈에 나올 정도로 끔찍하다. 하고 싶은 이야기를 매끈하고 자연스럽게 이어서 전달하는 데 실패했고, 그 이후 대형 입시설명회에 나가서 이야기하는 일을 학원에서도 더 이상 나에게 시키지 않고 나도 되도록이면 피하고 있다.

무용한 일을 하고 있는 나

자신이 가진 재능이 직업에 부합하지 않는다고 해도 그 일이 개인과 사회에 긍정적인 영향을 미칠 수 있는 가치 있는 일이라면 다행이겠지만, 학원 강사 일은 평소 내가 가지고 있는 가치, 신념과도 배치되는 일이다. 오로지 돈을 벌기 위해 이 일을 하고 있다. 한국 사회의 학벌주의와 능력주의는 사회를 어지럽히는 두 가지 근본적인 문제점이다. 학벌주의와 능력주의를 바탕으로 사회적 격차의 심화와 경쟁 논리는 정당화된다. 'SKY'라는 선망의 표현에서 '지잡대'라는 혐오에 이르기까지 대학은 촘촘하게 서열화의 구조 속에 있다. 대학진학률이 매우 높은 상태에서 고졸자는 설 자리조차 없다. 시험에서 높은 점수를 받는 것을 최고의 가치로 여기는 왜곡된 '공정함'과 '능력주의'는 격차와 차별을 정당화하는 것을 넘어서서 확대·재생산한다. 내가 종사하는 사교육 분야는 결국 이러한 구조에 기생하며 그것을 공고화하는 역할도 담당하고 있다. 밥벌이는 원래 비루한 것이라 합리화할 수 없을 만큼 내가 하는 일은 세상 그 어떤 일보다도 소모적이고 불필요하며 사회에 해악으로 작용하기도 한다.

점점 많은 사람들이 눈치 채고 있듯 공부를 열심히 해서 대학에 가는 일이 과거와 달리 삶에 큰 도움이 되지 못한다. 최근의 대학은 학생들이 주체적이고 대안적인 모습을 만들어 나가는 것을 용납하지 못한다. 그렇다고 학교에서 시키는 대로 한다고 해서 안정된 미래가 보장되지도 않는다.

1995년에 대학에 들어간 나는 '일탈'을 배웠다. 모범생의 모습에 충실하지 않으면 큰일 날 것 같다는 생각에서 벗어나는 첫 경험을 했었다. 학점을 잘 받는 것을 목표로 하지 않고 철학과 전공 심화 수업 기웃거리기, 전공 시험 답안지에 교수가 연구하고 가르치고 있는 방향성을 공격하는 내용 적기, 학생회가 점거한 대학 본부를 탈환하려는 교직원들과 싸우기 등등 세상이 정해 준 대로 살지 않으려 시도해 본 시기였다. 아직 외환위기 전이라 대충 학교를 다니다 보면 적당히 취직해서 살 수 있겠다는 생각이 있었다. 게다가 함께 학교를 다니던 친구와 선후배들의 전반적인 분위기도 그랬기 때문에 이런 객기 부리기도 가능했다. 현재 거친 일탈의 삶을 살고 있지는 못하다. 그래도 젊은 시절의 일탈은 다양한 삶의 가능성들을 인정하는 자세를 가지게 해주었다는 점에서 삶에 많은 도움을 줬다. 내 앞의 많은 선배들도 지금은 그렇게 살지 못하지만 대학을 다니며 나보다 더 치열하게 소위 '껍데기를 벗는' 경험을 했으리라. 하지만 힘든 재수 생활을 거치고 대학에 입학한 후 나를 찾아 놀러 온 친구들과의 대화에서는 일탈과 저항의 냄새를 전혀 찾아볼 수 없다. 대학 1학년의 중요 관심사가 학점과 취업인 시대가 되어 버렸다. 수업 시간에 필기를 열심히 하고 그것을 암기해 성적을 잘 받고 다른 사람들에게 인정받을 만한 좋은 곳에 취직하려는 목표를 향해 마구 달려간다. 대학에 간다고 해서 더 이상 새로운 경험을 할 수 없다. 그저 고등학교까지의 수험 생활이 연장되어 취직을 위한 또 다른 경쟁이 기다릴 뿐이다.

대학에 들어가서 전문지식을 쌓을 수 있다는 기대를 하기도 한다. 하지만 이조차 급변하는 사회에 적절하게 대처하는 자세가 아니다. 모든 분야의 변화 속도가 빨라지고 있다는 점은 설명하지 않아도 누구나 인정할 것이다. 이러한 상황에서 대학 4년 동안 배운 지식은 졸업하자마자 과거의 것이 될 뿐이다. 게다가 정보화로 인해 전문지식을 얻을 수 있는 대안이 많아졌다. 세계 대학 곳곳의 강의를 인터넷을 활용해 들을 수 있다. 인문학에서 공학까지 다양한 분야의 지식을 쌓기 위해서라면 대학에 가는 것보다 인터넷 공간을 떠돌아다니는 일이 더 유용하다. 결국 대학에 가는 일은 새로운 경험을 하기 위한 것도, 전문지식을 쌓기 위한 것도 아닌 일이 되어 버렸다. 과거에도 대학의 무용함에 대해 많은 비판이 있었지만, 시간이 흐를수록 그 무용함은 커져만 간다. 만들어져 있는 피라미드형 학벌 구조 속에서 조금 더

위쪽에 있기 위해 어쩔 수 없이 대학에 가고 좀더 나은 평가를 받는 대학의 학위증을 받는 것밖에 의미가 없다.

무용함에 더해 거짓까지

무용하지만 대입을 준비하지 않으면 경쟁에서 뒤처져 양극화된 사회의 바닥에 있게 될 것이라는 공포에서 벗어나기 위해 모든 학생들이 대입에 몰두하고 엄청난 시간과 돈을 투자한다. 그리고 난 이러한 말도 안 되는 구조 속에서 밥벌이를 하며 매일을 살아가고 있다. 게다가 '학생부 종합 전형'(일명 '학종')이라는 제도가 확대되면서 거짓말을 하는 방법까지도 가르쳐 주고 있다. 학생부 종합 전형은 학생의 고교 3년간 학교생활을 상세하게 기록해 놓은 '학교생활기록부'를 입학사정관이 '종합적'으로 평가해 합격생을 결정한다. 대학 측의 설명을 개략적으로 정리해 보면, 학생들은 학교 수업에 충실하게 임하며 얻은 호기심을 다양한 활동으로 구체화하여 성과를 남기고 독서 활동 등을 통해 자기 주도적으로 심화해야 한다. 이 과정에서 다양한 발견을 하며 성장하는 모습을 보여야 한다. 대학에서 원하는 방향은 너무나 훌륭하다. 그러나 현재와 같은 피라미드식 대학 서열체제하에서는 이러한 이상을 실현시킬 수 없다. 학생부 종합 전형을 통해 모순된 두 가지를 동시에 만족시켜야 하기 때문이다. 먼저 각 학생들이 학교 생활에서 얻은 다양한 경험들을 존중해야 한다. 성장 과정의 고유한 가치들을 존중하고 학생들의 무한한 성장 가능성을 인정해야 한다. 하지만 동시에 학생들을 일렬로 세워 정원에서 벗어난 학생들을 탈락시키고 우수한 학생들을 합격시켜야 한다. 학생들의 다양한 경험과 가치, 성장 가능성을 몇 명의 입학사정관이 단기간의 서류검토와 면접으로 평가하는 것이 과연 가능할까? 백 번 양보해 학생들의 가치를 입학사정관들이 예언자처럼 평가할 수 있다고 하자. 그렇다고 합격자와 탈락자를 가려내기 위해 많은 지원자들을 촘촘하고 정확하게 줄 세울 수는 없다. 대학들이 밝히고 있듯 학생부 종합 전형이 정량적 평가가 아니라면 말이다.

입시 상담과 관련된 여러 가지 일들도 함께 하고 있어서 내 일에 대한 자괴감은 더 커져만 간다. 학생부 종합 전형의 좋은 취지와는 다르게 서열화된 학벌체제 내에서 좋은 대학에 합격하기 위해 학생들은 같은 학교에 지원한 다른 학생들보다 조금이라도 돋보여야 한다는 생각을 가질 수밖에 없다. 고등학교는 소위 명문대에 몇 명이라도 더 합격시켜야 좋은 평가를 받기 때문에 과거와는 달리 학생들의 생활을 기록하는 데 신경을 많이 쓴다. 그 결과 '학교생활기록부'는 더 이상 '생활'을 정직하게 기록하지 않는다. 학교생활 '칭찬'기록부라 부를 만큼 긍정적 평가만이 가득하다.

소위 '컨설팅'을 위해 많은 학생들의 학생부를 읽어 보면 서류상으로만 볼 때 완벽하지 않은 친구들은 거의 없다. 수업 시간에 벌어진 일을 기재하는 '세부특기사항'이나 동아리 활동 등을 기록하는 '창의체험' 항목을 읽다 보면 대부분의 학생들은 대학에 갈 필요가 없겠다는 생각까지 든다. 자연계 학생들은 대학 전공 수준의 실험을 척척 해내고 관련 학술논문을 스스로 검색해 읽고 심화된 연구보고서를 쓴다. 영문학을 전공하고 싶은 학생은 영어로 능수능란하게 문학 작품을 읽고 분석하는 글을 쓰고 자신의 생각을 작문해 학교 영자신문에 발표한다. 이런 학생들이라면 대학에 갈 필요가 없지 않은가?

하지만 학생부의 많은 기재 사항은 과장이거나 심지어 거짓이다. 교사가 엄청난 분량의 학생부 기재 사항을 혼자 감당하는 일은 불가능하기 때문에 학생들에게 초안을 잡아 오라고 하는 학교가 많다. 학생들은 자신을 돋보이게 하기 위해 자기가 바라는 모습으로 소설을 써서 제출하고 이는 거의 그대로 학생부에 기재된다. 컨설팅을 하는 나는 어떻게 개연성 있는 소설을 쓸 것인가를 조언한다. 원서 접수를 코앞에 두고 있어 학생부 기재가 완료된 학생들의 경우 주어진 기재 사항을 바탕으로 학생의 고교 생활과 관련한 대하소설의 플롯을 구상한다. 대학에서는 이러한 거짓까지 모두 가려낼 수 있다고 말하지만, 대학은 거의 모든 학생이 거짓으로 서류 내용을 기재하고 있는 상황에서 그것을 구별할 수 있는 눈을 가졌다고 생각하는 오만에서 벗어나야 한다. 공고한 학벌체제와 왜곡된 능력주의에서 벗어나지 않는 이상 어떠한 훌륭한 제도를 만든다고 해서 입시와 관련된 한국의 문제는 해결되지 않는다. 하지만 현재의 입시 관련 구조가 계속 유지되어야 나는 그것에 빌붙어 꾸준히 밥벌이를 하며 살 수 있다.

안 하면 안 했지 못하지는 않아

원하는 직업은 아니었지만 일을 하면서 나쁜 평가를 받기는 싫었다. 내가 있는 학원은 1년에 두 번 학생들을 대상으로 강사 평가를 실시해 일정 기준 이하인 경우 일을 그만두어야 한다. 매년 평가를 이유로 그만두게 되는 동료 강사들이 있다. 이유가 자존심일 수도 있고 생존일 수도 있지만 좋은 평가를 받기 위해 나름 할 일을 다했다. 수업과 관련한 일을 멋지게 해내고 싶었다. 학생들에게 좋은 평가를 받아 학원으로부터 포상을 받은 적도 있다.

하지만 흥미롭고 가치 있다고 생각하지 않는 일에 충실하게 완벽을 기하려니 스트레스는 더해 갔다. 나에게는 어린 시절부터 손톱과 그 주변을 물어뜯는 나쁜 습관이 있다. 열 살 무렵 시작된 습관이 마흔이 넘은 지금까지 이어지고 있다. 편안한 일상에서는 큰 문제가 없지만, 해결하기 어렵거나 곤란한 상황에 처하면 여지없이 손가락이 입에 들어가 있다. 주변 사람들과의 관계에서 허허실실 여유 있는 척하지만, 사실 난 매우 소심하고 민감한 성격이라 모든 일을 쉽게 넘기지 못하고 손톱을 물어뜯는다. 강사 생활을 시작한 후 이 버릇은 더 심해졌다. 스트레스를 많이 받았나 보다. 수업 준비를 하는 도중 계속 다리를 떨며 손톱을 물어뜯고 있었다. 너무 심하게 뜯어 손톱에 상처가 나고 피가 흐르는 경우도 있었다. 돌이켜 생각해 보면 하기 싫은 일을 잘하려는 마음이 큰 스트레스로 다가왔기 때문에 손을 괴롭혔었다. 수업 시간에 땀을 흠뻑 흘렸던 것도 같은 이유였다. 사실 이런 버릇을 지금도 완전히 버리지는 못했다.

낯선 것들과의 만남

나의 스트레스와 이상행동이 극한에 다다를 무렵 아내는 문탁네트워크라는 인문학 공동체에서 공부를 시작했다. 공부만이 아니었다. 밀양 송전탑 싸움에 함께하기도 하고, 녹색당 당원이 되어 원전 유치와 관련한 영덕 주민투표에도 가는 등 활동도 적극적이었다. 아내의 공부와 활동이 부럽고 좋기도 했지만 한편으로는 화도 났다. '난 하기 싫은 일을 하고 있는데 넌 재미있게 공부와 활동을 하고 있구나'라는 시기와 질투의 마음이 있었다. 그전에도 아내는 마을에서 협동조합을 만들어 일하는 등 대안적 가치를 찾으려는 시도를 많이 했었다. 하지만 주말이면 함께 백화점에 나가 쇼핑하고 식당가에서 밥을 먹으며 하루를 소비하고 돌아오는 일에 우리 둘 모두 더 익숙했었다. 스트레스를 받으며 비루하게 벌어 오는 돈으로 맘껏 소비하며 스트레스를 해소하려는 악순환에 빠져 있었다. 아내가 공부를 시작하고 낯선 사람들과 상황들을 마주하게 되면서 악순환의 고리에서 벗어날 계기가 마련되었다.

아내가 공부와 활동을 시작한 지 2년쯤 되었을 때, 나도 아내가 먼저 만나 함께 공부하던 친구들과 세미나를 시작했다. 그러면서 아내에 대한 부러움과 질투는 더 심해졌다. 이런 재미있는 일들을 하지 못하고 아이들에게 불필요한 거짓말이나 가르치고 있는 나의 모습에 대한 불만도 커졌다. 미친 척 아내에게 투정하는 마음으로 속마음을 이야기하고 혼자 여행을 다녀오겠다고 선언해 버렸다. 나의 일상이 싫어서 일탈을 꿈꾸며 여행을 떠나기로 했다. 이때까지만 해도 이 여행이 나에게 어떠한 의미로 다가올지 알 수 없었다. 어찌 보면 내가 벌어 오는 돈으로 살아가면서 재미있게 공부하고 있는 아내에 대한 나의 보상심리가 깔려 있었다. 하지만 사실 실제로 갈 수 있으리라는 생각을 하지는 않았다. 욕만 엄청 들을 것이라 예상했다. 하지만 아내는 의외로 간단하게 "다녀와" 한마디로 상황을 정리했다. 좀 뻘쭘했다. 아내는 나의 장기 단독 여행을 어떻게 용인할 수 있었을까? 아마도 새롭게 시작한 공부와 활동에서의 많은 낯선 경험들이 그녀의 태도에 변화를 주었기 때문이라 생각한다. 그렇지 않았다면 처자식을 다 버리고 혼자 한 달간 여행을 가겠다는 낯선 남편의 모습을 인정해 주기 어려웠으리라 생각한다.

나도 그녀의 변화에 영향을 받았는지, 의도하지는 않았지만 여행을 하면서 이질적인 경험들을 배척하려는 생각보다는 받아들이려는 태도로 지냈었다. 북회귀선 부근의 따스한 기후가 사람들을 그렇게 만들었는지도 모르겠지만 그곳 사람들은 매우 낙천적이었다. 쿠바는 사회주의를 표방하고 있지만 물질적으로 많이 부족하고 각자의 직업만으로는 살아가기 어렵다. 여행지에서는 나에게 사기를 치려는 사람들이 넘쳐났다. 아바나와 같은 대도시는 계획경제보다는 시장경제가 큰 부분을 차지하는 것으로 보였다. 소도시에서 만난 대부분의 민박 가정에서 젊은 남성은 쿠바에 남아 있지 않고 캐나다나 북유럽 등지로 나가 돈을 벌고 있었다. 경직된 태도로 원칙이 중요하다고 생각했던 나라면 사회주의에 대해 호의적인 내 생각과 반대되는 면을 보이는 엉망진창의 쿠바 상황에 대해 조목조목 비판했을 것이다.

하지만 쿠바 사람들의 어쩌면 허술하게도 보이는 낙천적인 모습과 긍정적인 삶의 태도를 어느 순간 이해하려 하고 있었다. 쿠바 야구 리그를 관람하던 나에게 가짜 시가를 팔려던 사람도 있었지만 자기는 북조선 친구가 있다며 한잔에 5CUP(우리 돈으로 200원)하던 생맥주를 땅콩과 함께 계속 사 주던 할아버지도 있었다. 한 외곽 마을에 민박집을 잡으려 했을 때, 동네 인민위원회 간부(?)처럼 보이는 사람은 동네 사람들과 회의 비슷한 논의를 하더니 미혼모와 거동이 어려운 노부부가 함께 운영하는 민박집의 개업 후 첫 손님으로 나를 보내기로 결정했다. 자기 집에 그냥 머물게 하면 돈도 벌고 좋았겠지만 그는 그러지 않았다. 그렇다고 해서 그가 자기 이익을 포기한 것도 아니었다. 민박의 중요한 수입원 중 하나인 저녁식사는 자신의 집에서 하도록 했다. 이틀 묵었던 다른 민박집에서는 미국에 망명해 살고 있는 친척들이 방문해 파티를 열고 있었다. 기타와 퍼커션으로 구성된 3인조 악단을 불러 저녁 내내 노래하고 춤추는 모습을 보며 함께 음악을 들으면서도 조금은 의아했다. 사회주의를 표방하고 있는 북조선이 외부와 차단된 채 경직되어 있는 것과 달리 쿠바는 유연하게도 망명자들의 방문까지도 허용했다. 그들이 고국을 방문해 쓰는 달러 때문일까?

뭔가 뒤죽박죽으로 정리가 되지 않았다. 사회주의 체제 속에 살고 있으면서도 매우 자본주의적 면을 보여 주는, 각자의 삶을 위해 고군분투하면서도 서로를 배려해 주고 낙천적이고 재미있게 사는 모습이 혼란스럽게 섞여 있었다. 그리고 산업화된 국가에서 자란 내 시선에서는 혼란스럽게 보였지만 어찌 되었든 사회는 굴러가고 있었다. 경제 봉쇄 후 물자가 부족하고 해결되지 않은 문제가 많아 주어진 상황에 불만이 있으면서도 그것에 매몰되지 않고 적극적으로 문제를 해결하며 살아가려는 모습이 나의 삶을 되돌아보게 했다. 여행 중 들었던 말 중 가장 기억에 남는 말은 '내일'이라는 뜻의 'mañana'였다. 해결되지 않은 문제가 닥치면 사람들은 쉽게 '내일'(언제일지 모르는)을 외쳤다. 그래, 나에게는 내일이 있지 않은가? 현재의 상황에 불만만 가지지 말고 주변의 사람들과 함께 문제를 해결해 보자. 내 주변의 사람들을 살피고 함께한다면 회사에서 '짤리는' 것을 겁내지 않고 또 다른 길을 낼 수도 있겠다는 생각을 했다.

일체유'심'조 (一切唯'心'造)? 일체유'관계'조 (一切唯'關係'造)!

하고 싶지 않고 적성에도 맞지 않지만, 이 일을 해야만 한다는 사실에 많은 스트레스를 받아 피가 나도록 손끝을 물어뜯고, 긴장감에 땀을 쏟으며 일했다. 하지만 만 40세를 넘으며 겪은 다양한 경험들로 인해 난 더 이상 피가 나도록 손을 물어뜯지 않고, 수업을 하며 땀을 쏟지도 않는다. 내 처지를 비관하면서 울지도 않는다.

잠깐의 여행 경험은 동네에서 만난 소중한 낯선 사람들과 가족 구성원들을 한번 더 살펴보게 했다. 함께 마을 공동텃밭을 일구는 사람들, 아이들 방과후 공동육아를 함께하는 부모들, 매주 일요일 아침 아이들과 함께 야구하는 아빠들, 세미나에서 새로운 경험과 성찰을 하게 해주는 친구들, 결혼 10주년을 맞아 이전과는 다른 관계를 만들어 나가고 있는 아내, 나이를 먹어 가며 매일 새로운 모습을 보이는 아들. 이들 모두가 앞으로 내 삶의 방향을 좌우할 사람들이다. 내가 마음을 고쳐먹고 주어진 상황을 다시 인식하게 된 것은 내가 스스로 고민한 결과가 아니었다. 낯선 이들과의 경험을 혐오나 비하로 쉽게 판단하지 않고 있는 그대로 이해할 수 있게 나에게 다가온 사람들 덕분이었다. 사실 새로운 상황을 있는 그대로 받아들이는 것은 아직 쉽지 않다. 하지만 겁내지만 않는다면 내가 상상하지 못하는 또 다른 차원의 내가 만들어지는 계기가 되리라 생각한다.

마을뿐만 아니라 직장에서도 마찬가지다. 직업의 특성상 원장과 같은 경영진보다 수업에서 가르치는 학생들과 관계 맺을 기회가 더 많다. 강사를 천직이라 생각하지 않았기 때문에 항상 '불가근불가원'(不可近不可遠)의 애매한 자세로 학생들을 대했었다. 그 결과 학생들의 긍정적인 변화와 발전도 더뎠고, 나 자신도 재미없고 피곤한 밥벌이를 하며 피폐해져 갔다. 재수를 선택하고도 학업에 열중하지 않는 학생들을 비하와 멸시의 시선으로 바라보았었다. 하지만 이제는 학생들을 보는 시선이 달라졌다. 재미없는 내 수업을 듣다가 조는 학생들을 이전처럼 호통과 함께 교실 밖으로 쫓아내지 않는다. 수업이 끝난 후 조용히 불러 이야기를 나누어 본다. 질책이 아니라 이해하기 위한 이야기를 해보려는 자세를 학생들은 정말 빠르게 눈치챈다. 수업을 잘 알아듣지 못해도, 이해와 소통을 시도하는 내가 에너지를 자신에게 쏟고 있음은 너무 쉽게 안다. 학생들과의 이러한 소소한 소통은 나에게 또 다른 변화를 가져올 것이라 기대한다.

내게 벌어지고 있는 직업과 관련한 상황이 내 성에 차지 않지만, 불평·불만에만 집중하지 않고 지금 이 순간에 관계 맺는 사람들에게 충실하게 살아간다면 겁 없고 자유로운 삶을 목표로 하는 나의 40대가 성공할 수 있을 것이다. 나와 관계를 맺는 모든 사람들과 주어진 상황들이 나의 성장에 도움을 줄 것이라 믿는다.

7.
허세 대신
관계

한 사람의 남편이 된 지도, 한 아이의 아빠가 된 지도 벌써 10년이 넘었다. 아이가 조금씩 커 가며 난 청년에서 중년이 되었다. 앞으로 난 어떤 사람이 될 수 있고, 어떤 사람이 되어야 할까? 어렵게 꺼낸 어린 시절 기억부터 아내와의 관계, 이제는 열 살이 된 아이와의 관계를 글로 정리하는 일은 고통스러우면서도 매우 즐거웠다. 아프고 드러내고 싶지 않은 이야기도 해야 했지만, 지금까지 내가 어떻게 살았었는지 되돌아보는 좋은 기회였기 때문이다. 솔직하게 모든 것을 내려놓고 내 삶을 이야기하려다 보니 스스로에 대해 더 많이 고민할 수 있었다. 완전하게는 아니지만 앞으로의 삶에 대한 자신감도 생긴다.

예쁜 문신

아들이 맘마, 엄마, 아빠라는 말을 넘어서서 어느 정도 다른 사람들과 의사소통을 시작하던 무렵이다. 매주 일요일 아침에 함께 목욕탕에 가곤 했었다. 온탕에 몸을 담그고 있었는데, 상체에 화려하게 잉어와 용을 그린 아저씨가 들어와서 옆에 앉았다. 아무것도 모르는 아들은 나에게 큰 소리로 "저 아저씨 등이랑 배에 그림 그렸어요", "무슨 그림이에요? 예쁘다. 나도 그리고 싶어요" 등 문신에 대해 이것저것 물어봤다. 아저씨에게 충분히 들릴 목소리로. 난 당황스러운 얼굴로 문신 아저씨의 눈치를 살피고 있었다. 화려한 문신과 달리 선한 얼굴을 가진 아저씨도 당황스러운 듯 허허 웃고 있었다.

목욕탕에서 만난 선한 얼굴의 아저씨가 잉어와 용을 문신으로 새긴 이유를 정확히 알 수는 없다. 하지만 만약 그분의 직업이 건달이라면? 아마도 겁이 나서가 아닐까? 송강호가 주연했던 〈우아한 세계〉라는 영화에서 '조폭'은 멋들어진 싸움 실력으로 상대를 제압하거나, 사나이의 의리를 지키는 존재가 아니다. 끝까지 살아남아 가족을 부양하기 위해 일상을 힘겹고 지질하게 살아간다. 폭력의 험한 세계에서 살아남을 만큼 강한 힘과 자신감이 있다면 문신을 새기지 않을 것이다. 자신의 약한 부분을 감추고 강한 자로 보이고 싶은 두려운 마음의 실천이 용 문신으로 나타난 것이 아닐까? 조폭들의 문신을 '허세'라고 이름 붙인다면, 거의 반백 년이 다 되어 가는 내 인생도 마찬가지로 허세로 점철되어 있다. 그것도 어디가 시작이고 끝인지 모르는 다람쥐 쳇바퀴 같은 허세의 무한 반복이다.

강남 스타일

잊고 있었던 기억을 더듬어 보니, 허세의 시작은 아마도 사춘기 무렵이었던 것 같다. 당시 소위 강남이지만 아직 개발이 끝나지 않은 도곡동, 개포동 근처에서 살았다. 아버지는 공인중개사 자격증을 따고 부동산을 운영하시며 개발 붐에 힘입어 나름 괜찮은 수입을 얻으셨던 것 같다. 하지만 10여 년 넘게 부동산 중개도 하고, 그렇게 떼돈을 번다는, 요즘 소위 '디벨로퍼'라 부르는 부동산 개발 시행사 일도 하셨지만 집안의 경제적 사정은 썩 좋지 않았다. '강남'이라 불리는 곳에 20여 년 가까이 살았지만 번듯한 아파트 하나를 장만 못했던 아버지의 삶은 아직도 잘 이해할 수 없다.

함께 어울렸던 친구들의 아버지들은 대부분 월급쟁이였다. 아마도 열심히 직장 생활을 해서 받은 월급을 재형저축으로 불리고 택지 개발 지구에 분양받은 30대 후반에서 40대 초반의 사람들이었을 것이다. 신학기가 되고 현대, 경남, 한신 등의 이름이 붙은 친구들 집에 놀러 갔다 오면 주눅이 들었다. 전형적인 중산층의 안정적인 삶을 살았던 친구들과 달리 나는 반지하부터 옥탑까지 다양한 셋집을 경험했다. 중학교에 들어가 새로 사귄 친구들을 한 번도 집에 데려와 놀았던 적이 없다. 가난한 집을 보여 주기에는 자존심이 많이 상했던 어린 시절의 마음이었다. 친구들에게 우리 집이 가난하다고 솔직하게 이야기하기보다는 '나도 비슷한 경제적 수준이야'라고 보여 주고 싶었다.

아내는 나와 처음 만나 사귈 때 항상 말 모양 마크가 가슴팍에 새겨진 셔츠와 엉덩이에 물음표나 말 두 마리 그림이 그려진 청바지를 사는 나를 신기해하면서 놀렸다. 난 지하상가에서 싼 옷을 사 입는 아내에게 '오빠 강남 스타일이라 그렇다'고 허세를 부렸다. 쓰고 보니 좀 웃프지만, 사춘기 소년의 가난함을 감추고 싶었던 열등감이 친구들을 따라 '소비'하는 허세를 낳았다. 지금 생각해 보면 참 어리고 철없는 생각이지만 가난하다고 친구들에게 무시당하기 싫었던 마음이 컸다. 그리고 그 허세는 지금도 이어지고 있다.

새로운 허세의 시작

의도치 않았던 '정치외교학과'에 진학하게 되었다. 법조인이 꿈이라면서 웬 정치학? 사실 이건 내 허세의 결과다. 나의 장래 희망과 일치하는 선택은 법대 진학이었다. 하지만 견고한 학벌체제 속에서 조금이라도 더 이름이 있는 학교에 진학하고 싶었고, 원서를 쓰는 날 그나마 비슷해 보이면서도 합격 커트라인 점수는 낮은 정치학과를 선택했다. 별 생각 없이 한 선택이었지만 지금의 내 삶의 많은 부분을 결정한 중요한 사건이었다.

꾸준하게 열심히 공부하는 재주가 없었지만 학교가 재미있었다. 개강 첫날 노교수님께서 한 말은 아직도 기억난다. "제가 지금부터 여러분들에게 말씀드리는 모든 내용을 거짓이라 생각하며 듣고 비판하세요." 고등학교 시절과 다른 접근과 수업이 너무 재미있었다. 늙수그레한 복학생 형들이 교수님의 의견에 문제 제기를 하며 진행되는 충격적인 수업을 긴장하고 숨죽이며 재미있게 지켜보기도 했다. 발제를 하고 비판에 반비판을 계속하는 수업에 참여하며, 비판적 사고에 대한 집착이 생겨 버렸다. 사회 현상이나 이론에 대해 조금은 시크하게 "그 이론은 사회 현상을 정확하게 설명하지 못하지", "현상의 본질을 파악하고 있지 못하고 있군"이라는 식으로 이야기하는 지적 허세를 즐겼다. 법조인이 되어 있어 보여야겠다는 허세는 '비판적 지식인'이라는 허세로 이어졌다. 이론에 대한 정확한 이해도 없이 현상을 무언가 다르게 비판적 시각으로 보아야 한다는 당위 속에 살았다. 자연스럽게 운동권에 있는 선후배들과 친하게 되었다. 노동문제연구회라는 동아리에 들어갔고, 정치외교학과의 학회에도 들어가 철학, 정치경제학 책을 읽고 세미나를 했다. 하지만 선천적 겁쟁이가 어디 가겠는가? 운동권 언저리에서만 겉돌면서, 당시 학교에 조금 남아 있던 학생운동조직의 세미나 제안에는 덜컥 겁이나 생각해 보겠다고만 하고 도망쳤다. 그렇다고 해서 학술적으로 심화된 공부를 한 것도 아닌 어정쩡한 모습을 또 보이고 있었다. 있어 보이고 싶어서 도대체 뭐라 하는지 알 수 없는 글들이 실려 있던 『키노』라는 영화잡지를 장식품으로 들고 다니고, 프랑스를 비롯한 유럽 예술영화들을 보러 가서 졸다가 나오기도 했다. 그렇지만 영화와 대중문화에 대한 본격적인 공부를 열심히 한 것도 아니었다. 아, 이게 뭔가? 계속해서 이도 저도 아니게 살고 있었다. 결국 군대를 다녀와서는 사법시험을 준비해 보겠다고 휴학을 하고 신림동 고시촌에 6개월을 머물렀지만, 성실한 태도가 없는 나에게 암기와 반복을 해야 하는 시험은 적합하지 않았다. 쉽게 포기했고 그럭저럭 학교를 다녔다.

하지만 대학에서 이래저래 귀동냥한 얄팍한 지식들은 시스템에 충실하게 살아오던 나에게 그것을 벗어나는 일이 더 본질적이고 멋있을 수 있다는 또 다른 허세를 가지게 해주었다. 누가 한 말인지는 기억나지 않지만, '포섭에 대한 유인과 배제에 대한 공포'가 자본주의 시스템이 인간을 지배하는 기본적인 방식이라는 점을 깨닫게 해준 곳이 대학이라는 공간이었다. 만약 대학에서 방황하며 수많은 사람들을 만나지 않았다면 난 친구들과 모여 주식, 가상화폐, 골프, 부동산 투자, 재테크를 이야기하며 어정쩡한 삶을 살았을 것이다. 어차피 어정쩡한 삶을 산다면 주식이나 부동산을 이야기하는 것보다는 자본주의 체제의 모순점들을 고민하며 리버럴한 척 어정쩡하게 사는 것이 더 낫지 않을까?

허세들 속에서 헤매고 있는 나

대학 입학 후에도 만나는 고등학교 동창은 몇 되지 않는다. 친구라며 지내던 녀석들은 20대 후반이 되어서 보니 사실 나와는 다른 수저를 물고 있었다. 함께 단과학원을 다니며 공부했던 친구들의 회사원 아니면 공무원이던 아버지들은 내가 대학을 졸업하고 나서 보니 대기업 임원이 되어 있었고, 장관에 부총리에 정말 화려했다. 진학한 대학이 마음에 들지 않았던 친구들은 유학을 갔고, 돌아와서는 아버지의 뒷배경으로 좋은 직장을 골라서 다닌다는 소문도 들었었다. 물론 모든 친구들이 그런 것은 아니지만, 최근 사회적 문제가 되고 있는 은행이나 대기업의 채용비리 문제는 20여 년 전에도 분명 있었다. 쉽게 삶이 풀려 가는 몇몇 친구들을 보면서 좌절감을 느꼈다. 이 좌절의 이유는 무엇일까? 나의 삶이 저들보다 낮은 사회적 평가를 받을 것이라는 두려움 때문이 아니었을까? 결혼을 하면서도 아무런 경제적 지원을 기대할 수 없었던 부모님을 원망하며 좌절했었다. 억 단위의 돈을 받아 아무 걱정 없이 살 집을 마련해 결혼하는 친구들을 부러워했다. 마찬가지로 궁핍한 삶을 힘겹게 살아가야 할 내 미래에 대한 짜증과 두려움이 날 좌절케 했다. 20대 후반에 취직한 후 아무리 월급을 받아서 모아 봐야 집 한 채 마련하기 어려운 상황에서 내 삶은 별 뾰족한 수가 없다는 사실을 깨닫게 되었다. 열심히 다니던 회사를 그만두기로 했다. 20대의 좌절 이후의 허세는 모순된 두 가지 방향으로 다르게 이어졌다. 하나는 '사회적으로 인정받기'였다. 어차피 직장 생활을 해봐야 임원이 되지 않는 이상 별다른 답이 없어 보였다. 회사에서 시키는 대로 열심히 살아 봐야 이전 베이비붐 세대처럼 경제적으로 안정된 삶을 살 수 없는 구조였다. 게다가 난 내세울 아무런 뒷배경도 없었다. 그렇다면 차라리 돈을 벌지 못하더라도 사회적으로 가치 있다고 인정받는 일을 해보자는 생각을 했었다. 그게 더 스웩 넘치는 일이라 생각했었다. 대학원에 진학하고 정치 과정과 계급 문제의 상관성에 대한 논문을 써서 정당의 연구소 같은 데서 일해 보자고 마음먹었다. 지금 생각해 보면 무엇을 왜 공부하는가보다는 어떻게 하면 다른 사람들에게 더 멋있게 보일까를 고민했던 허세에 빠져 있었다.

다른 하나의 허세는 대학원을 그만두고 학원 강사를 하면서 생긴 '나는 돈 잘 버는 사람'으로 보이기다. 돈을 벌어야만 하는 상황에서 어쩔 수 없이 학원 강사를 하게 되었다. 하지만 내 기준으로 학원 강사란 사회에서 가장 불필요한 존재다. 더 나아가 사회의 정상적 발전을 위해서는 사라져야 할 암적 존재다. 사회적으로 가치 있는 일을 할 수 없다고 생각하고 나니 남는 건 미국 래퍼들처럼 돈 자랑하는 일밖에 없었다. 하지만 얼마나 번다고. 자랑할 만큼 돈이 쌓여 있지도 않았다. 어쩔 수 없이 학원 강사를 하지만 돈을 잘 벌어 이렇게 살고 있다고 '스웩 뿜뿜' 하고 싶었다. 허세의 절정이었다. 하고 싶지 않은 일을 하면서 사는 나에 대한 보상이라며 값비싼 수입차를 대출 받아 사 버렸다. 그렇다고 허세 넘치고 호기 있게 지른 것도 아니고, 돈을 막 써 본 것도 아니다. 허세를 부리면서도 물 위를 노니는 오리가 바쁘게 발을 움직이듯 통장에 얼마가 남아 있는지 셈을 했다. 차를 살 때도 단돈 몇 만원 아껴 보자고 전국의 자동차 딜러들과 연락했다. 보증기간이 끝나 수리를 할 때 들어가는 비싼 돈이 아까워 부품을 인터넷으로 구해 공구를 쥐고 바닥을 뒹군다. 출고한 지 5년 된 차를 아직도 물신으로 숭배하며 아끼고 있지만 약발은 많이 떨어졌다. 허세를 위한 소비가 얼마나 허무한지를 몸으로 느끼고 있다.

아내를 통한 허세

뭔가 다르게 살아야겠다는 생각이 들었지만 소비에 찌든 내 삶을 순식간에 바꿀 수는 없었다. 결국 아내에 기대 또 다른 허세를 부리고 있었다. 아내는 인문학 공동체인 '문탁네트워크'에서 공부를 비롯한 다양한 활동을 한다. 인문학 공부라. 얼마나 고상하고 있어 보이는가? 사회를 지배하고 있는 자본주의 소비문화에서 벗어나는 가치들을 함께 공부하고 활동으로 풀어내다니. 소비로 허세를 부리던 내가 그 속으로 풍덩 들어가기는 어려웠지만, 아내의 활동을 인정하고 응원하는 것만으로도 내가 무언가 가치 있는 일을 하고 있다고 생각했다. 대학원에 들어가 공부하겠다는 허세를 부릴 때와 마찬가지로 사회적으로 대안적 가치를 만드는 일에 함께하고 있다는 점이 좋았다. 하지만 이것도 하나의 허세가 아닐까 생각해 본다. 소비를 통한 허세를 완전하게 버리고 살고 있지 못하다. 동시에 대안적 가치를 추구한다는 일종의 자기만족에 빠진 허세도 부리고 있다. 소위 리무진 좌파라고 비판받는 사람들처럼 현실의 삶은 자본주의 소비문화 속에, 관념적 삶은 자본주의를 벗어난 이상향에 있었다.

　나는 왜 이렇게 허세 넘치는 삶을 살고 있을까? 그건 아마도 내가 욕심쟁이이기 때문이라고 생각한다. 난 양손에 사탕을 쥐고 놓기 싫어하는 어린아이처럼, 다른 사람들에게 정신적으로 존경받는 사회적 명예와 물질적으로 부러움을 사는 상류층의 부를 함께 누리고 싶어 했다. 불가능한 꿈이다. 적절한 존경과 부를 함께 얻는 것은 가능할지 모른다. 하지만 난 기존 사회 시스템을 철저하게 벗어나 존경받고 싶었고, 동시에 최상층의 부를 누리고도 싶었다. 체제에 순응하지 않으면서도 체제 안에서 인정과 보상을 받고 싶은 마음은 오히려 스트레스만 남기고 왜곡된 허세로 이어졌다. 자, 이제 어떻게 해결할 수 없는 허세의 무한 반복을 탈출할 것인가?

　최근에 읽었던 기사 하나가 허세를 벗어날 영감을 주었다. 〈고등래퍼 3〉의 우승자인 이영지의 인터뷰였는데, 그녀는 "딱히 내 이름을 대체할 게 없다"는 이유로 래퍼들이 쓰는 '랩 네임'도 만들지 않는다. "넥타이 풀어헤쳐야, 학교를 자퇴해야 힙합이다"라고 말하는 또래들에게 "어디서 배운 거야? 그런 힙합?"이라고 받아친다. 그래, 허세 넘치는 힙합을 하기 위해서 학교를 착실하게 다니는 게 문제될 일은 아니지. 힙합이 중요한 것이지 학교 재학 여부는 예술적 완성과 아무런 관련이 없다. 나도 마찬가지다. 하루하루의 삶을 아름답고 예술적으로 만드는 것이 중요하다. 일을 하면서 사회적 존경을 받고, 물질적 보상을 얻는 것이 중요한 것이 아니다. 매 순간의 삶에 충실해야 한다. 그것이 궁극의 허세가 아닐까?

앞으로의 삶의 방향이 조금씩 보이기 시작한다. 어린 시절부터 '장남'이라고 대우받으며 살아서 그런지 타인의 마음을 읽는 능력이 심각하게 부족하다. 게다가 폭포 밑에서 여유롭게 목욕하는 코끼리처럼, 좋게 말하면 여유롭지만, 나쁘게 말하면 한없이 늘어지는 성격을 가지고 있다. 아내는 나에게 종종 군대 교관처럼 "Move! Move!"를 외친다. 느려 터지고 한없이 여유로운 내 성격에 속이 터질 것이다. 이러한 성격은 귀차니즘으로도 곧잘 이어진다. 결국 다른 사람들과 친밀한 관계를 만들어 가지 못한다. 오히려 쉽고 편리하게 타인의 삶을 내 마음대로 재단하고 혐오의 시선으로 바라본다. 앞으로 해야 할 가장 시급한 일은 다른 사람들의 마음을 조심스럽게 살펴보는 일이다. 아내, 아들, 직장에서 관계 맺고 있는 학생들, 동네 친구들, 어머니와 동생 등 내 주변에는 많은 마음들이 있다. 그들에게 허세로 대하려 했지 나와의 관계에서 그들의 마음이 어떨지 많은 고민을 해본 적은 없었다. 그들의 마음을 보기보다는 내가 어떻게 비칠지에 집중했었다. 그리고 내가 너희들보다 한 수 위로 인식되기를 바라는 마음이 컸다. 이제 벗어나자. 새로운 방식의 삶의 스웩을 만들어 보자.

앞으로는 어떤 허세?

내가 그동안 가지고 있었던 허세는 '군자'와 같은 완전한 인간으로 보이고 싶은 사회적 허세와 중동의 '만수르'처럼 물질적으로 풍족하게 보이고 싶은 두 가지로 크게 나눌 수 있다. 일단 그중 물질적 풍족과 관련된 허세로부터 벗어나고자 한다. 앞으로 나의 허세는 사회적 가치에만 그 무게를 두려 한다. 그렇다고 그것이 이상형을 그려 놓고 열심히 노력하는 모습은 아니다. 내가 열심히 한다고 존경이 달성된다면 그것만큼 쉬운 인생이 어디에 있겠는가? 책임감을 가지고 사람들과의 관계 속에서 조심스레 마음들을 살펴보려 한다. 자주 언쟁을 벌이는 아내와의 관계에서도 이기려 하기보다는 아내의 말을 한 번 더 곱씹어 봐야겠다. 함께 놀자는 아들의 요청을 귀찮게 여기지 않고, 뭐가 그리 재미있을지 한 번 더 생각해 보려 한다.

더 나아가 내가 정말 하기 싫어하는 직업 활동에서도 두터운 관계를 만들어 보려 한다. 학생들 각자의 마음을 살피는 일은 많은 정신적 에너지를 필요로 한다. 하지만 어쩌겠는가, 나에게 주어진 관계들인데. 열심히 강의를 잘해서 아이들에게 존경받는 사람이 되겠다는 건 이미 틀린 일이고 내가 추구하고자 하는 허세의 방향도 아니다. 입시를 준비하며 느끼는 공포와 지루함과 허무함을 함께 이야기하는 허세를 부리고 싶다. 포틀래치에서 선물로 허세를 부리는 추장처럼 이야기를 들어 주고 함께 고민하는 자세로 허세를 부린다면 재미있지 않을까? 담당하고 있는 수백 명 학생들의 마음을 모두 다 살피는 일은 물리적으로 불가능할 수도 있다. 그리고 그 와중에 내 마음이 다치는 일도 있을 수 있다. 하지만 학생들은 내가 어떤 마음으로 자신들에게 다가가는지 귀신같이 안다. 나와 학생들이 서로의 마음을 잘 살피고 두터운 관계를 만들어 나간다면 사회의 가장 불필요한 부분이라 생각하는 내 직업에 대한 나의 생각도 바뀔 수 있지 않을까? 단순하게 지식을 전달하는 일을 넘어서서 학생들의 삶에 조금이라도 긍정적인 에너지를 줄 수 있는 허세를 부려 보자.